海风文学丛书

晨风吹过故乡

陈巨中 著

浙江工商大学出版社
ZHEJIANG GONGSHANG UNIVERSITY PRESS

图书在版编目(CIP)数据

晨风吹过故乡 / 陈巨中著. —杭州 ：浙江工商大学出版社，2016.1

(海风文学丛书 / 李东飞主编)

ISBN 978-7-5178-1361-3

Ⅰ. ①晨… Ⅱ. ①陈… Ⅲ. ①散文集—中国—当代 Ⅳ. ①I267

中国版本图书馆 CIP 数据核字(2015)第 256316 号

晨风吹过故乡

陈巨中 著

出 品 人 鲍观明
策划编辑 郑 建
责任编辑 胡亚娟
封面设计 林朦朦
责任印制 包建辉
出版发行 浙江工商大学出版社
(杭州市教工路 198 号 邮政编码 310012)
(E-mail:zjgsupress@163.com)
(网址:http://www.zjgsupress.com)
电话:0571-88904980,88831806(传真)
排 版 杭州朝曦图文设计有限公司
印 刷 杭州五象印务有限公司
开 本 880mm×1230mm 1/32
印 张 7.75
字 数 201 千
版 印 次 2016 年 1 月第 1 版 2016 年 1 月第 1 次印刷
书 号 ISBN 978-7-5178-1361-3
定 价 25.00 元

浙江工商大学出版社营销部邮购电话 0571-88904970

海风文学丛书

编 委 会

总　序

1995年的春天，东海之滨的美丽小城温岭，吹来了一股清新的文学之风，一本名叫《海风》的文学杂志自此诞生。

风从东海来，带着春的暖意、海的气息、梦的诗情，在温岭文坛激起了一阵又一阵涟漪，留下了一个又一个故事。不知不觉中，《海风》已坚实地走过了21个年头，成为温岭创办时间最长、容量最大、影响最广的群众文化杂志，成为展示温岭文学创作成果、折射温岭文化建设成就的窗口。

摭彼芳草，显我英华。温岭的文学创作者们会聚在这片集结文学创作力量的精神高地上，一起咏志抒怀，交织出了温岭文学绚烂多姿的多元化天空，澎湃出了如野草般蓬勃的创作激流。从题材而言，他们或叩问历史，或沉醉自然，或寻找生活里被遮蔽的诗意，或解读社会中人生的底蕴……可谓百花齐放，各有风姿。从风格而言，他们或清新飘逸，或典雅庄重，或委婉顿挫，或慷慨旷达……亦是春兰秋菊，各擅胜场。而从整个历史文化的大背景来观照，他们的作品则往往呈现出一种难得的地域镜像和文化印记，自有一股山水灵气荡漾其中。

日月经天，江河行地，《海风》一路吹来，播下了一颗又一颗文学的种子，在温岭大地上生根、发芽、开花、结果，摇曳成一片又一片婀娜多姿的文化风景。21岁对于人生来说，正值朝气蓬勃的青春年华，21岁的《海风》亦是朝气蓬勃，充满活力。愿已过弱冠之年的《海风》随岁月的延伸更加展现风华，更加追求高远，为传播社会正能量、提升市民文化素质、滋养温岭独特的文化生态做出积极的贡献。

是为序。

温岭市委常委、宣传部长

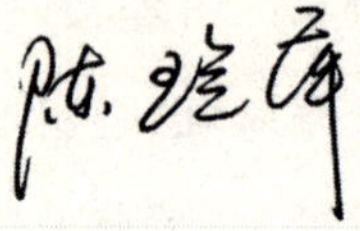

沉醉在故乡的风里（自序）

故乡是一首诗，故乡是一支歌，故乡是心头永远抹不去的记忆，故乡更是每个人一生值得牵挂的慈祥的母亲。

我的故乡是中国陆地新世纪第一缕曙光首照地，地处浙江东南沿海，长三角地区的南翼，三面临海，东濒东海。这里气候温和湿润，四季分明，冬无严寒，很少看到雪花，夏无酷暑而台风常见；这里山多、水丰、地少；这里总有文化气息、艺术氛围，一如绿色植物在蓬勃生长。这是一片有灵性的土地，这样的地方是比较容易产生极能吸引目光的美文的。然而我只是故里笨拙的歌者，只会在感兴趣的一亩三分地上合着故乡的心跳节拍不知疲倦地边走边歌。

故乡，对于我来说，不仅是地理上的一个概念，而且是一个永恒的情结，负载着精神追求与心灵憧憬。故乡的一山一水、一草一木，所有的一切犹如甘霖滋润着我，总教我魂牵梦萦，我对这里的土地有着无法替代的特殊的感情。无以为报，我只能用深情的笔墨描摹故乡的滋味、色彩、旋律和气息，记录故乡普通的人和事，感受乡情、亲情的温暖与力量。

这些年，我差不多走遍了亲爱的祖国，却从来没有真正意义上离开过故乡，因此也就少了一份思乡思亲人的那种牵肠挂肚的情怀，少了那份刻骨铭心的乡愁。这对于一个写文章的人来说，也就意味着少了“你在这一头，我在那一头”的深刻怀念，这未必是好事。但我觉得我是幸运的，一直在故乡的怀抱里成长和工作，我没有回不到故乡的忧伤，用不着“举头望明月，低头思故乡”，或许比别人还多了一份日夜与之耳鬓厮磨的温馨。

眼下，现代化、工业化突飞猛进，在时代更迭的激流中，故乡的风景在慢慢消失，故乡的风情、风物、风俗逐渐淡出，故乡方言在年轻一代口中说得越来越少。也许，社会的发展最终只能以我们把故乡留在纸上为代价。但是我不希望笔下的故乡人物也渐次凋零。所以，在本书里除了用较多的篇幅描述故乡的风景之外，描写劳动者的文字约占了全书的三分之一。在我的作品里，那些深深热爱着这片土地的人，吃苦耐劳、勇于开拓，演绎出一幕幕感人至深的情景剧，体现了温岭人“精明、务实”的性格特征。有的虽然算不上是故乡人物，也许他们只是故乡的匆匆过客，但他们曾经在这里生存过，哪怕是只有几天，我依然觉得为这些人留下点笔墨是值得的，因为他们同样为这片土地付出过。

我挚爱散文，是因为它能够给我更多的表达内心情感世界的机会，同时也喜欢它的自由自在的形式。虽然我只上过两年多的初中就失去继续读书的机会，也从未专修过文学，在创作过程中，对于文章的谋篇布局、遣词造句常常感到力不从心，但我仍固执地将所见、所闻和所感诉诸笔端，奉献在读者面前，让了解和不了解我故乡的朋友更真切地看到我的故乡，听到我故乡跳动的心音。我希望笔下的文字能成为心灵的歌曲，成为自己独特的歌唱。尽管既没有高远的视点，也没有宏阔的叙事背景，但是对于自己的灵魂而言，却是一次美丽的眺望。我觉得这就够了。

从文学“技巧”角度来看，收录在本书中的作品书写风格不是整齐划一的，我知道有些作品缺乏艺术含量，或过于追求文字的表面而忽略了思想的深度，或多了说事，少了抒情，语言清淡，文采黯然，甚至不像散文，但这些作品能够真实地反映我的文学创作历程。所以我就不怕贻笑大方了，也不要求自己能够赢得多少掌声。当然，一千个读者心中就有一千个哈姆雷特。智者见智，仁者见仁，还是请读者自己品尝一下“梨子”的滋味吧。

此时，我坐在碧绿浓荫下的长椅上，婉转悦耳的鸟鸣声里，一阵清爽的晨风拂过我的脸颊，令人无比惬意！这晨风吹着，吹着，悄悄地吹进了我的心间。我不由得沉醉在故乡的风里……

目录

第一辑　故乡的原风景

第一辑　故乡的原风景

石塘曲径

石塘多曲径。曲径之多、之奇，我不知道还有哪个古镇可与之相媲美。

如果把石塘比作一幅浓墨重彩的民俗风情画，那么，那些曲径无疑就是其中精彩的细节。

石塘的小巷，曲曲的，窄窄的，七折八弯，迂曲隐现；石塘的小路，婉转起伏，含蓄深邃，引人入胜。

站在狮子山上，放眼望去，石塘的小巷、小路，密密麻麻的，犹如蛛网，斗折蛇行、蜿蜒迤逦，它们像是这古镇的背景一样。

穿梭于石塘，那数不清的曲径，是各色各异的，它们有时候是那样，有时候是这样，不过，它们还是万变不离其宗，形变神不变，虽千姿百态却又毫无矫揉造作之感。在石塘，一道曲径便是一道风景，所有的曲径都是那么的富有自然意趣。一条曲折的小径，常常使你在感到“山重水复疑无路”时，峰回路转，又把你引到“柳暗花明”的“又一村”，使你体会豁然开朗的惊喜。

那曲径，虽长长短短，但一般都不开阔，宽的不过数尺，窄的仅能容人侧身而过。其路面大都采用不规则的自由造型，全由一块块土黄中透出红褐色的石头铺就。那些石头，不知历经多少沧桑岁月，光可照人，那上面记载了多少扛网出海的身影，又记载了多少搏海归来的笑声？领略它，如同翻阅这座古镇的历史。

一条曲折幽深的小径，把我的目光牵向远方。曲径状似险峻，边上的缝隙长满了青苔，妙的是在石道边合适的位置上却设有扶手石，安排得恰到好处，自然而又不留痕迹，不能不令人惊叹造路的人非凡的匠心。不知山道何处是尽头，尽头又有什么样的风景？是“石华海月”“海天如画”“墨池”等自然景观，还是妈祖庙或是基督教堂的旧时印迹？

沿着这条小径，能发现这古镇的无数景致。这里的房子都是依山而造，所有的房子高高低低的造型各不相同。既有单门独户的，又有连成一片的；既有高大傲然的碉堡式的，又有颇具跌宕飞扬韵致的过街楼式、门楼式的，还有的像四合院似的。我还看到一所高高的房子居然有七个边，赭黄的石壁被时光镂刻得斑驳，显得十分凝重而古朴。再往前走，一幢有着三四级石阶的老石屋，似乎比前面的房子苍老，各种绿色的爬墙植物把窗户都遮蔽起来了。屋顶压满了大大小小的石块，门上的铁饰已锈迹累累，似乎是故事里的一段情节。尽管不知道房子里面到底是怎样一番情形，但我猜想，这座古老家园一定住着年长的守望者，他们闲坐在小竹椅中，抽着水烟，那安详、平和的眼神就像一座港湾，期待着远方游子心灵的归根。

在小径上驻足，远望别的小径，自是别有一番情趣。一条又一条小径从另外的地方延伸过来，好似从天外飞来，在石屋间参差曲折、纵横穿插，使石屋与石屋似隔非隔、欲断还连，虽说如同迷宫，倒也有一种隽永、空远的意境。

在路边，可以随意和居民们一起用木棒槌敲鱼饼、做糖阄，或是听老人们唱唱渔歌，或是跟渔姑学织网……这里的渔家都是很好客的，不会把你当作外人。在你欣赏当地风情的同时，说不定他们也把你当成了风景呢。

当初，居住在这里的人们，依山形地势走向造路，只是为了生活的方便，能够充满掩映曲折的魅力，“使行者左右顾盼有景，信步其间使距程延长，趣味加深”（园林艺术家陈从周语），是他们始料不及的。他们也许不懂得居住环境艺术要讲意境，讲含蓄，讲“透”与“隔”，讲“藏”与“露”。他们用一条条弯弯曲曲的小径把一座座石屋天衣无缝地连接起来，使之成为不可分割的整体，同时，也成为流淌亲情、乡情的血管，成为传递鱼汛、喜讯的信道。

徜徉在石塘的小径上，人始终在回环不定的品味过程中。曲径或从高向低，或从低向高，左环右绕，折折叠叠，这一切都曲折得自然、精妙，安排得错落有致，有如乐曲的旋律在回旋，节奏在变换。通过曲径，可以多方位、多角度地品赏石屋的个体细部或石屋群构造之美。剔除曲径的实用功能不说，从美学的角度看，曲径的运用消退了石屋、石墙生硬的直线形成的火气、躁动，以柔顺贯穿始终，显得委婉、安详，有亲和力。曲径有如流水，自然地流动是它的本质，许多优美的曲径蕴含着坚韧的弹性，如回环的钢丝铁线，力在其中。我想，如果把石屋比作果断、刚强、斩钉截铁的渔家汉子，那曲径不就是柔和、委婉、情意缠绵的石塘女子吗？

用种种不同的“曲”来设置空间，调转视线，勾画出移步换景的奇趣，当然便显得深邃。试想一下，如果那些石屋、石楼、石台、石亭都造得四四方方，排得整整齐齐，石塘哪还会有“东方巴黎圣母院”和“画家的摇篮”的美称呀！

也许，人们似乎已经习惯了欣赏唐诗宋词里的小桥流水，习惯了寻访富有秦风汉月韵味的亭台楼阁，或者习惯了先入为主的思维模式，而对状似寻常平凡的东西视而不见。到过石塘的人常常会感叹：阳光、礁石、海浪、渔帆，还有石屋，构成了石塘镇独特的海岸风情。这个以新千年第一缕曙光首照地而闻名的古镇，古朴苍茫、瑰丽俊美、雄浑奇逸，给人一种浩然的阳刚之美和悠远的沧桑之感。

是啊，这个“画中镇”的阳光、礁石、海浪、渔帆，还有石屋，确实很迷人，但人们往往忽略了那最容易被人忽略的细节——曲径。一个作家、艺术家在谋篇布局时往往十分注重细节的刻画、描写，因为他深知，细节是整个作品的灵气所在，细节使整个作品寓意深刻，充满情趣，散发出神韵。没有细节，作品就会直白、一览无余，就会干枯，失去光泽，失去感染力，甚至失去生命。独特而极具个性的曲径是石塘不可或缺的细节。离开这些细节，石塘就会视之无遗，石屋上每个被岁月摩擦的棱角所勾起的回忆，所蕴含的风情，也会显得苍白无力。

当你有机会再来石塘的时候，不妨去看看那些曲径吧，你会发现曲径之中蕴藏着许多幽美，曲径一定会给人留下深刻的印象。久而久之，也许，石塘这幅民俗风情画中的故事情节会被慢慢淡忘，甚至地名都会被忘却，可那些生动的细节，我相信仍然会鲜明、灿烂地镶嵌在你的记忆中。

别样梅溪

梅溪，虽然是个充满诗意的名字，但梅溪并不是一个即刻就能让人怦然心动的地方。它有如清茶般香醇，初尝时会觉得淡了些，需要细细品味方知其甘美。

梅溪发源于梅岭，因溪畔曾遍植梅树而得名。不过，我还是喜欢这个说法：每当烟雨蒙蒙的时候，梅溪上空便缭绕着一层淡淡的云雾，云雾中露出一朵朵状若怒放的雪白的梅花，于是人们就把这条小溪叫作梅溪。

这溪落在与温岭城区只有一山之隔的江厦森林公园境内，全长10余千米。从梅岭向西眺望，梅溪盘旋而下，从东往西，一路浩浩荡荡，穿行于山谷之中，横贯森林公园，流经江厦港，向雁荡山下的乐清湾奔腾而去。

梅岭如同江南多数的山一样，虽层层叠叠，高低起伏，但由于不够伟岸，不够险峻，无法吸引人们的眼球。因而梅溪便成了这里的主旋律。梅溪，有腾空飞泻的瀑布，也有汩汩流淌的细流；有沿崖滴落的岩溜，也有随风飘曳的水帘；有潜入岩缝的暗泉，还有晶莹如玉的碧潭。梅溪，妙在因水得灵得秀，见清见幽。

梅溪是一条典型的峡谷溪流，两岸山峦紧束，绝壁峭耸，溪水在刀削般的峡壁间冲撞，水道曲折。清澈见底的溪水在郁郁葱葱的山峦的映照下像晶莹的绿宝石那样可爱。溪底斑斓的五彩石历历可数，还有数不清的小鱼小虾悠闲自在。望着这清澄的溪水，我忍不住挽起裤脚管，赤脚踏入铺满卵石的溪中，俯身在溪底寻找中意的彩石，在石缝间捞虾、摸鱼、抓蟹。除了水底世界令人欣喜之外，在梅溪流经的地方，不时可见到各种野花争奇斗艳，有的星星点点，丛丛簇簇；有的集中成片，如片片云霞遍布于山坡上，十分壮观。还经常可见到成群的蜻蜓、蝴蝶飞来飞去，那些蜻蜓、蝴蝶和镶嵌在溪边山麓的绿叶丛中五颜六色的花朵，不经意间为这梅溪映像增添了许多缤纷绮丽、生动的元素。

慢慢地行走在顺溪铺设的山路上，满目是蔽天浓荫，苍劲葱郁的古松亭亭如盖，高耸蓝天；古樟虬枝盘曲，千姿百态。古铜色的细枝上，蓬勃地萌生着青烟一样的嫩芽，每一粒都像含苞的小花。这是怎样触手即化的水绿呀，我许久没有看过如此纯粹的绿色，油油地发亮，好像每一片叶脉里都折射着阳光的成分一样。古木间的缕缕长藤舒展着腰肢，随风轻摇。不知名的鸟儿穿行在茂密的树林中，尽情嬉闹，啁啾鸟鸣，分外悦耳。偶有溪边花木上的残花、黄叶迎风折落，投向溪水的怀抱，被溪流带向远方。

梅溪景区既是一处天然的植物园，又是一个天然的野生动物园。这里生长的木本植物有 64 科 97 属 128 种，最珍贵的是国家二级保护植物鹅耳枥自然带群落，数百年生的就有 16 株，还有红豆树、南岭黄檀、黄杞、枫香和柏木等古树名木 25 种、1300 多株。国家二级保动物草鹗、穿山甲、小灵猫、麂，以及省级保护动物毛冠鹿等动物快乐地生活其间。这些动植物，给梅溪增添了无限魅力。

千百年来，这里还是温岭本地的水果产地，桃、梅、李、橘、枇杷和杨梅，四季果子飘香。瞧，溪对面的堤岸上是连绵不断的果园，果园里果树绿荫似伞，微风拂过，枝头挂满的金灿灿的果子正风情万种地摇曳着。

在梅溪，每走一段就是不同的风景。梅溪上流的白岩自然景观别具风貌，其中以水门瀑布最为引人入胜。瀑高 20 余米，宽 5 米余，瀑布从山顶骤然喷涌而出，沿陡峭的崖壁铺天盖地直泻深潭，声震山谷，撼人心魄。站在崖底抬首仰望，如白练悬空，飘抖翻飞，如珠迸玉溅，飞花叠彩。有时瀑布激起的雪沫烟雾，高达数十米，漫天浮游，竟使其周围经常处于纷飞的细雨之中。每当日薄西山，远远望去，潭里彩虹若隐若现，云蒸霞蔚，山顶被映得绯红一片，迷离变幻。瀑布左侧有一石洞，它由几块巨大的岩石垒成，高不可攀，人称"奇石洞天"；洞四周奇花异草悬生，绿茵倒映，幽雅别致。外侧有一处树木不生的乱石滩地，充满野趣，称"石板道地"。还有白岩、乌岩等岩景，形状怪异，天然成趣，一石一景，各具韵味，如同未加雕饰的宝石，点缀着梅溪胜景。

走在梅溪中段的龙鸣山南麓，有悠悠钟声、袅袅青烟随着清幽的山风传来。那钟声、青烟来自颇有名气的千年古刹——明因讲寺。明因讲寺，又称"小明因"，该寺始建于唐咸通五年(864)，至民国期间曾为台州规模最大的寺院之一，历经沧桑，几度兴衰。1990 年以后，逐步修葺大雄宝殿、天王殿、三圣殿、地藏殿等。其中独具特色的建筑是新建的金碧辉煌的大雄宝殿，其构造全部用坚硬木头仿唐艺术风格而造。明因讲寺现为温岭市佛教协会所在地。寺周围山峦层叠，古木参天，修篁夹径，环境幽静。寺后山有木鱼岩、散水岩、连理树诸景，堪称奇绝。明代林璧有诗咏曰：

开户碧峰入，
问途黄叶封。
寒泉鸣绝涧，
落日在高松。

那横贯寺前的溪水，沿着山涧奔腾不息，给明因讲寺增添了几许活力与生机，几许灵气与魅力。

登上寺后山头，可远眺丛石嶙峋，奇峰突兀，有球岩、百丈岩、老鹰岩等多处景观的大球山。

梅溪之尾与江厦港之间筑有拦水坝，坝内是碧波千顷，坝外长天远水，苍茫无际。江厦港与乐清湾之间筑有七一塘，规模居世界第三、中国第一的潮汐电站就坐落在七一塘南端。

一路走来，梅溪的好景让人目不暇接，梅溪的清流潺潺清韵也声声入耳，小者细如莺语，大者声若奔雷，自然与乐曲声有几分相似。聆听水声，的确是一件惬意的事。

"原始风物天然美。"有人说，梅溪的美在于一派未经雕琢、素面朝天。"是啊，而且梅溪的美，不容囫囵吞枣，适合真心体会、用心感受。"我在心里这样说。

游罢梅溪，已是薄暮时分，我却不想匆匆离去，还想在这别样的天地里，再多待一刻。

初识水桶岙

水桶岙是温岭众多岛屿中的一个，丝毫未经人工雕琢，犹如藏在深闺中天生丽质的女子，不施粉黛而风姿绰约，很是让人心仪。

水桶岙在松门镇东面，面积约0.6平方千米，紧依积谷洋，距市中心约29千米。到水桶岙有水陆两条道可通。若从水路走，可从松门礁山港码头雇小船进去，行程半个多小时。但更多的人愿意翻山进去，因为沿途的景色也是不容错过的。在一个晴朗的日子，我们一行十余人就是坐车到一个叫小交陈的山脚下，然后再徒步穿越海拔300多米的交陈山而进入的。

交陈山山路崎岖，但一路有数不清的奇峰异石可赏，再说那岛上的植物也很奇特。全岛的山坡上，几乎全是低矮的灌木和黑松，即使是偶尔映入眼帘的一棵樟树，树梢也不是向上，而是削得齐整，几乎与山坡平行。可以想象平日里海风的猛烈、张狂，更不用说台风发威施虐的时候了。另外，坡上凡是稍有泥土的地方都长出了青葱的颜色，风儿过处，那绿色如波涛一般奔往远方。

我们顺着小道费力地爬着，当爬过“神龟回头石”时，往下俯瞰，水桶岙的美景便尽收眼底。只见两侧高山相峙而出，延伸入海，中间环抱沙滩，海湾内曲形似水桶。海水碧蓝澄澈，由浅到深，而金黄色的沙滩如同一条长长的丝带，向远处铺展。海天相接处，船帆点点若隐若现，汹涌的波涛一浪高过一浪。在海浪的冲击下，裸露的岛屿呈现出一道道歪斜而深刻的沟沟壑壑。

行约一个小时，我们终于抵达目的地。放眼望去，一望无际的积谷洋无遮无拦地横在面前，在阳光的照射下，漾动的波光，一会儿蓝一会儿绿地变换交替着；大风掠过海面，汹涌澎湃的海浪，浩浩荡荡，铺天盖地而来，一拨一拨重重地击打着礁石，洁白的浪花开放在空中，然后随风化成水雾漫天飞舞。一群勇敢的海鸥时而斜掠过海面，时而尖叫着向海洋深处飞去。此时刚刚开始退潮，大部分依然被海水淹没的沙滩，就像一弯金黄的上弦月镶嵌在蓝莹莹的天幕。沙滩上空无一人。远处有一艘小船孤独地停泊在海上。

海浪在海风的怂恿下，一阵又一阵地向海滩咆哮着扑过来，又似带着惆怅与无奈慢慢地退回去，一遍接一遍，循环反复，海滩上便留下了许多规则而好看的波浪纹样，岸边上细柔的沙也被海浪梳理得整整齐齐；被海浪挟带上来的数不清的小生物，来不及退却，只好拼命地蹦跶着往沙滩里钻。

站在金黄色的平缓的沙滩上，感觉如同踩在柔软的海绵上一般。那沙滩沙质细腻如粉，因沙粒中夹杂有颗粒微小的石英砂岩，阳光照来，石英沙粒就好似含了阳光的成分，更是金光闪闪，特别惹人喜爱。因此有人一到沙滩便迫不及待地用那如粉的细沙把全身掩埋起来，只露出脑袋。边聆听涛音，边看蓝天上白云悠悠，倒也不失为快事一桩。

沙滩之上，色彩斑斓的螺贝随处可见。沙滩上还有许多洞眼，点点簇簇，像花朵的样子，又像被谁镂刻、摆放而成的工艺品。同去的人说那是螃蟹窝，于是大家挽起裤脚，拿起手上的工具，看到螃蟹就追……

最快乐的当然要数孩子们了，他们也在这里找到了自己的乐趣。孩子们用沙子堆起一座座城堡和一只只小动物。当潮水把这些城堡和小动物冲得无影无踪后，他们踩着沙滩，不服气地又重新开始堆砌，堆成后便欢呼雀跃起来。

这里的海面开阔，潮水落差不大，很是适合腾波踏浪。于是我们像挣脱缰绳的马儿，叫着、跑着扑进海水中。我喜欢仰泳，躺在海面上，随着海浪的节奏缓缓起伏，我觉得就像躺在童年的摇篮里。虽然被海浪打翻过几次，眼睛、耳朵里也进了海水，但是，仿佛已经感觉不到海水的苦涩了，我觉得自己正幻化成一条鱼，自由自在地在大海中游荡着。水中有很多鱼，不时撞在我的身上。水面上也有成群银白色的小鱼纷纷跃动，当我接近时，受到惊吓的鱼儿一下子跑得不见踪影。

水桶岙除了滩平、沙净、水碧，岸边还处处悬崖陡壁林立，怪石星罗棋布，那些怪石，不仅形象奇特，而且充满意趣。你看，那鲤鱼跳水、神龟望月、鲨鱼出海，那海豚嬉水、弥勒大佛，无一不惟妙惟肖；还有石官人、媳妇轿、双鲤鱼也无不形态逼真。其中那块与温岭市区五龙山上的“石夫人”有几分相像的“媳妇石”，妩媚、俊美，风情万千，尤为令人注目。更为奇异的是，“媳妇石”的脑袋可以转动，一个稍有力气的人就能把她的头颅摇动起来，却永远也无法把它推下来。而“老鼠偷馒头”则妙趣横生：一只饥饿的老鼠，伸长脖子，盯着石桌上的大馒头，双脚抓着石桌，正跃跃欲试，又怕被人发现，一副馋相毕现。那兀立在海面上的水牛礁、鸡冠礁和出水蛟龙，观其形状，察其神态，简直就是哪位雕塑大师精心打造的杰作。沙滩边，还有一个天造地设的山洞呢。山泉从洞顶石缝间滴落，发出美妙的声音。藏身静谧的洞内，掬清凉而微微发甜的泉水来饮，我顿时觉得身上的海腥气味和疲劳消去许多。

水桶岙的东北面，还有许多岩石受海浪长期侵蚀冲击形成的海蚀崖、柱、穴、平台等景观，人称“海上小石林”。有的岛、礁在潮落时才露出水面，若遇大潮，即被海水吞没。待潮水下落，这里无疑是欣赏海礁峥嵘景观的好去处。

水桶岙，尽管海滩不及象山黄金海岸的广阔，沙子不及普陀千步沙的细腻精致，海水也不及温州南麂岛的蔚蓝晶莹，但是我要说，她更让我沉醉，更让我痴迷。倘若有人问我理由，我会理直气壮地告诉他：因为这片天真、无邪的处女地，自然、质朴、清纯和秀丽，处处透着一种简约的美，一种淳朴的美，并且她拥有一份难得的清静和洁净！

梅庄探梅

古人云:“梅花以惊蛰为候。”因为暖冬,今年立春刚过,长屿硐天八仙岩景区梅庄的梅花就提前绽放了。闻得“春雨润梅凌寒开,暗香盈袖俏争春”,我便顾不得小雨淅淅沥沥,迫不及待地赶去,盘桓半日,着实一饱眼福,又增长了不少见识。

八仙岩是国家4A级旅游区长屿硐天的一个重要景点,坐落于距温岭市区10千米的举世闻名的“石板之乡”长屿境内,因山顶崖壁上天生酷似八仙聚集的山岩而得名。八仙岩有众多的寺、庙、庵、观,而且皆依崖而建,以洞为宇,洞内佛像、菩萨、罗汉和汉代大儒董仲舒神像等雕像,无不栩栩如生,融宗教文化、自然景观于一体,人称“仙乡”。景区内亭台楼阁构筑奇巧,别具一格,石级甬道与石梁寺、凌霄硐等多处景点相连。岱石庙洞顶峭壁高百余米,“石破天惊”四字数里之外可见。还有凌波池清澈见底,翼然亭玲珑别致。八仙岩景区内绿树成荫,繁花似锦,特别是梅庄广植梅树,占地约3300平方米,每年初春,这里便成了赏梅的好去处。

尚未进入园门,阵阵似有若无的梅花香便从园内飘出,弥漫在山谷里,闻着这沁人心脾的清香,连素不相识的人们也掩饰不住欣喜,彼此谈论着梅花缥缈的幽香,恨不得马上就置身于那暗香浮动的梅树林,尽情地享受大自然无私的馈赠和赐予。

走进梅庄,但见眼前是一片绚丽多姿的花海,一株株红梅、白梅、绿萼、黄梅竞相绽放。一朵朵盛开的红梅点点飞红,灿若流霞,妍态迷人;

迟开的白梅则玉衣素裹，有的一两朵、三四朵初绽，朵朵银装，白似积雪，有的还在含苞待放；绿萼、黄梅次第开放，竞相吐蕊。在许多花枝上，一簇簇花、一枚枚花蕾，都凝聚着晶莹欲滴的水珠，那水珠附着于花上，也就被染成了花的颜色，与花一样娇艳了起来。那花更似被染过一样，色泽艳丽而生动，粉嫩的花瓣不需要任何的衬托便显出夺目的鲜艳。

那些梅，有的树形苍劲挺拔，威武不屈，有的古朴自然，清幽典雅，有的悬根露节，枝虬干曲，有的秀枝横逸，错落有致；或如戟如剑，或宛如游龙，千姿百态，仪态万方。树干被雨水润过以后，黑黝黝地闪着光亮，显得十分精神而深沉。好一个“梅天梅地梅世界”，让人倍觉神清气爽。

此时，风，轻轻地拂着，雨，如烟似雾，空气里还夹杂着青草和泥土的味道，湿漉漉的清新。透过细细密密的雨丝望去，那如酥细雨湿梅花，使其显得一尘不染，超凡脱俗。

梅庄里，一块巨石横卧，“梅庄”两个绿色大字遒劲俊逸，不知为何人所书。具有浓郁地方特色的石亭、石台、梅径、梅岭，与点缀其间的苍松翠柏相映成趣，仿佛成为“花海”的背景，更衬托出梅花玉洁冰清之美。举目四望，八仙岩因梅增加几分美丽，而梅则因奇特的八仙岩平添无限神韵。

梅花素有“花中君子”之称，是我国十大名花之一，已有三千多年的栽培历史，早在《诗经》中就有关于梅花的记载。人们把松、竹、梅称作“岁寒三友”，尊梅、兰、竹、菊为“花中四君子”。梅花那不屈不挠的精神和顽强意志，历来被当作崇高品格和高洁气质的象征，深受人们的喜爱。古往今来，人们或以画绘之，或以诗吟之，或以文赞之，或寄以情，或寓以意。更有不少名人与梅花结下不解之缘，留下许多逸闻趣事，如宋代诗人林和靖隐居孤山，梅妻鹤子，传为美谈，一句“疏影横斜水清浅，暗香浮动月黄昏”流传至今。元末画家王冕不仅为梅花作传，且隐居九里山中，植梅千株，结草庐三间，自号“梅花屋主”，他又工画墨梅，花密枝繁，行笔劲健，有时用胭脂作没骨梅，别具风格。近代金石与书画大师、西泠印社首任社长吴昌硕先生一生钟爱梅花，不仅留下了“十年不到香雪海，梅花忆我我忆梅。何时买棹冒雪去，便向花前倾一杯”的千古绝唱，而且还选梅边作为长眠之地。国画大师齐白石38岁时，曾租了间周围拥有20里梅花的房屋，取名为“百梅书屋”。画家朱屺瞻曾于寓所周围植梅百余株，将寓所命名为“梅花草堂”。

不仅文人雅士对梅情有独钟，平民百姓同样也十分钟爱梅花。你看，成群结队的人们穿行在花树间，在花海里左顾右盼，摆着各种姿势，或倚梅留影，或诵吟梅诗，阵阵笑声不时从梅花丛中飘逸而来。有个女孩在梅花下伫立，不时把鼻子凑近花，一面陶醉在梅的娇颜里，一面惊讶“怎么闻不到香味？”

其实，有道是“着意寻香不肯香，香在无寻处”。梅的香不是非得要凑近了才能闻得到，梅的美也不一定非得要怒放了才能领略。就像有些事一直沉浸在其中就容易迷失，很多时候，保持适当的距离反而更容易体会出另一种美的存在和韵味。

漫步在梅林，细细观赏着、慢慢品味着，我仿佛能感觉到含苞待放的花骨朵儿那稚嫩的身躯正在蓬勃生长；那怒放的花儿正露灿烂的笑容，展示着独占春光的喜悦，好像能听到那尽情的欢唱；那遒劲的枝条，俯仰有致，也在向世人展示着不畏霜寒的高风亮节。

在梅庄，饱览着“素艳乍开珠蓓蕾”的美妙，我的内心深处总会涌动一种脱俗的感觉，往日的落寞惆怅一扫而空。在梅庄，我在知道赏梅所讲究的观梅花之“色”、寻梅花之“香”、悟梅花之“形”、品梅花之“韵”、探梅花之“时”等赏梅常识外，还懂得了古人所追求的在淡云、晓日、薄寒、细雨、轻烟、夕阳、微雪、晚霞、清溪、小桥、竹边、松下、明窗、疏篱等环境下赏梅，以享受浓浓的诗情画意的雅趣，同时，还知道了梅花又名“五福花”，象征着快乐、幸福、长寿、顺利与和平。

我多想坐在山中的草屋里和人对弈，清风把梅香送来，想看花，却无从寻觅，听到远处山谷里隐约传来古琴弹奏的《梅花三弄》，想寻那弹奏的人，却也遍寻不着；或坐在漆黑一片的庭院里，泡一杯香茗，沐浴于香涛之中，想象那梅花印月、月笼梅花、不见梅花却胜于相见的意境。这可是赏梅的最高境界，我如何能做到？不过，要是能在梅花树旁住几天，感受风霜雨雪中的梅花，与花下珍禽为伴，仙鹤为侣也不错啊！

走出梅庄时，天色将晚，赏梅的人却仍是络绎不绝。我知道，他们不仅仅是为了赏梅，更是在探寻春天的起点，循香探梅，可是探寻春天的最好方式。我不由得想起了南朝宋人陆凯的《赠范晔诗》：

折梅逢驿使，
寄与陇头人。
江南无所有，
聊赠一枝春。

雨中方山行

身边的风景总是容易被忽视的，比如方山，如果不是陪省群艺馆的一位老师去，让我自己决定的话，真的不知道要等到猴年马月才会想起。

从温岭市区出发，沿着甬台温高速公路前行不到半个小时，翘首东望，方正如砥、巍峨横空的方山即呈现在眼前。

方山是雁荡山余脉，古代又称方城山、方岩，位于温岭与乐清交界处，层峦叠嶂，气势磅礴，山体和地面垂直如削，四周石壁高达百米以上，远远望去，整座山就像一座古城堡似的，因而得名。晋代王羲之曾在《游四郡记》中这样记载："临海南界有方城山，绝巘壁立如城。"而且，方山之顶平坦空旷，竟是一片面积广达700亩的空中平原，实属世所罕见。更有四时山花竞放不绝，故又被誉为"空中花园"。相传汉朝汝阴（今安徽阜阳县）人周义山在方山绝顶之上结茅趺坐，那几百亩田地就是他开辟的。他升仙得道成为紫阳真人后，山顶之田故而又称"仙人田"。山顶常有云雾缥缈，使人如置身九天云霄，飘然若仙！如逢好天气，在山顶极目远眺，不仅温州、台州两地历历在目，壮观的东海日出也可一收眼底。

南宋历史名臣王居安有诗云：

方岩胜处是仙家，
时有轻云薄雾遮。

我欲去时君共去，
溯流而上看山花。

清代温岭诗人谢瑜曾有诗赞曰：

仰止方岩千仞几，
巍巍高大与天齐。
当天白日青云接，
万里江山一望低。

清末庠生，民国初年曾任浙江省议员的温岭人赵枚也曾作过两首《咏方岩》的绝句：

（一）

天地忽倾陷，
东南柱石存。
苍茫临海峤，
屹立此为尊。

（二）

方岩何岩岩，
方石方且正。
后贤师前贤，
留作他山镜。

方山山峻、林秀、石奇、泉美，山水清幽，更有众多寺观、庙堂、楼阁、摩崖，景观奇妙，实乃旅游、度假、避暑之胜地，在2005年作为雁荡山地质公园东园区被联合国列为世界地质公园。

我们去的那天，天空下起了小雨，那雨轻得像云，像雾，又像烟，把方山装点得朦朦胧胧的，给我们的心情也带来如雨丝般的清澈。湿润的空气中弥漫着松林清新的油香。为我们做向导的小柳，曾在当地工作数年，说起方山的山山水水和历史人文如数家珍。她说，你们来得正巧，小雨为你们洗尘呢，雨中方山更添几分韵味，分外好看，雨中游方山，情趣更是非同一般。

我们从方山西麓拾级而上，青石板砌成的石阶宽阔平整，故而上山如履平地。沿古道，进石门，一路佳木相伴，青萝迎迓。

道边，有悬崖峭壁凹成一道弧形，横亘1000多米，气象阔大森严，称为峭斗嶂。峭斗嶂是方山西侧的整体悬崖景观，高80米，嶂壁刻有“镇山”两个大字，故又名镇山嶂。

峭斗嶂的半腰有一岩洞，即峭斗洞。洞口镌有清代书法家何绍基题的门联：“峰回尘境隔，花落洞天幽。”洞居悬崖之下，外大里小，呈田螺形，内有一泓碧水。相传王羲之当年游方山避雨到此，看见这方池水，大喜，就在洞中写下了《游四郡记》，并在池中洗笔净砚，于是水池就成为右军洗墨池。至明代，年少的谢铎曾在此发愤苦读，后官至礼部右侍郎兼国子监祭酒。旧时传说，人喝了墨池水，会变得聪明伶俐。峭斗洞因此又具有了浓重的书卷气，成为历代文人墨客以诗会友的好地方。

峭斗嶂上有一流飞瀑高约100米，水不甚多，凌空无着，微风过处，水瀑散成万斛银珠倾泻，飘飘洒洒，悠悠晃晃，如纱似雾，至岩脚成为沾衣欲湿的蒙蒙细雨，这就是梅雨瀑。此时有西风吹来，数不清的瀑珠向上倒卷飞舞，一丝丝、一缕缕，既坠又升，既聚还散，如白梅点点，顿成奇观。洞下半圆形的梅雨潭，水清可鉴，周边怪石嶙峋，千姿百态，绿树翠竹掩映，不知名的小花艳艳的点缀其间，煞是好看。

在梅雨瀑左侧，有2005年重修的方岩书院。褐柱白墙的仿明清精舍，占地面积1600平方米，建筑面积800平方米。楼高二层，虽不巍峨，但清雅幽静。书院内分千年文明、地灵人杰、今日大溪三个主题展馆，展有南宋王居安和明谢铎、兵部尚书赵大佑等先贤的诗词、文章、书法作品，是游人观赏、休憩的好去处。小柳说，这书院是世界遗产研究专家、北京大学世界遗产研究中心主任、温岭籍的谢凝高教授主持设计建造的。谢教授名重学界，被誉为“现代徐霞客”，他常四处奔走呼吁，制止破坏性开发名胜古迹。谢教授执着保护自然遗产的精神令人肃然起敬。

峭斗嶂附近有很多象形石景，使人见了不由得为大自然的神奇造化而折服。瞧，那美女照镜石，一如高髻轻挽、玉颈颀长、香肩微削的古代美人，沐浴方罢，正亭亭玉立地对镜梳妆，形神兼备。在照镜石不远处，有高30余米的一峰昂然兀立，通体圆浑光滑笔直，头稍尖，酷似一管还蘸了浓墨的如椽巨笔，人称文笔峰。那团箕岩，位于方山平台北侧，岩顶平缓，约400平方米，自顶而下四面裸露40米的岩壁，上小下大，其形与农家团箕十分相似。与团箕岩并峙的是天柱峰，天柱峰拔地而起，高出山坡100多米，气势雄伟，且峰顶广约100平方米，树木如伞，葱茏碧绿。在峭斗嶂西南端，崖壁突出，状似巨象垂首者，那是大象岩。玉笋峰在大象岩侧方，只见一峰挺拔高耸，似生机勃勃的春笋，峰顶灌木丛生如箨，旁边另一峰高不及其四分之一，似刚破土而出的新笋，箨叶片上似乎还带着露珠。我们在这里还看到一个十分有趣的景观，那就是“螳螂捕蝉，黄雀在后”。在峭斗嶂对面，那头、足、身躯分明的螳螂作势欲扑，踞其一侧的蝉，战战兢兢，欲逃不能。黄雀岩在玉笋峰后悬崖之巅，一巨石形似山雀隐在峰峦间，窥视着捕蝉之螳螂，正在伺机下手呢。螳螂、蝉和黄雀，多么惟妙惟肖！猩猩迎客岩位于峭斗洞至南北斗游道转弯处南面悬崖上，一块巨石颇似猩猩之头，耳目、口鼻具备，做迎客状，“兀然山口立，笑引往来人”。而老猿拜天门则在仙天门北边的山冈上，一石状如一老猿匍匐于一巨岩上，正朝仙天门虔诚叩拜，也有人说是老猿在听经呢。旁边还能看到很多象形石，如企鹅岩、观音岩、五象嶂等，无不活灵活现。

方山不仅石奇，飞瀑流泉亦美，且不可胜数，如白龙瀑，瀑自方山顶之白龙潭而来，跌落百余米，仿佛白龙腾云驾雾，呼风唤雨，从天而降，咆哮奔腾，直泻入潭，顿时潭水翻滚，飞珠溅玉，喧声轰鸣，堪称壮观。还有飞云瀑、透天瀑、龙王瀑等，亦各具神采。

我们边走边看，不知不觉间行及山顶，雨渐渐大起来。烟雨中，云缠雾绕，峰峦愈发苍莽迷茫，俯瞰处，螺青色的山峰若隐若现。除了不知起自何处的淙淙水声和一两声鸟鸣，四周是那么的静谧。带着马尾松沁人的清香的雨珠不时滴到我的后领，钻入我的衣襟，我感到说不出的惬意。

呵，方山的风景，远比我想象的美。尤其在如酥细雨中，山风吹过，座座山峰如同在云海中漂浮一般；方山像刚刚出浴一样，显得格外娇柔多姿。满山遍野的苍松翠竹经过云雾的洗礼，显得青翠欲滴，充满了生机，令人不觉神清气爽，生出无限的遐想。

老师说，方山风景的一个特点是乍看貌不惊人，但胸中大有丘壑，似乎染有祭酒遗风。小柳快人快语，说道，老师的话很有见地，谢铎跟方山的山山水水确实有着一种扯不断的情缘。方山钟灵毓秀，赋予谢铎不尽的灵气，生于斯长于斯的谢铎自然爱极了方山的美景，不仅常常登临吟赏，誉之为“东南第一名山”，而且给方山增辉添彩，披上一层神奇色彩，使方山声名卓著。这里的一山一水至今都留有关于谢祭酒的传说呢。只是今天我们无暇去一一谒见。

说话间，小柳带我们来到了登方山不能不去的羊角洞。

羊角洞，位于方山东南半壁中，北傍方山平台，东邻玉兔岩，西北和峭斗谷接壤。屏开嶂合，洞壑罗列，深谷万丈，绝壁千仞，洞下部宽大达数米，上部石缝尖细，状如羊角。洞内有裂隙淌泉，异常清洌，称羊角水，洞内右方建有飞檐翘角的道观玉清宫。好一个险峻清幽的所在！

不过，到此的恐怕无几人只是为了赏景，因为这里颇为奇特的半副对联更吸引人。半副对联不知何年何月出自何人之手，联云：“羊角洞之水难解解解元之渴”，意为羊角洞之水难以解除姓解的解元的口渴。其中“羊”字与“角”字组合即为“解”字，联中三个“解”字其读法或用法皆不相同，要找到既可拆解又多音多义的字眼来应对，实非易事，故下联至今尚缺。也许正因为它几近绝对，才更显得奇特，更可以增加羊角洞之魅力。

哦，方山，真可谓是妙不可言的胜地。不仅山水美不胜收，人文景观也是如此的奇异！

带着一身的湿漉漉和一腔的依恋，离别方山，再回头看看那云雾缭绕的地方，我告诉老师和小柳，以后再也不会来方山了。“为什么，方山让你失望了吗?”她们几乎异口同声地问。我笑笑说:“不，我已把最美的感觉留在心里了，而唯一的，才是最美的啊。”

品味箬山

箬山其实不是什么名声显赫的地方，她只是位于温岭市东南沿海的西南部、三面环山、西南濒海的一个半岛，那是一处只有几千户人家的渔村小集镇。由于不断听人说起箬山“人家住在潮烟里，万里涛声到枕边”，比素有“画中镇”“东方巴黎圣母院”之称的石塘更美、更迷人，我便动了一游的念头，待有机会亲临其境，始信箬山确实有内涵，有魅力，且深沉。

箬山山海风光秀丽，港湾桅樯林立，白鸥翻飞；依山而筑的屋是石头砌的，街是石头铺的，路是石头造的，巷是石头围的，高高低低的石级，蜿蜒曲折，直通大海，独具风采。古人“千家石屋鱼鳞叠，半住山腰半水滨”的诗句，就生动地描绘了箬山的秀美景色。关于箬山地名的由来有两种说法，一是过去岛上盛产箬竹，故称箬屿，又称箬山；二是箬山分为里箬和外箬，如包粽子的箬叶，层层包裹，故得名。渔镇居民多为闽南回族的后裔，据说他们的祖先是从台湾省西部沿海移居回来的。闽台回族的古老风俗和渔民的海上生活习俗，经长期演化，在这里形成奇异、别致的乡土风情。

箬山留有至今保存完好的密集的古石屋群，最典型的当数箬山街南边的里箬村，它位于箬山半岛的后半部，石屋群建在山上。那些石屋由一条主巷道贯通，村口砌了石阶，石块路从村口铺向村尾，沿途小巷小道纵横交错，处处相通。半山腰上鳞次栉比的民居，清一色的石级，层层叠叠，错落有致。每家屋顶压有抵御台风的无数石块。漆黑的瓦片，土黄的石块，形成一种强烈的反差，特别是边上的一圈石块更大更密，仿佛屋顶镶了美丽的花边。

里箬村有一所跟江南的四合院式结构截然不同、别具一格的渔村民居标志性建筑，系清末民初由当地渔业资本家陈和隆所建。该建筑群木石结构，总建筑面积600平方米，分前后两幢。前楼六间面海而立，上下共四层，西边是客厅，客厅底层为地下仓库，开有水门，涨潮时船可直接泊到屋内卸货。楼前有80多平方米的观海凉台，青石栏杆上雕刻着各种戏曲人物和海洋动物，设计别致。前幢的门框、凉台石柱、栏板上的图案装饰都精雕细刻。东面建有花园，现尚存一角，立有《陈氏小园记》碑一方。后幢共楼房七间，分三个部分：东边三间是主人住宅，名曰“振声庐”，中间一间是楼梯过廊，西边三间是生活用房。后楼依山而筑，两边建方青石炮台。两幢楼之间有飞桥相通。

离里箬村不远处的东海村有座天后宫，也称妈祖庙，供奉着渔家保护神——天后娘娘林默娘。天后宫建于清末，是座四合院，正门显示着翻滚奔腾的大海，宫内石墙、石壁、石殿、石天井、石戏台，虽已斑斑驳驳，布满岁月沧桑，却至今仍显示着非凡的艺术魅力。精湛而严谨的建筑把“保我黎民”“舟泰人安”“满载盈归”“独占鳌头”的心迹全部注入石块之中，组成了一曲具有浓烈古风而又和谐、凝重的乐章。那雄伟的石群建筑，在整个东海边上实属罕见。这里的居民对它有着很深厚的感情，常常到宫里点香祈福，尤其是出海和经商的人更是每逢重要节日都会上门朝拜，保佑平安。

在里箬村右侧有个水神庙，供奉的是夏禹王，渔家尊称为“平水禹王庙”。大禹是中国古代的治水英雄，讨海人常年跟海水打交道，相信水神能保一方平安。

每年元宵，箬山的渔民都要以跳大奏鼓、扛台阁等独特的过节方式来庆贺。扛台阁在箬山已有300多年历史。扛台阁总是由一个村发起，其他响应的村将本村的台阁扛到该村，待全部到齐后，再由抬着燃了炭火的火镬开道，随后是五六人组成的锣鼓队，然后才是发起的那个村扛的台阁，接着按顺序起程游街串巷，走遍箬山的每个村落。还要把火镬里的炭灰倒在箬山的东、南、西、北四角，永镇传说中麒麟山上作恶的麒麟，以求得年年风调雨顺，海水好，鱼儿旺。如此一直持续十多天，一般要连续扛三年。

扛台阁时，整个箬山“火树银花不夜天”，居民倾城而出，万人空巷，每当台阁队经过，人们夹道相迎，争相欣赏台阁中由金童玉女装扮的戏曲故事或神话传说中的情景。台阁游行过程中，还有“颠轿”场景，在富有渔村特色的狮子锣鼓中，渔家子弟或急或徐，或上或下，或左或右颠动台阁，在拥挤不堪的人群中，台阁犹如一叶小舟在波涛汹涌的大海中颠簸穿行，其情其景，惊心动魄，令人惊叹。

在扛台阁的同时，有时候还表演大奏鼓。大奏鼓是一种奇特的渔村传统舞蹈，据传原由台湾高山族传到福建惠安，明代惠安渔民迁居箬山时传入，代代相传，至今已有几百年历史。表演中，一人男性打扮，头上扎红绸，身穿红衣，持木鱼或敲大鼓。其余七至十几个渔家汉子男扮女装，上身穿海蓝色的斜襟上衣，衣上装饰金黄色鱼纹，下身穿朱红或橙黄色的大腿裤，绲边上缀有鱼与水的图案。脸部用浓重的白粉打底，再在双颊涂一大片红色油彩，然后还要戴上羊角帽，两耳戴一副金色大耳环。他们手持小锣、铙钹、木鱼等跳足上场，且敲且舞，伴以锣鼓、唢呐，动作既热烈粗犷，又显得特别滑稽。据《中国民间舞蹈集成大全》记载，箬山大奏鼓是我国唯一一个渔村传统舞蹈。如此说来，这个舞蹈也可以称得上是“中国渔村第一舞”了。

每年的七夕，箬山半岛的小孩子要过特有的“小人节”。这一天，渔民们要为自家未满十六周岁的孩子扎制两到三层的彩亭或彩轿。彩亭底层是七仙女或妈祖，两翼为假山花园，再在每一层内各做数个绢人，到了晚上再焚烧掉。孩子们吃着糯米粉做的糖阄，在大人的安排下，他们兴高采烈地参加祭拜活动。如孩子满十六岁，则做一个“满金亭”，标志着孩子长大成人，家里还要大摆酒席表示庆贺。“小人节”既让孩子过得开心，又寄托了大人对孩子的祝福，表达了吉祥平安的愿望。

箬山妇女注重打扮，喜欢穿红着绿，佩戴各种金银首饰，穿刺绣缎鞋，尤其对发髻装饰非常讲究，别出心裁。她们把头发梳得油光锃亮，盘成好看的式样，其间或插一根发亮的簪钗，或缠绕上红红绿绿的彩线，上面还插着当天采摘来的鲜花。找不到鲜花时，就顺手摘一两片嫩树叶或嫩草叶替代，十分别致。清明时节，她们不是头上戴花，就是胸襟插柳，她们念唱着：“清明不带花，下世呒婆家，清明不带柳，下世呒娘舅，清明不带蒿，下世呒阿高（闽语，即姑姑）。”遇上喜庆吉事时，她们则在发髻上插数朵红绸缎花。渔汉子的着装又是一番奇特情形，他们常穿着一种赭褐色的大斜襟衣服，这衣服以土布制作，用栲树皮或番薯块煎成的汁液熬煮而成。它不仅能经得起风吹日晒与海水侵蚀，而且可以保暖。裤子则为宽腿大裆的暗蓝色笼裤。斗笠一戴，渔叉一握，在甲板上一站，看上去煞是威风凛凛。当然，这些大多是渔家旧时的装扮，现在有了不少变化。

在饮食上，箬山有十大名菜为食客所称道，即“一粽”（肉粽）、“二面”（炒绿豆面、索面）、“三丸”（山粉丸、肉丸、鱼丸）、“四羹”（肉羹、鳗羹、鲳羹、蛏羹）。千年曙光节以后，箬山风味小吃更是闻名遐迩。如今，箬山人开的特色小吃店遍布各处，形成了一道独特的风景线。

我走在箬山街上，仿佛来到了闽南，满耳是听不懂的闽南话。在日常生活中当地人一般都用闽南话交流，当然也会说温岭话。虽然当地的闽南话已不是很地道了，其发音和一些词语已与温岭话相杂，但这丝毫不影响他们作为闽南回族后裔的那份自豪感。

箬山别致的秀美景色和奇异的民俗风情，每年吸引了无数的画家、作家、摄影家到此采风、创作。吴冠中、沈柔坚、张仃和袁运甫等许多当代著名的艺术大师，一览箬山后，一个个掩饰不住惊奇、兴奋之情，有人赞叹道：“箬山的乡土风情有一种东方民族特有的艺术美！美得出奇！”

中央电视台的《渔村小叙》，北京电视台的《人之初》以及香港卫视的《渔村散记》均取材于此。1990 年，当时的箬山镇还被评为浙江省历史文化名镇。

走在箬山街头，我觉得，这箬山多像渔家自酿的一壶老白干，看似平淡，喝上一口却容易让你陶醉在那份浓烈与悠长的醇香中；又如一幅纯净和富有美妙个性色彩的民俗风情画卷，这乡韵浓郁的画面，值得人们慢慢欣赏，细细品味！

前溪随想

在温岭老城区有两条溪，一条叫后溪，另一条叫前溪。几年前，窄窄的后溪被盖上了石板，做了路，见不到了，而前溪依然如昨，曲折有致，日夜流淌不息。

我一直弄不清楚前溪的源头在哪里，在梅岭尖，在杨梅坑，还是在大尖头？我问过许多人，他们也不知道。

我曾踏着前溪的浪花追根溯源。在高高的山上，在再也看不出溪的雏形的地方，当看见一块大石头下面在渗水，我便欣喜地以为找到了溪的源头。但很快又发现，在距它不远的边上或稍远处，在许多石头下面、树丛下面同样也有潜流细涌时续时断，此灭彼现。还有，在那一丛野百合花附近，每一片草叶，每一片树叶，甚至每一朵花上，也都眨着亮晶晶的眸子哩。哪处是溪的真正源头？索性，我就认定每一颗露珠都是源头了。只是这晶莹、细密的源头，谁能数得清呢？也许，真的像有人说的，一条大河有确切的源头，而一条小溪是找不到源头的。

我也始终不明白前溪将流向何方，何处是它的归宿，只觉得清清亮亮的小溪日复一日静静地流淌，在山脚，在林间，在鹅卵石堆和长着蒿草的溪滩，在桃花开、柳絮飞的路旁。清澈的溪流时而款款深情漫过草滩，与溪边羞涩的蓓蕾忘情地亲吻；时而击石跳珠溅玉，淙淙作响，跌宕起伏间个性张扬有如飞禽振翅、烈马长嘶。溪水缓缓地向前流淌，鱼儿在漂着花瓣、落叶的溪水里游动，还有几只活泼的小鸭子在嬉戏。阳光照射在水面上，溪水犹如姑娘的脸蛋，红彤彤的，那蓝蓝的天和几朵轻盈的白云倒映于清亮澄澈的水中，呈现出一幅醉人的画面，这画随水漂流，淌到那碧绿深处，向远方流去。

一路上，溪水顺着弯弯曲曲的山谷，涤荡着泥沙与浊流。不像江河汹涌澎湃，波澜壮阔，尽力炫耀自己一泻千里的雄姿；也不像海潮那样雷霆万钧，气势磅礴，生怕世人忽视了它的声响。它一年四季不知疲倦地唱着和谐悦耳的曲儿，幽雅而欢快地流淌着，毫不张扬，流走了绚丽的春天、多情的夏天、迷人的秋天和别有韵味的冬天。它不畏道路上荆棘丛生，怪石嶙峋，哪怕是险恶的深潭，陡峭的悬崖，也不能阻止它前进的脚步。它所到之处，蝶儿为它舞，风儿为它歌，人们向它投去敬佩的目光。

就这样，前溪在不知不觉中轻轻地淌了小城千百年的历史。那样的安详、豁达、从容、淡定，像一位饱学的老者，见证着小城日新月异的变化；更像慈母般在儿女最失意的时刻揽他们入怀，濯洗他们的双足，冲刷遍身的尘沙，抚慰他们的伤痛，让他们的情思变得湿润而清爽。因此有人说，前溪，是温岭人的"母亲河"，是被世事所困的儿女们的庇护地和精神的栖息之所。

我羡慕这溪水，它不仅给小城增添了许多妩媚、生气和灵动，给温岭人留下值得回味的记忆，还令我想起生命中最美好纯真的那些品性。

走近前溪，满耳都是潺潺的溪水声。听着这水声，我一时竟找不着贴切的词来表达心里的那份惬意。

眼下，正是和风轻拂的时节，刚下过一场小雨的傍晚，空气格外清新，月光如泻的前溪依旧暖和。数不清的蛙，用它们的歌喉编织了一支动听的夜歌，它们让夜变得有声有色；还有不绝于耳的鸟啼声、远处传来的捣衣声，前溪宛如淌满了美妙的天籁之音……

阳光岛

只要是来到温岭的人，就会想起去石塘，来到石塘，就不能不提及三蒜岛。三蒜岛可以说是一个浓缩了的小石塘，透过这里我们可以看清整个石塘，这里是石塘最真实、最完美的缩影。

三蒜岛位于温岭市石塘镇东南面，距陆地2.5千米。岛长1.69千米，宽1.4千米，呈南北走向，岛屿面积约0.79平方千米，目前是一个景区景点尚未开发的海岛，仍保持较好的原始自然状态。尽管不知它究竟是因岛形似蒜而得名，还是旧时岛上长满胡蒜，渔家常取之为食而得名，但它奇特的景色加上奇特的名字已足以让人难忘。

我是在一个秋阳灿烂的上午从石塘乘渔家小船"咕嘎"进岛的。蔚蓝的长空如洗，几朵白云如初放的菊花，明晃晃的阳光洒下来，海上浮光跃金，当我迈上码头，一瞬间这闪耀着点点阳光的碧绿海水竟然让我有点晕眩。简易的码头边岩石赭红，层次清晰，似乎带了秋阳独有的颜色。裸露的岩皮头晾满了各种鱼鲞，空气里飘散着浓浓的海腥味。道边，十几位渔姑、渔汉子正在忙碌地修整网具，有人在轻轻地哼着：

云儿飘在天空，
鱼儿藏在水中。
早晨太阳下晒渔网，
迎面吹过来大海风。
潮水升，浪花涌，

渔船儿漂漂各西东。
轻撒网，紧拉绳，
烟雾里辛苦等鱼踪。

在离码头不远处的海湾，有不少踞在小船上的垂钓者，他们或三五成群，或单枪匹马，散在各处抛竿钓鱼。我知道他们不是渔家，只是和我一样的匆匆过客。听说有时他们能钓上几十公斤重的大鱼哩。

距码头百米开外，有一片整体保存较好的石屋民居。那些石屋，都是沿着山形地势建造的，层层叠叠，苍苍莽莽。粗犷而简约。石墙淡然的浅褐色，透着几分古朴和庄严，岁月在其间留下的斑驳与这种色彩异常和谐。岛上风大，那些石屋顶上压满了抗风的石块。秋阳下，那些石屋一边幽暗一边明亮，呈现出些许神秘感，神态硬朗而又执拗，极富力度和韵味，真像一位饱经风霜的老渔民。

“结庐在人境，而无车马喧。”住着三百多人的岛上，不通车马，故而听不到市井的喧嚣，总是那么安安静静。几只花母鸡在古井边悠闲地觅食，见人来到边上也不避不让。

岛上多黑松，黑松分枝多而低矮，似乎永远也长不高，然而大有独占山林之势，枝枝叶叶虽不起眼，却透着坚贞不屈和生命的旺盛，那种由内而外散发出来的刚烈，其风骨凛凛，令人肃然起敬。这里的植被繁茂，常绿灌木丛生，有成熟的野果散发出淡淡幽香。

秋阳悄悄地把岛染成了绯红色，山上那原本五颜六色的野菊花都变得红彤彤的，连很多类似芦苇一样的植物也一扫飞絮的灰暗、惆怅和忧郁，带上了几分金黄、明丽和清爽。

我找了一块高高的岩石，坐在上面。极目眺望，远方苍茫无际，水天一色，早已辨不出哪是大海哪是天了。而辽阔的海面上，一蒜岛和二蒜岛犹如一对姐妹岛，一前一后点缀在蹀躞波光之中。几只灰白的海鸥从身边掠过，它们伴着一声声歌唱飞来飞去，轻盈的身影，在海面上画出一道道美丽的弧线。

从前岙沿着新修的石头路前行，路的尽头，是一道窄窄的峡谷，称为"一线天"。两侧高 80 余米的森森峭壁，如刀劈就，而中间只有宽仅数尺的小道，抬头仰视，似有巨岩将倾，令人心生几分寒意。以前此处山崖陡峭，几近无路，欲下后岙只能借助梯子，现在已造了路，直通岛的另一边。下到谷底，濒海处是宽阔的沙滩，沙滩呈马鞍形，坡度平缓，东北面朝大海。正值涨潮时分，海风卷着浪花扑来，仿佛整个天空和海水都要压过来。

我去过石塘车关海滩和龙门海滩，那儿的沙滩都是沙细滩平，沙色如金，而这里却是由许许多多的鹅卵石铺成的，数不清的卵石，紫褐色的花纹斑斓可爱，小的如珠玑，大的似鹅卵，阳光下还泛着冷冷青光，简直可与南京雨花石和长江三峡五彩石媲美。海浪一阵阵涌来，又悠然退去，卵石随着海浪来去而哗哗作响。沙滩边，那一块块圆润光滑的礁石被海水一遍又一遍地冲刷着，藏在一道道石缝里面的寄居蟹不时探出小脑袋，一听到声音或一见到人影，立马四处散开，都藏到岩石缝隙里面了。

穿过林立的礁石，一个由海水冲刷而成的大洞豁然呈现在眼前，洞壁有五花八门的水痕，仿佛是一幅印象派大师的"杰作"；洞口海风习习，如果盛夏伫立于此，定是非常凉爽舒适。钻过崖壁夹峙的大洞，又是别有洞天，蛾眉月状的沙滩背依石壁，石壁犬牙交错、峥嵘嶙峋，壁底长满深绿色的、淡绿色的海苔、海藻和观音手、纱帽碗等色彩艳丽的小贝类；许多礁石突兀耸立，使沙滩显得气势壮观。岛上渔民称这一方天地为后山潮音洞海滩。浪涛在"潮音壁"弹奏的天籁妙音，如削似斫、壁立千仞的旗展峰，还有憨态可掬的驼峰岩，使我倍感惊奇。

那白龙头、蟹壳礁、草鞋礁、虹屿、戏棚礁，那海岸基岩的海蚀洞、海蚀沟、海蚀龛、海蚀崖、海蚀柱、海蚀台、海蚀窗，还有从整体山岩上分离出来的头大腰细的海蚀蘑菇，以及好像被利刃劈开又欲断还连的巨石，千姿百态，让人眼花缭乱。

海浪不停歇地一浪高过一浪地冲刷着那些礁、那些石，这一波推一波、一浪涌一浪的潮头，溅起一朵朵白色的浪花和漫天的水雾。听着振聋发聩的海浪声，看着溅起几米高的海浪，登上平整光滑的大礁石，我情不自禁地吟诵起曹孟德的《观沧海》：

东临碣石，以观沧海。
水何澹澹，山岛竦峙。
树木丛生，百草丰茂。
秋风萧瑟，洪波涌起。
日月之行，若出其中；
星汉灿烂，若出其里。
幸甚至哉，歌以咏志。

古诗里的意境与眼前之景多么相似啊！我不禁想，徜徉在三蒜岛，你也绝不会悲秋，哪怕你心里有载不动的愁，有理还乱的绪。你看，沐浴在融融的秋阳里，三蒜岛的一切都那么清澈透明、一尘不染、真实明朗。这里没有开凿过的峭壁，没有污染过的空气和绿水，更没有矫情和做作，一切都是那样自然和谐、质朴和清纯。

哦，三蒜岛那阳光一般的朴素纯真，确实在其他地方难以见到，怪不得凡是到过三蒜岛的人都无不由衷地赞叹，甚至还有人称其为“阳光岛”哩。

我真想在岛上那向阳的山坡上筑一小巢，每天看潮起潮落，夜深时枕着涛声入睡，于清纯的海天之间栖息心灵，夫复何求。当然，我知道这个愿望是无法实现的。不过，做不到的，梦想一回也是美好的啊。

夏日狮峰

在温岭市西北部甬台温高速公路出口旁，有一处省级风景名胜区叫南嵩岩。在南嵩岩有一座形神兼备、活灵活现的狮峰，狮峰拔地而起，酷似一只伏卧的雄狮，它西依巍巍雁荡，南瞰滔滔东海，与方山、大旗岩及楼旗尖遥遥相对，十分令人神往。

我对这“风雷吼四面，日月绕双肩”的“雄狮”心仪已久，却一直不曾近前领略过它的雄姿。在一个满目绿意盎然的夏日，三位小友的殷勤相邀，终于了却了我的夙愿。我们去的那天，刚下过一场不大不小的雨，空气里弥漫着湿漉漉的清新。

驾车出市区约20分钟，抬头远远向南望去，即见一峰如醒狮，在似有似无的蝉翼般的雾纱里，正昂首耸立，蓄势待发，须发毕现，惟妙惟肖。哦，好一头威武雄壮的雄狮！面对这狮峰，我不由得顿时游兴大发。

弃车从部渎村上山后，一路上浓荫如幕，枇杷、梨树、松树、柏树郁郁葱葱，绿海深沉；丛丛修竹，青翠欲滴；各色野花争奇斗艳，把山谷打扮得分外妖娆；徐徐凉风拂面，潺潺的涧水潆洄，或泻或飞溅，或轻缓流淌，缠绵婉转；清脆的百鸟啁啾，使人心情无比舒畅。

沿着崎岖山道前行，时有漫天的雾如潮水般涌来，周身裹进了雾里，如临仙山琼阙，真有做神仙的感觉。想不到久居喧嚣闹市的我，今日超脱凡尘，竟做了一回仙客！

狮峰不算高，仅有309米，但我觉得狮峰的确是个好景致。此刻，烟云缭绕间的狮峰，充满了朦胧莫测的神秘气氛，那眉、目、鼻、口清晰可辨，那身躯裹满张力。栩栩如生的雄狮伏卧于万松之巅，若隐若现，昂首观海，构成了有名的“灵狮观海”。几许烟云轻缓地、袅袅婷婷地围绕着狮峰，瞬息间变化着。那扑朔迷离、神秘诡奇的云即谓“狮峰裹帽云”。有诗曰：“狮峰雄伟翠相连，翘首昂头踞壁天。夜守银河览星斗，朝探碧落膳云烟。雨余白雾额头裹，月出明珠口角悬。一吼春雷天地震，雄风大展镇坤乾。”我以为这诗不失为狮峰形神的真实写照。

行不多久便抵达狮峰之巅。狮子顶，海拔 304.5 米，踞于城墙似的悬崖陡壁之上。狮子身下阶梯状的岩层平缓如砖铺就，愈显狮子威风凛凛，气势不凡，使得陡壁周遭峰峦风采尽失。山顶巨石磊磊，石隙间榛条丛生，如剑似戟，远观恰似狮子项上毛发怒张，更平添了几分灵气，几分磅礴，不禁使人心生敬畏之意。

朝东洞是狮子的口腔，洞里鸟道内贴绝壁，外临深渊。鸟道虽已安上钢筋栅栏，但在上面行走，还是让人战战兢兢，心惊胆寒。从洞口往下看，三面千仞悬崖峭壁如斫如削，异常惊险，令人毛骨悚然。

在狮子颈背处，有两块岩石互相重叠，每块石约 15 立方米，贴面均成弧形，接触面约 0.5 平方米。下石置于地岩上，接触面约 1 平方米。若五六人一起用力，或踩在石上，可使两石摇晃，故俗称摇石岩。因其下石状若头朝前伸的乌龟在爬行，又称乌龟驮摇石。见此情景，我相信谁都会为大自然的造化啧啧称奇。

由狮峰向南，沿红岩壁栈道前行约百米，有一孤峰陡立崖边，颇像奇特的屏风。关于这道屏风，当地流传着这样的传奇故事：八仙过海时，相约第二天辰时到达海滨。铁拐李因途中贪杯，酒酣耳热之余睡了片刻，等他登上狮峰，发觉七仙已近海滨。他急中生智，右脚在红岩上一蹬，一个空翻筋斗赶上七仙。由于用力过猛，脚掌陷入岩中，抽回时腿部受伤，鲜血染红了岩壁，从此他便成了跛脚仙人，那被鲜血染红的岩壁后人称之为红岩壁。在他的一蹬一抽神功下，部分岩壁移位约 5

米，高高独立成峰。铁拐李还在屏中间穿透了一个大脚洞，形似草鞋，故称草鞋洞。因与铁拐李传说有关，状若屏风的孤峰即被人叫作仙屏了。仙屏雄伟挺拔，与红岩壁连成一体；洞穴轮廓清晰，洞穴上草木丛生，充满奇异气氛。

在狮峰北半壁有个烟火洞，崖壁内凹，有100多米长的天然游廊，廊顶由约2米宽的悬崖覆盖，上下回环，曲折幽深。主洞有200余平方米，俨然是天然的大雄宝殿。洞中供奉着观音，洞外有一状如僧人合掌的和尚岩，一里一外，一静一动，浑然成了“和尚拜观音”妙趣横生的奇景。洞外东侧的陡壁山坡长满东南飘拂草，形成随风轻扬的“草瀑”景观。

众多的景致如群星捧月，把狮峰装点得格外迷人。难怪，到方山的人总会想起去南嵩岩，去南嵩岩，总不忘把游狮峰当作首选。哦，狮峰不仅奇险神秘、清幽秀丽，据说峰下的马鞍山，在清光绪年间(1875—1908)还出产过时称“狮峰玛瑙”的珍贵的鸡血石呢。

当炊烟袅袅升起的时候，我们恋恋不舍地走下山来。回头望时，顿觉那暮霭里的狮峰真似一头巍峨横空的雄狮，在日夜守护着这片美丽的家园。

到白峰看瀑去

雨后无疑是赏瀑的绝好时机。所以，宿雨甫歇，我就寻思开了，是到横山，还是去紫莲山，或是去南嵩岩？温岭山多瀑众，一时竟让我没了主意。正举棋不定间，家在箬横的小朱一拍我的肩膀："走，我带你去白峰，那里绝对不会让你失望的！"

呵，我咋就未曾想起白峰呢？其实我早就听闻过白峰的大名，朋友发来的相片中，那飞珠溅玉般的美丽瀑布散发着无比的诱惑力，让我蠢蠢欲动，一直想找机会见识一下。因此，当小朱一提及此事，我便毫不犹豫地决定前行。

白峰山古称玉峰，在箬横镇西部约 2 千米处。此地山深、岩峭、林茂、景幽，近年来有游人驱车结队而来，络绎不绝。

上白峰山有多条路可选择。我们是从山的南麓沿着山涧一路往上走的。一进山，便处处领略到"晓烟酣石气，夜雨壮溪声"的诗意。那数不清的泉水自石缝间悄然涌出，丝丝缕缕，绵绵不断，漫过山坡，又流淌着不知去向了。水声时而清幽，时而洪亮，时而悠然，时而局促，一声声叮咚悦耳。上山一路，我们就像在歌声中穿行。溪流上空弥漫的隐隐白雾，随着山风缓缓卷动着；闻不尽的松树的清香，让人觉得空气也格外的湿润、清新。

行不久，道边忽现一片开阔的小山岗，岗上有小亭翼然。这里视野无遮无拦，小朱说，这是专供游人登高远望饱览群山之美景而建的，若在好天日，此处还是望海观日出的好地方。我忍不住左顾右盼，四处细细打量起来。

蓦然，我的视线被南边不远处云遮雾障间的石壁所吸引，小朱告诉我，那就是“穿壁洞”。只见一巨大岩体，中间突出，两侧微微凹陷，酷似大象头部，其象鼻悬空成洞，洞广约十米见方，其形状像极了桂林的象鼻岩；又如张家界那世所罕见的奇观——天门洞。据说许多年以前这里是沧海，穿壁洞是泊船用的。沧海桑田，自是令人感慨不已。

这时候，一阵阵风带着凉意从穿壁洞迎面扑来，顿时，一团团、一簇簇的云朵聚拢，如波涛翻滚，颇有“涛似连山喷雪来”的气势。更有云流形成了一个轻盈无比的云瀑布，顺着深深的山谷浩浩荡荡飞泻而下，那前扑后涌的云堆，犹如波澜壮阔的天河之水，汹涌澎湃，却又无声无息。朦胧中，山形不见了，树影不见了，连路也看不清楚了。所有的一切都被浓浓的尚在升腾的云雾笼罩了。不一会儿，又见四方云卷云舒，恍如涓涓细流，九曲十八弯，沿着山峰迤逦而去。那神奇的云瀑，看得我目瞪口呆，久久回不过神来。

顺着山路北行六七里，便到了百丈岩瀑布。还没看见瀑布就能听见瀑布倾泻的轰响。赶紧趋前循声望去，但见水自千仞绝壁上漫天而降。从远处看，好像一根银白色的巨柱擎天，气宇轩昂。站在瀑布近前，瀑布泻在突出的危石上，似万斛明珠从天而泻，四周水雾飘飘洒洒，云烟缭绕，白茫茫一片。离瀑布再近一点，则凉风习习，风带来的小水珠打在脸上，沁人肌骨。瀑布下，潭水晶莹碧绿，岩顶斑驳的树影和成片的云朵就映在潭里面。潭的三面，巨石磊磊，有的平卧如床，又像虎踞山中；有的兀立似柱，或形似门神，或状如将军，惟妙惟肖，妙趣横生。那嶙峋的怪石，嵯峨的山峰，天然地构成了充满幻象的奇景。那陡峭的山崖上还有一股绿色的瀑布呢。不过，这不是真正的瀑布，这是一片谁见了都会喜爱的山藤，风儿吹来，藤儿随风摇晃，枝枝叶叶间还挂着亮晶晶的水珠呢。远远望去，似绿莹莹的飞流从悬崖上泻下直落深渊，煞是好看。

从百丈岩瀑布往前走，有瀑水来自陡壁重崖之上，只见断崖两壁夹着的一股巨流，忽然从峭壁上飞坠，犹如一条玉龙横空出世，狂放不羁。那凌空飞舞的玉龙呼啸着，不断地喷云吐雾。这就是白龙瀑。瀑下的白龙潭，潭水四季碧蓝澄澈，深不可测，相传为白龙修行隐身之所，与东海相通。潭边悬崖峭壁如削似斫，青藤缠卧石，绿叶隐岩壑。潭对面有两石令人称奇，一块是似有足无身的石狮，四足十分逼真；其二是天柱峰头相叠的两块巨岩，状若天外飞来，被人呼为"飞来石"。在潭边小憩，我一边观赏着瀑布，一边沉浸在民间传说的意境之中。

白龙潭悬崖上新建有白龙宫，掩映在郁郁葱葱的树木之中。自宫内传来的钟鼓声声，合着飞瀑的清韵，似一曲奇妙的梵音，为白峰山平添了一份神秘的气氛。白龙宫后有一条上行的山脊，拾级而上可达青龙庵瀑布。那瀑布匹练般垂自百余米的高崖之巅，急流如矢，飞降断崖，吐珠溅雪，声震涧谷，余音袅袅。据小朱介绍，每当正午时分，在阳光照射下，瀑布边会出现一道美丽的彩虹，映照得周围苍翠欲滴的山谷光怪陆离，十分耀眼。

赏罢此景，我欲转身离去，隐约又见前方葱茏的山崖间坠落一股二三十米高的银色的瀑布，好像从一匹仰天长啸的天马身下喷出，时而沿巨岩汩汩而流，时而宛如白缎般哗哗地翻飞。这别具一格的瀑布，就是山间有名的"马拉尿"瀑布。

雨后的白峰山，漫山遍野湿漉漉的，满目都是水的图画，满耳都是淙淙水声。那一挂挂飞瀑、一道道水泉和一条条溪流，分明是一首首流动的歌啊，在不停地吟唱着大自然的美丽，赞美着旺盛的生命呢，同时，也将我的心灵涤荡得无比的澄澈、洁净，使我的心境也变得明快、爽朗起来。

不到白峰，实难想象，这里的景致，竟然可以出色到如许程度！我不禁连声叹道：不虚此行！此刻我好想学一回韦应物，小坐瀑下，"聊将横吹笛，一写山水音"。

野山秋日胜春朝

野山在温岭市八仙岩景区的南面，与举世闻名的长屿硐天相邻，一直不甚出名。但到过野山的人说，这里的风景如画真是不假，且无不称羡那里是一个仍然保持着比较原始的自然风貌和生态环境的地方。作为一个小家碧玉般的风景区，野山的魅力不仅在于其自然赋予的秀美，还在于其中蕴藏着的质朴和纯真。我曾在三月间和野山有过接触，便以为自己对野山有所认识，待走进秋天的野山，才明白我以前对野山的了解竟是那样的肤浅。

今天，我从山的北麓沿着蜿蜒小径向山上走去。一路上，苍绿的马尾松、红艳的黄连木，以及槭树、黄栌和那些我叫不上名的树啊草啊都在向我展现它们的风采，似乎在告诉我秋天是野山最美的季节。看，整座山都沉浸在秋的思绪中。放眼望去，那些成片的枫叶好似美丽的红霞，飘浮在连绵的群山之上，又如火焰，在树枝上燃烧，连天上洁白的云朵似乎也被映红了。满山的果树都结了果子，四处飘散着甜甜的香气。黄澄澄的柿子沉甸甸地挂在树上，像一盏盏小灯笼。栗子树上，毛茸茸的栗子经秋风一吹掉下来，跌破栗蓬，蹦出几颗饱满的、紫红色的栗子，若捡起来剥开壳一吃，又嫩又香！而山路上不时飘落着一些黄色或者红色的叶子，似乎也在说，秋天还是一个浪漫、多情的季节。

野山，不仅那些植物充满秋的情怀，那些山石，那些流泉，那些独特、丰富的自然景观也构筑着一种雄浑而坚实、豪迈而奔放的秋之神韵。

我穿过光影斑驳的拢风岙，走进了翠鸟谷。翠鸟谷虽只长200余米，但到处是看不够的好景色。谷口，一挂雪白晶莹的瀑布从石壁顶端飞泻而下，珠垂玉坠，直落深潭。瀑布落差不是很大，但水势颇急，一路激荡奔涌，另有一番气势。强大的冲击力冲得潭水碎为片片飞花，四下直溅开来，阵阵山风吹来，把它吹得如烟、如雾、如尘。清澈的潭中数不清的游鱼忽聚忽散，忽隐忽现，敏捷地摇头摆尾，游得正欢。潭边绿树修竹丛中，一群群翠鸟啁啾鸣叫着，轻快地飞来飞去。

在谷里，常可看到一泓泓山泉、一条条白泽轻淌。这山泉瀑布又汇成长长短短的溪流，隐行于山缝之间，穿梭于卵石之上，或溅起朵朵白花，或拨响叮咚琴弦。清幽、宁静的谷间怪石林立，三五成群，形态各异。其中一块高7米、宽6米的恰似迎客屏风的巨石，屏上黑白斑驳，层次分明，犹如泼墨渲染的画屏。那石屏似经刀劈斧斫，自上而下裂为两半，人称“天打岩”，格外引人注目。石上的爬山虎，由一条长长的藤儿连接的那些叶子，由黄渐渐泛红，一派斑斓，宛如锦绣。石缝间还长着几枝叶片艳丽的小树，在随风轻轻摇曳。

在“天打岩”的不远处，有一座山峰巍峨耸立，酷似自天边飞来的威风凛凛的一只神鹰，高高地踞于山峰之巅，正欲展翅向山下奋力俯冲，尽显“双翅一扇波浪生，两腿摆动起海啸”的王者之气。这就是人所乐道的“神鹰岩”。

与“神鹰岩”遥遥相对的是“竹间石笋”，只见一约10米高的巨石从山腰破土而出，上尖下粗，形同蓬勃萌发的竹笋，傲立于一片婵娟挺秀，风雅宜人的苦竹丛中，气势非凡。

看那潇潇竹间有嶙嶙石笋，似乎挺有中国画的“竹石图”的味道。再看其前有深壑，后有群松，若配以梅花，我看更能呈现“岁寒三友”的画境呢。

“鳌龙归潭”在凤翅岭的南面。因山冈上黑黝黝的巨石状若鳌龙高踞，人称“鳌龙”；龙旁有许多彩石恰似祥云缭绕，构成了一幅神龙腾云的绝妙图画。山下有一口椭圆形的碧潭，叫“鳌龙潭”，潭水澄碧，一大股泉水从岭上古栗树下汩汩而出，淙淙不息。若在阴雨天气，潭上时有云雾升腾，如有鳌龙出没。

相传鳌龙就居于潭中，每次归潭，总是挟风裹云，惊吓了山中动物。这不，“鳌龙”又回来了，潭畔的“石蛙”见之欲赶紧跳潭避之；憨态可掬的“乌龟”，前腿弓立，后腿曲蹲，伸长脖子慌乱地向山上爬去；连正在觅食的“雄狮”也带着几分惊恐待在原地回头南望，继而睁目张口狂啸，长长的鬃毛在风中飘拂着；“穿山甲”正钻出洞口伸首窥视，似在探究，洞外发生了什么事。一组妙趣横生的象形石，真令人忍俊不禁。

位于凤翅岭尖的“双象岩”，同样也充满意趣。由两块山岩组成的双象岩，一岩长约150米，高约80米，巍然突起，从北面望去，形似身材庞大的母象，大耳垂掩，长鼻拖地，巨牙突出；一岩似小象头朝内，神气活现地抬起两只脚，依偎在母象颈项下撒欢嬉戏。

更让人拍手叫绝的当数“蛇蜥相争”：一石似蛇头，昂颈吐信，仿佛在伺机进攻，伏在3米余处的一石似巨蜥，正目瞪嘴张，意欲作势反扑。看来它们对峙已久，现在已是别无退路，只能决一死战了。双象岩南侧，有一高约40米的“猫头岩”，岩体高耸，酷似猫头，眼、鼻、口、耳一应俱全。神妙的是猫目之上及猫口四周的龙须草，随风飘动，极似猫的眉毛和胡须。此时的猫，似在回首专注地观看蛇蜥之间一场无法躲避的争斗。

野山可品可观的景致不胜枚举，尤为吸引人的还有鳌龙潭壁上巨石凌空突兀叠架，宛如“天生桥”，蝙蝠洞南侧峭壁上的“蝙蝠倒挂”，还有凤翅岭头形神兼备的“卧蚕上岗”。

在野山，听不到凿岩刻碑工匠“叮叮当当”的锤声，闻不到拜庙进香善男信女的烟火味，也看不到游人墨客纷乱脚步的挤踩。多少年来，山泉在惬意地流淌，云朵在山林间静静地飞翔，鸟儿在欢快地啼唱，花儿在无忧无虑地开放、凋谢……

穿行于野山间，心沉浸于风景之中，我不由得想起了三月的野山之行。毋庸置疑，春天的野山是美丽的，令人陶醉，但我还是更钟情于野山的秋天。我觉得，在金秋，野山更加妖娆、明媚、丰盈和深邃，有着春天无法相比的辉煌和多姿多彩。那辽阔、高远的天空，每一颗成熟的果子，每一片深沉的红叶，每一道纯净的清流，都是耐读、值得回味的意境。

雾里太湖

对太湖的向往最初源于对《太湖山赋》里那句“盖世之锦绣，太湖水之秀若诗焉”的遐想。我想，“水秀若诗”的场面该是怎样的赏心悦目！这份向往久久在心头萦绕着，渐渐演化成一种挥之不去的情结。于是，我便在一个雨后的早上只身前往一游。

我说的太湖不是在无锡，而是位于温岭市大溪镇西北部境内，与雁荡山毗邻，集太湖山东南麓及其周边的水源经盘山、秀岭、毛坦三溪汇聚而成，水面广约 2000 亩，容量为 2500 万立方米。

到达太湖的时候，湖面上漾起了薄薄的雾，那雾似轻纱一般，为太湖增添了几分清幽和妩媚。

太湖地处亚热带季风气候区，森林覆盖率高，由于太湖水面的调节作用，加上周围峡谷地形的影响，形成“冬暖夏凉”的独特小气候，使雾也显得十分奇特，颇有奇趣。

瞧，雾渐渐浓起，有时，它像絮团，从湖上片片飘过；有时又如银丝，丝丝缕缕，欲断还续；时而似从天外飘来的一匹素缎；时而簇拥如奇峰，奔涌如波涛。不一会儿，远处湖面缓缓升腾起一匹正欲扬蹄疾驰的“天马”，慢慢地，“天马”又幻化为“白龙”，“白龙”腾云驾雾，在空中久久盘旋、翱翔，继而支离破碎，扩散开来，湖上就好像撑了一顶白色的纱帐，湖光山色顿时就笼罩在白雾中了。紧挨着湖边的浅黛色的山和“湖心之岛”似乎没有了根基，都像浮在水里一样。被四周升腾的朦朦胧胧的雾气缠裹着，我仿佛置身于琼楼玉宇之中了。

最妙的当然是太湖的水了，太湖的水真是名不虚传啊，据说水质达到国家Ⅰ类地面水标准。澄碧的湖水，清澈晶莹，在明明灭灭的天光下，闪着潋滟的波光，似一颗闪耀的明珠，镶嵌在群山峻岭之中。又如一面明镜，将湖两旁好似为湖绣上一道花边的蓊郁的松、杉、翠竹及奇秀的山峰，尽数摄入其中，使人很难分清哪里是实的哪里是虚的，也很难分清这一幅色彩斑斓、绚丽多姿的山水画何处是重彩，何处是泼墨。

这时候，风挟带着一缕缕白雾从湖面上吹来，湿漉漉的，偶尔夹杂了些许若有若无的泥土味和淡淡的芳草香，我好奇地深深地吸了一口，觉得那空气不仅新鲜甜润，而且特别明净，让人神清气爽。

因去得早，游人甚少，四周静悄悄的，显得格外的寂寥空旷。我独自徜徉在湖的东南岸，聆听着湖水拍岸的声音，欣赏着一派山岩的奇峻景致。赭黄的礁石形成半岛，或陡峭壁立，或呈金字塔形，或依恋入湖，如击浪之大鲵。还有一石状若雄狮在湖边蹲伏静息，狮头面湖，要是细心观察，还指得出口耳鼻眼，使人越看越觉得相像。近岸的，点缀些苍翠灌木，树藤缠绕；临水的，滑如宽阔的龟背。错落有致的叠石根上布满了湖水升降的痕迹。

走完一段山路，跳过水中浮露的礁石，爬上高垒的巨石，放眼望去，远处的群山黑黢黢的一座连着一座，起伏着消失在天地相接处。拔地而起的太湖尖，与太湖尖对峙的洪武尖，西北莽莽苍苍的鸡冠岩，还有凉棚尖、鹁鸪尖、仰天湖山等无数高山峻岭，在白雾缭绕间宛若海上仙山。再看太湖北侧山腰上的姜三庙、镇龙古寺，那佛道兼容的寺庙，黄墙碧瓦，飞檐斗角，香烟袅袅，好似蓬莱仙境，又如海市蜃楼，像披上了一道奇幻的纱幔，虚虚飘飘映入眼帘。我目不转睛地注视着，心底忽然萌生了想画画的冲动。继而又怨恨起自己，怎么不是画家呢?!

沿着蜿蜒曲折的山径，绕过茂密的常绿阔叶林，有哗哗的流水声不知从何处传来，如正在弹奏着一支委婉动听、摇人心旌的曲子。太湖地处峡谷，山高坡陡，雨水落下后便顺着山坡流入山沟，一条条山沟汇流成溪。可以想象，那些跌宕起伏，迂回曲折的山溪，或自流水岩而来，成为从天而落的一挂挂巨流一泻千里，或自剑锋谷而来，形成水湍流急的一道道飞泉，喷珠溅玑，泻玉流翠，此刻，就隐藏在巉岩、危崖峭壁间，就隐藏在乳白色的雾气里，使太湖变得更有生机活力，更加富有韵味。

慢慢地走着，细细感受着似在虚无缥缈间的“松风水韵，潭影岚光”，我变得很从容。而太湖那份浓浓淡淡、深深浅浅的雾霭里透出的灵秀与纤丽，让我的心如涟漪般轻柔荡开。

我好想找艘船划开平静的水面，向湖的纵深驶去，在荡漾的碧波里，看点缀湖边的村庄、田野和山林；看带着一串鸣叫的灰蓝色的水鸟儿掠过水面；看打挺的鲤鱼扭腰摆尾落入水中，搅乱平静的湖面，搅散水中山影……

看惯了都市里灰蒙蒙的天空，黑乎乎的河水和灰扑扑的水泥建筑，听惯了无所不在的喧嚣嘈杂声，所以，在太湖，我只觉得这里的一切分外美好，分外可贵。而都市里的尘烟，还有人情俗事，琐碎烦愁，都已经被隔离在一湖一山之外了。

太湖随处是景，引人入胜，但我觉得最让人陶醉的也许还是雾里的太湖吧。领略着那份朦胧中的婀娜，那份温润与多情，默诵着《太湖山赋》：“人将西子作桃源，毕竟人间；我把太湖比瑶池，俨然天堂。”恍惚间，我发觉自己漫游的确实是一个仙境瑶池。

丹崖秋光

丹崖山位于温岭市泽国镇西端，属雁荡山余脉，距温岭城区不过 18 千米路。此山形如伏虎，崖石峥嵘，溪涧回流，古木参天，丛林溢翠。因崖上石色似丹，又传晋葛洪曾居此炼丹，故名丹崖，雅号小瀛洲。

丹崖山景致怡人，早在宋代即成天台与雁荡之间的名胜了。清乾隆进士、温岭籍学者戚学标曾有诗赞曰：

何必仙径到，
此山从古名。
灵胜分雁宕，
光气似霞城。
虎伏山风静，
鸦归井水清。
异时闻谷口，
曾此谢尘缨。

我虽久仰丹崖其名，却一直未曾前往饱览其丰姿，领略其神韵。在秋高气爽的日子，我总算逮了一个了却心愿的机会。

走近紧邻 104 国道的山门广场，一座古色古香的石牌坊便映入眼帘。石牌坊上雕刻有梅、兰、竹、菊、龙等图案，造型讲究，多为半镂空的浅浮雕。正面坊额“丹崖名胜区”五字字迹工整，结构严谨，一看便知是出自名家手笔，细打量方知是蔡元培题写；楹联是浙籍书法家任政的手书：“清风明月本无价，近山远水皆有情。”坊背面的“水木明瑟”则为清榜眼喻长霖所题写。牌坊附近有一石塔，塔为六面九级，空心，属密檐式结构，塔身刻有佛像，每层佛像与窗相间分布，颇具民族特色。

通过山门，穿过放生池，我沿着通幽石阶拾级而上。绿树掩映、翠竹摇曳的山路两旁，开满了花朵。那点点橙黄，是刚开的花期特长的悬崖菊；那片片鹅黄，是满天星和山菊开的花；还有一丛丛淡紫的、浅红的、素白的山花在绿叶掩映下一闪一闪的。而早开的芙蓉花则令人神清目爽。芙蓉花开的季节，是丹崖山最美丽的季节，你瞧，那到处开放的芙蓉花，开得如火如荼，如痴如醉：粉的像霞，红的像火，白的像雪，还有的则粉中带白，白中带黄，水灵灵，鲜艳艳的，流光溢彩，争奇斗艳。秋阳下，飒爽的秋风吹来，我觉得每一朵花儿，每一片叶子，都透着深深的秋情、绵绵的秋韵，透着秋天的清澈和明朗，使丹崖山成了多彩的世界。

行不多远，我便来到丹崖山上的一个奇妙去处——“炼丹井”，炼丹井传为东晋时期著名的道教领袖葛洪在此炼丹制药所留，是其亲手所凿。“名山之侧，东流之上”是这位集神仙学说之大成者选择炼丹处的主要标准。丹崖山满山清泉淙淙，我想，葛洪最终择定在这里结庐炼丹修道，肯定是先看中了这汩汩涌出的泉水。炼丹井深虽然只有3.5米，水质却极佳，晶莹透亮，清冽绵甜，甘馨异常。井四季不会干涸，且总是保持着深浅适度，此是一奇。井水冬暖而夏凉，即使是在炎炎夏日，以之冲凉，依然冰冷彻骨，亦当为一奇。

望着这1700年前留下的遗迹，我不禁吟咏起李白的《炼丹井》：“闻说神仙晋葛洪，炼丹曾此占云峰。庭前废井今犹在，不见长松见短松。”

距炼丹井不远处，还有一个同样奇妙的去处，那就是“虎乳泉”。泉眼上下皆石，上石如壳，下石如砥，中坼有孔窍，清清亮亮的泉水从隙缝里流出。一旁巨石刻有“虎乳泉”三个隶体大字。若耳贴岩石，可闻其岩下传出“咕咚”的阵阵响声。相传曾有乳水不足的母老虎每天带小虎到泉边啜饮，以水代乳，小虎竟壮健长大。虽是传说，但这一泓“虎乳泉”的确甘甜似乳，澄澈清冽，以其泡茶，香气独特，沁人心脾。

与虎乳泉相映成趣的便是参天耸立的公孙树，一雌一雄的银杏树，苍劲挺拔，冠若华盖重合，美丽壮观。远看，它亭亭玉立如一体；近看，树干一里以外，两树相互依存，凛凛然傲立，人称神树。看样子树龄至少已有三五百年了，虽历经沧桑，却以其特有的顽强生命力，至今依然枝繁叶茂。

出家人的目光端的不俗，总是将寺庙修建在最好的风景点，于是寺庙也就成为风景点中的风景了。看，丹崖禅寺就建在八仙岩下。那寺碧瓦红门黄墙，背靠绿水青山，门前鸟雀啁啾，山花如火欲燃。与明月为邻，与山泉为伴，谁能说这不是论佛参禅的理想处所，不是修身养性的好地方？难怪历代文人墨客多有题咏，“梦熟五更天，几杵钟声敲不破；神游三宝地，半空云影去无踪”“胜地迈桃源，难得高贤为地主；名山留絮社，好将奇句问山灵”，这些都是寺里耳熟能详的好对联，道出了山和寺、人和禅的玄妙关系。而“随意纵观，皆成图画；抽身小坐，即是神仙”，抱璞楼这副楹联更是一下子缩小了仙凡间的距离。走出寺院，回首望时，只见几朵白云飘进寺内，流连缠绵，确有一股仙气。

沿着整齐的石阶，从八德亭继续往上走，一会儿，便到达丹崖山之巅。黄黄的山菊花簇拥处怪石叠垒，中有巨石平坦如榻，榻上有石状若睡枕，古称“仙人床”。传说此处是仙人睡觉的地方，如果能在那儿睡一觉，可保一生平安、长寿，有缘者还能脱俗成仙。离山顶不远处有一丹崖亭，是观丹崖日出的好地方，可惜我抵丹崖亭时已近中午，自然没法一睹日出的壮丽了。

不过，我并不觉得遗憾。站在顶峰俯视远山近岭也是一种享受。纵目远眺，无数座奇妙的峰林排闼而来，连绵不绝，在苍穹之下显得突兀、险峻、灵秀、深沉。满山遍野的杨树、乌柏和枫树，红的像火、黄的像金、绿的像翡翠，把大山点缀得分外娇娆，恍如神话仙境。

丹崖山的景点有 30 多处，大多分布于丹崖南北两峰上、中、下三层。我虽然未能一一领略，但记住了这样一些景观的名字：双桂岩、锦屏岩、虎头岩、白蛇洞、朝阳嶂、燕尾嶂、炼丹石室、半山亭、倚虹桥、卧龙桥、虎楼、啸轩、舞剑坛、荷花池……一连串的好景致使丹崖山因此而鲜活，因此成为人与自然交流融合、不可淡化的美丽背景。

丹崖山，虽然没有显赫的名声，但它山有山形，岩有岩相，丽质天成，极富自然野趣，始终给人一种温馨和诗的美感。尤其是它绚丽的秋光和秀美的韵致，依我看，实在不比那些名山大川逊色几分啊。

桃源只在桃溪上

主源在温岭市大溪镇坎头村之上的桃溪，东望南嵩岩，与羊角洞遥遥相对，一向很有名。作为被古人誉为“东南第一名山”的方山的一个重要组成部分，桃溪的确不是徒有虚名的，它不仅景色出类拔萃，而且，无论在深涧，还是在幽谷，都充满和谐的音乐元素，所以我说，桃溪是布满灵性的音符的地方。

这不，从方山东侧沟谷沿着千回百转翻山越岭而来的桃溪溯流而上，首先让我感受到的便是流淌着的天籁之音。伴随着山间林涛的轻轻歌唱，流水拍击乱石卷起一朵朵浪花，在光与影的错综交映中，那漂流着片片落花的桃溪水，宛若琵琶之音轻轻滑落，缓缓的，柔柔的，那稍快节拍的弹奏，间或慢速的低语，一如人起起伏伏的心情。桃溪所演奏的仿佛是我们生活中的故事，有爱恨离别，有对人生的迷恋，有对幸福的憧憬，也有梦境难圆的悲伤情怀。

溪边，一杆樟树细枝俯向水面，绿莹莹的叶子在日光的照射下变得透明，并泛着清亮的光，映得水面也亮亮的碧绿一片了。抬头仰望，阳光探着脑袋，趁着一棵棵高大的树木的间隙，从空中垂下一串串银珠，又像一根根金线挂在枝头。一阵风儿吹来，无数的露珠自叶片上，同啾啾的鸟声一同落下，我的头上、衣襟，顷刻便有了拂之不去的梦痕。

循着山间小路，我来到仙人濯足滩。这段溪滩长约 100 米，滩宽 120 米。那些溪流中的岩石，经过不知多少年溪水的冲蚀，显得异常光滑、奇美而怪异。滩中间有石沟，沟宽 10 厘米左右，斗折而下，四个小池把石沟分为数段。一忽儿，细水从石沟中迂回奔流，犹如数不清的银蛇蜿蜒游动；一忽儿，滩上如布满白练，飘飘忽忽，摇摇滚滚。流畅、清澈、明亮的水声，时而舒缓低吟，如泣如诉，时而激越奔放，强劲高亢，就像风笛与木管恰到好处的结合，给人一种纯净、轻盈、典雅、脱俗的美和想象空间。难怪官至礼部右侍郎兼国子监祭酒的桃溪人谢铎，也为这奇妙的意境所折服，写诗以咏之：

浅水难容棹，
繁花自作村。
分明幽绝地，
不是武陵源。

行不远，只见仙人濯足滩之水忽然跌落40余米，悬空飞洒如帘。这就是名唤"水帘天窗"的瀑布。瀑布从左、右、后三面悬崖的缺口飞泻，帘内帘外，瀑上瀑下皆成风景。在瀑布后面仰望，正巧对面的山冈和跌水处悬崖围合，仅见一窗蓝天，瀑布飞洒，如晶莹剔透的珠帘轻掩窗扉。瀑布既像一支虽只有几个简单的音符，但被演绎得那么完美、那么令人百听不厌的乐曲，又像层次丰富的打击乐，以鲜活律动勾勒出点、线、面的均衡节奏，主次交替更迭，听似柔软却蕴藏着铿锵的力量，一种透过浪漫的坚韧的意念，随着流水倾泻而下。

从水帘天窗往东北100多米处，一座高约80米，发髻微隆、眉目清晰可辨的渔翁岩，耸立于钓鱼潭之上，恰似老渔翁正在漫不经心地垂钓，俗称"姜太公钓鱼"；潭中一巨石似鲤鱼头伸出水面，谓"愿者上钩"。一岩一石，一翁一鱼，相映成趣，令见者无不莞尔。

钓鱼潭广约100平方米，水深二三米，碧波微澜，小鱼在五彩缤纷的卵石间游来游去；潭水溢出，潺潺流入桃溪。潭周边危岩参差，浓荫低垂，苍翠欲滴，修竹亭亭，藤蔓缠绕。对岸草间栖息着几只黑白相间的水鸟，欣喜地鸣叫着，似在哼着轻盈俏皮且富有节奏感的小调。附近人称“仙人靴”的一双石鞋，其北侧耸峙挺拔、气势傲然的孤峰孝子岩，以及西边自然风化而成的仙人洞，是优美的神话里的人和景物。

白龙潭在渔翁岩东100余米处。清澈澄碧的深潭，其上三块巨石垒叠，清泉从石间的草丛中若隐若现地洇了出来，“叮叮咚咚”落入潭中，滴水声清脆得如风铃般悦耳动听。

在渔翁岩西南约200米处，就是金鸡岩。一巨大的岩石，形状酷肖伏着生蛋的母鸡，细细一看，发现这只金鸡连嘴巴、鸡冠都有。其身下还有许多白色蛋形的鹅卵石，传说是金鸡下的蛋，若将其击碎，里面竟如蛋黄模样，令人称奇。在其后另有一巨石似公鸡，好像正在守护着下蛋的母鸡。湍急的溪水在金鸡岩下淙淙流过，仿佛用音乐为它们传递着温暖的祝福。

石鸡娘水库在金鸡岩西侧，截桃溪之水而成。水库不大，水容量仅为14.2万立方米，却是难得的高峡平湖。水清如镜可鉴，群山倒影重重，湖光山色相辉映。

来到桃溪上游，我还发现山上列石如琼台，植被似盆景，石台间仙人棋局尚存，烂柯石依然，这就是方山樵夫遇仙烂柯之所，确为奇观也。

山愈行愈深，坡也愈来愈陡。越向上走，溪越小，溪流越急。那溪顺着山势起伏跌宕，绕过山崖、越过浅滩、淌过大大小小的石矶堆，然后曲曲折折向远方流去，我知道它将汇入远处的桃夏河头再入大溪河了。

望着它远去的身影，我不禁要问：千百年来，这一条溪水，流淌了多少如气势磅礴的大合唱般的松涛？流淌了多少山雀、黄雀的引吭高歌和蝉嘶蛙鸣？流淌了多少从远处古庙传来，仿佛来自缥缈云端的悠悠钟鸣？又流淌了多少美丽、神奇的传说？谁能知道？只有桃溪。

尽管这儿从未留下过如陶渊明《桃花源记》一般的名篇，但夹岸桃林桑竹良田，堪比与世无争的“桃花源”的景象，以及处处洋溢着恬静怡然的安详，一样让宋代的戴参军感触良多。他游罢桃溪曾写下这样的诗句：

桑竹森森绕屋边，
美池清泚浸良田。
桃源只在桃溪上，
不信壶中别有天。

这方好山水，也一样让今日的游人着迷、流连忘返。

行走在桃溪，那些单纯、朴素的音符，不停地跳跃着，我的心头始终有一段深情的、美妙的旋律在回荡。随着音符的跃动，我的感受和思绪也就成为一条迤逦百折、四处流淌的溪流了……

诗意屏上

江南的村庄多依山傍水，温岭市新河镇的屏上村自然也不例外。

屏上村，虽然只是个不起眼的小地方，名胜无多，然而，它不仅山清水秀，还是南宋江湖派著名诗人戴复古之故里。开一代诗风，领一个流派的著名人物，布衣终身的杰出爱国诗人，就从这里起步，"以诗鸣东南半天下"(宋包恢《石屏集·序》)，"以诗鸣江湖间垂五十年"(宋姚镛《石屏集·跋》)，在中国诗歌史上留下了一座让人景仰的丰碑。

戴复古，字式之，号石屏、石屏樵隐，于南宋孝宗乾道三年(1167)出生在天台道黄岩县南塘屏山(即今之温岭市新河塘下)的一个穷书生之家，活了80余年。他一生写过2000多首诗词，留传下来的《石屏集》和《石屏词》收录了900多首诗和46首词，其中有关爱国忧民的诗就有上百篇。

我曾在成都浣花溪畔的杜甫草堂凭吊过诗圣，也曾在绵阳江油市青莲乡寻觅过诗仙李白的遗踪，作为戴复古的同乡人，近在咫尺的屏上却一直没有去过，我常常为此感到遗憾。现在，我终于走进屏上，走进慕名已久的诗乡。

屏上，不是我想象中长满奇花异草的浪漫梦境，而是一个美丽的现实的存在。三面环拥村子的狮山、虎山、象山、凤山和龙山，俗称"五兽山"，并不是很高，但重峦叠嶂，一层一层的，错落有致，清幽秀丽；村边的河也不宽，可流动的清泉却如银似玉，灵气中带着诗意的典雅，绵绵不绝；一行又一行整整齐齐的田垄，弥漫着乡土气息的诗情；菜地里的萝卜与白菜都没有收割，浓绿的叶子散发着重重的菜腥味。山坡上的柑橘林掩映着一座座青瓦白墙的农舍，山谷间缓缓飘散着淡蓝色的炊烟。这样的地方确实是一个耕读皆宜的好地方。

当地的民风非常淳朴，老乡们一听说我来探访戴复古的旧迹，就热情地让一位少年给我带路。

戴复古故居及原有的花园、假山遗址，历经数百年风雨沧桑，今已荡然无存。虽然连诗人的坟茔、墓碑也找不到了，但“石屏老，家住东海云。本是寻常田舍子，如何呼唤作诗人？无益费精神。”的诗声却一直回旋在屏上的上空，萦绕于我的耳际。

沿着田埂，走过一段野菊、修竹夹道的小径，我们走到石屏庙。石屏庙，又名戴相公祠，是后人祭祀诗人的地方，历代县志均有记载。不过，旧筑早已不存，现在这个泥土般朴实的小庙，是按照清代民居式建筑新设计建造的，颇具民间寺庙风格，只能算是砖混结构的传统农家的格局。它坐北朝南，飞檐高翘，由山门、配房、大殿组成，显得那样的质朴和简洁。正殿内，诗人正襟危坐于堂上，须髯飘飘，朴素中透着诗人的灵气。旁边，端坐着凤冠霞帔的戴夫人。两边墙壁上陈列着戴复古的生平逸事。堂壁墨迹连连，题咏众多，歌颂了戴复古的超人才华和高风亮节，表达了人们对戴复古的崇敬之情。极窄的神坛前挂着锦旗，摆有祭物，几堆香纸灰烬似乎在默默地向人们诉说着什么……

与石屏庙紧邻的是民国时期重修的古戏台，每逢有值得纪念、庆贺的日子，古戏台上总会有好戏上演。在2007年3月间戴复古诞生840周年的纪念日，新河镇政府和温岭市文联戴复古研究会还在此举行了纪念活动。古戏台现为市级文物保护点。

古戏台的对面，是一尊戴复古的石像，是位儒雅端庄的相公，手握书卷做沉思状，似乎正在推敲着一首新诗，不由得让人驻足。这和我此前在温岭文沁公园里见过的面容清瘦，眉头紧锁，神情忧郁，但目光却坚定地望着远方的石像迥然不同。中国社会科学院文学研究所研究员、所学术委员、古代文学研究室主任，中国社会科学研究生院教授、博士生导师刘扬忠先生在瞻仰了古庙石雕像之后，曾集戴复古诗句成《鹧鸪天》一阕，比较贴切地为戴复古的一生做了一番概括：

落魄江湖四十年(《镇江别总领吴道夫侍郎》)，
杜陵清瘦孟郊寒(《戏题诗稿》)。
平生任达陶元亮(《杜门自遣》)，
风味横生海峤边(《吉州李伯高会判……未免为鲈鱼动归兴》)。
慷慨志，斩楼兰(《提刑彭仲节平叛卒》)，
阳春留与世人看(《水调歌头·送竹隐知郢州》)。
狂夫本是农家子(《田园吟》)，
借得茅楼一倚栏(《江上》)。

戴复古石像的两边，各有小巧玲珑的石牌坊一座，牌坊上雕刻着几朵祥云轻抚莲花，基部是象头海马身、造型有些奇特的海神。几方残碑，几块古墙基，几枝开得正灿烂的黄菊与路边绽开了白亮的穗花，在微风中一起一伏的茅草相伴，很像是一首诗。

在石屏庙东边200余米处，有一块巨石拔地而起，巍然矗立，器宇轩昂，这就是妇孺皆知的石屏岩。石屏岩高5米，宽2.5米，厚0.6米，青褐色的石体上片片地衣铺翠，处处苔藓扬绿。高高耸立的石屏，充满阳刚之气，远远望去，像一张远航的风帆，像一座纪念碑，更像留存在世间无法在历史中消逝的一部无字的文学史书，它是人类意志中的一个情结，一种永恒的祭奠。

翡翠屏风般的石屏岩是戴复古当年读书赋诗之地，深得戴复古的青睐，其号“石屏”就出自此处。古往今来，石屏岩以其独特的风姿吸引着络绎不绝的游客。此时，温暖的阳光洒下来，古朴、粗犷的石屏岩隐隐透出一股紫气，我仿佛看到了诗人在这石下徘徊、吟诗的身影。

这石屏，孤零零地矗立在平展的山冈上，显得十分突兀而且奇特。我忽然想，这空旷的四周，只是些大片平整的园地，为何不见别的山岩？石屏远离五兽山，离最近的龙山至少也有三五百米，况且山势平缓，山上并不见有危崖峭石，这巨石不可能从山上滚下来，那么，来自何处？是天外飞来，还是地下冒出的？神秘的巨石究竟屹立了千年？万年？还是更久？我问少年，少年也一脸惘然。

自石屏岩往西约 40 米处亦有一巨石，已断为两截倒卧在田间，通体满布青藤苔蕨。那少年告诉我，据年老的长辈说，其实，相隔数百米的荒地上原来共有 10 块巨石。这 10 块巨石，无论形状、色泽，还是大小、高矮均相差无几，且全似刀砍斧劈而成。这些巨石背靠青龙山，面朝凤凰山，间距 40 来米，排成一行，非常齐整，酷似威武肃穆的武士列队而立。村民们称之为“十将军”。时至今日，除了南谷口那块石屏仍旧昂然耸立，尚未湮没于岁月的尘埃，其余的不知哪年哪月、因何原因皆偃卧倒伏。不久前，近处的 3 块巨石，还被几位村民裁为石料运走。“十将军”雄风不再，空留下一段“天遣十将”的美丽而神奇的传说，实在使人惋惜不已！

循着诗人反复吟咏的小路，我久久寻找着那方乳鸭戏水的池塘，寻找着“东园载酒西园醉”的诗境，只见村头那流淌着诗人行吟泽畔的忧伤和悲怆的溪水，而今已隐约蜿蜒于桃柳和桑林丛中、阡陌之间……

“江头落日照平沙，潮退渔船阁岸斜。白鸟一双临水立，见人惊起入芦花。”诗人已去 800 多年，屏上明媚的江村晚景，生趣盎然的、和谐的、静谧的、富有动态的自然世界，依然给人以美的享受。诗人忧国忧民的精神、愤世嫉俗的情怀，其傲岸之风骨、洒脱之态度依然令人感动！

诗人戴复古，虽不能与李白、杜甫比肩，但在中国文学史上，仍占有重要的一席之地。戴复古的故里，虽然比不上杜甫的浣花溪、李白的青莲乡那样的显赫，但在我心目中，却是尤为亲切的诗意栖息之地。

锦屏山览胜

锦屏山在离温岭市中心约 4 千米的东郊。这里,“四周苍翠成文锦,万壑青葱如画屏”;这里,岩奇景异,四时景色宜人。南宋大理学家朱熹曾到此一游,为锦屏山风光所倾倒,欣然留下“锦屏山麓可幽居”的赞誉。

锦屏山不高,然奇石峭立,树木繁茂,且漫山充满绿意,愈往深处愈绿得亲切、绿得深邃、绿得触目惊心。疑是哪位巧夺天工的画家,挥毫间不经意多抹了几重绿色!不能不使人生发无穷的遐想。因此,我以为前往锦屏寻幽探胜,实乃乐事一桩也。

在一个阳光明媚的日子,我从屏下村登锦屏山。沿着松间小路向上攀登,叮咚的泉水,婉转的鸟声,飒飒的松涛,奏成十分动听的天然交响曲,无异于“天籁声声清入耳”!

在难挡的酷暑里,山上的野花依然一丛丛地怒放!在阳光的照射下,黄色的、白色的小花泛起点点亮光,闪闪烁烁的十分可爱。此起彼伏的蝉鸣,又为这里增添一番情趣。

道旁不远处有一孤峰傲然兀立,酷似一管如椽巨笔,人称卓笔岩。“笔杆”通体呈圆柱形,“笔头”粗短而微尖,倒插山中。岩下有石坑,坑底平而光滑,色黑如砚,此为“砚池”。县志曾有记载,说是卓笔岩下时有苍龙出没崖际,崖为雷碎,留半为砚,砚内清水常满。上有“笔”,下有“砚”,真是天造地设。有诗赞曰:

象管凌云卓，临池玉砚镌。
试笺书彩藻，把翰写宏篇。
凭借江郎手，来新梓里天。
英锋惊四邑，矜炫锦屏前。

在卓笔岩东北侧有岩颇似鹦鹉，眼睛、嘴巴清晰可辨，似在做学舌状，憨态可掬。鹦鹉岩旁边的是仙女洞，洞两旁的悬崖形似两片开合有致的河蚌之壳，故俗称蚌壳洞。

顺着崎岖山路缓缓而上，步行一段路，便可到黄龙潭。黄龙潭，镶嵌在一陡立如屏障的崖壁之下，上有一凹成半弧形的岩窟，高20余米，上小下大；两边岩壁颇深且峭，一股山泉从顶上岩窟如化白绫飘然而落，又像一斛银珠直倾龙潭，发出阵阵悦耳动听的击水声。寒气阴森逼人的黄龙潭，水呈碧色，深不可测，恍惚潭底真藏有龙。潭西有“天梯”，上天梯可直达响天洞，这洞虽不起眼，但洞似天然石屋，足可容20余人。崖顶有小龙潭，潭边是一面大石岩，就在这石岩下，一线线涓涓细流，悄无声息地从几个石眼中涌出地面，千回百转，在一个低处汇成一泓清泉，总是那么清冽的黄龙潭水即从这里倾泻而下。小溪的两边生长着一些不知名的小花，水中有花，溪边有花，花影绰约，意趣万千。

在黄龙潭东侧有武士岩，似一伟岸的武士头戴金盔，身着披风，背手而立，目视远方，那神采，那风韵，俨然是一位指挥千军万马的将军，又似一位正运筹帷幄的统帅。

武士岩对面为夫妻岩，两石紧相依偎，酷似耳鬓厮磨的一男一女，正窃窃细语，那妻子娇躯前倾，深情地依偎在丈夫怀里。

山路右边崖顶有一巉岩，光秃秃的岩顶，前端突出，尖曲如喙，形似鹰嘴，名叫鹰嘴岩。与鹰嘴岩相对处有一峰危耸，峰顶平坦且圆，恰如一面“天鼓”。因它面对鹰嘴，故被人称为“鹰嘴啄天鼓”。

从天鼓峰旁拾级而上，即至山巅玉楼岩。玉楼岩上下两层，岩下有洞，洞内有80余平方米，此即寿仙洞，洞中还建有道观。进得洞来，但觉凉风习习，让人顿觉暑气尽消。洞后有寿星岩，状若南极仙翁负杖而立。不妨在此小憩吧，“坐坐好留登顶力，闲闲且缓出山心”。

在此可向南远眺藏于群山之中的湖漫水库一角。波光粼粼的湖漫水库，蓝天白云之下，衬映着蓊郁苍翠、繁彩呈锦的锦屏山，可谓水光山色相映成趣。

锦屏山的东面是湖漫山，山上群峰耸翠，怪石重重叠叠，那如黛的远山连绵不绝。

站在锦屏山顶西望，温岭市区风光尽收眼底。鳞次栉比的房屋，纵横交错的道路，还有“几片红霞映日明”，尽显这个充满活力的新城迷人的风采。

从锦屏山向北望去，还有一处特别引人注目的地方，那就是石夫人峰。但见一高数十丈的奇峰凌空耸峙，亭亭玉立，云鬟雾鬓，风情万千，酷肖延颈削肩的古典美人。远远望去，峰石挺拔，孤峙无凭，形态俏丽俊美；近看则石骨显露，跌宕多姿，曲线起伏有序。石夫人峰妩媚动人，神韵独具，一如阆苑仙葩。历代多有文人墨客为其吟咏题诗，清代诗人金玉音在《石夫人》一诗中写道：

芙蓉姿态身前少，
冰雪心肠化石坚。
不作巫峰云雨梦，
任教春色到崖前。

锦屏山以北有一片水域，此即横湖，是东南36条溪水的汇集处。烟汀雾渚，错落其间，晓岚暮霭，寓诗情画意于其中。横湖水与市境西部的方岩曾被明谢铎谓为温岭双绝：“横湖之水清兮清且渊，方岩之山高兮高极天。”旧时，文人墨客常聚集于横湖，泛舟湖上，吟诗作赋。

与横湖相邻的是由三座巨岩组成的百丈岩。百丈岩又称白象岩，三面悬立似削，通体垂直，宛如三棵硕大无朋的竹笋破土而出，昂然擎天挺立。那陡壁上有明万历二十七年(1599)摩崖石刻诗四首。“青山走五龙，百丈插高峰”“岩高昂白象，湖阔卧苍龙”等摩崖诗句，生动地描绘了百丈岩及四周的恢宏气势。温岭目前所见的摩崖石刻字数大多较少，像这样大面积的题诗绝无仅有。它为温岭的文学创作、名胜研究等提供了可贵的历史资料。

锦屏山还有不少奇妙的景观，比如，双撞岩、母子岩、奇岩洞和天灯盏，以及狮子冠、抢球岩、石猴岩诸景，还有报国寺、龙潭堂、锦屏寺、山后堂和玉清堂，等等，而这一切又都那么叫人流连忘返。

锦屏山山有来脉，水有去势，开阖变化，无一处不是图画也。如此一处风水佳地，频频引起人们的青睐，并惊呼“好一派怡神悦目胜地，正可作养性颐年乐园”，也就不足为奇了。

披云山怀古

披云山，离温岭市区约 15 千米，因常年有云雾氤氲缭绕其上，难得不披云而得其名，又因状似一镬倒扣，山顶酷似镬底，故俗称镬肚脐山。山虽不巍峨，既无千峰竞秀、层峦叠嶂，又无瀑飞泉涌、万壑争流，更无奇花异卉、古木蔽天，但山里有清风轻拂，云岚蔚蒸，有山峦俊秀，竹径清幽，松林似海，到处透着一股灵气，洋溢着浓郁的自然情调。风景也许为江南寻常所见，然而此山却是不平凡的，因为这是明代抗倭英雄戚继光抗倭的古战场，是南宋大理学家朱熹观潮治水的地方。

我很早就有登临披云山的愿望，想到那里体味一下一座山是如何跟一文一武两位历史人物的名字融为一体，世代相传的。在料峭的早春寒风中，我终于成行。

从西坡山脚下登披云山，必先拜谒登明寺。登明寺始建于晋隆安二年(398)，比天台国清寺还早建 200 年，经过千百年的风雨侵蚀，古寺早已荡然无存，现在的登明寺是改革开放以后在旧址重建的，构筑别致，气势雄伟。听说方丈还是佛学院的高才生。时有木鱼、铜磬叩击声伴着梵音阵阵传来。寺前的木兰花开得正旺，灿灿花朵，缀满枝头，清香微吐，引来蜜蜂无数。

山雀在路边飞来飞去，欢叫声划破了大山的寂静。漫山遍野是叫不上名字的花儿草儿，充满了生机；最惹眼的当数争奇斗妍的野桃花了，有粉色的，还有似轻烟缥缈的绯红的；几株梨树，白色的花，一片洁净，清香袭人，让人陶醉。好一派艳阳景色！

一条新砌的石级直通山顶，石级的两旁栽满了翠柏、香樟和夹竹桃等常绿乔木。

山风吹来，遍山挺立的马尾松，松枝起伏摆动，势如怒涛汹涌。此刻山野里最动人的音响，便是一阵阵此起彼伏的松涛了，这是一种非常微妙的音乐，它时而浅吟低唱，时而排山倒海，气势磅礴，抑扬顿挫，变化无穷，整个山谷好像引起共鸣，余音绵绵不绝。更有数不清的青翠欲滴的金竹随风摇曳，枝叶婆娑，那由远而近的“沙沙沙”的响声，应和着松涛，似乎是一曲天籁之音，人得闻之，心里的愉悦是不消说的了！

沿着石级迤逦而上，行不多远，便抵山顶。山顶极为平坦，面积仅为“一席之地”。山巅有古迹两处：一是烽火台，筑于洪武年间（1368—1398），系块石砌成的梯形方台，高约3米，底边各约9米。古台早已坍圮，现存是近几年才在旧址上重新修缮的，虽然不留旧时岁月的痕迹，但我相信这里的每一块巨石依然都是血战的见证；二是观潮台，宋淳熙九年（1182），朱熹提举浙东，考察滨海地形，创筑六闸，并创议在披云山上筑台，树标观潮。现在台已毁，仅存旗杆夹一副。

流连在洒满春阳的山巅，怀着崇敬的心情，默默地触摸着烽火台和旗杆夹，我分明听到了远古岁月里那声声呐喊和震天的铳炮声，分明看到了那滚滚的烽烟和高扬的旗帜。

戚继光在明嘉靖三十四年（1555）秋天由山东都指挥佥事，调升浙江都司佥事，司屯局事。后晋参将，分守台州、宁波、绍兴。当时倭患最严重的是台州，而新河（旧名迂浦，今属温岭市，为建置镇）是台州通海的重要水道，于是戚继光带兵进驻新河。

戚公在这一带前后数十战，歼敌5400余，擒获倭寇首领五郎、如郎等数十人，拯救了被掳男女万余名，确保了一方黎民的太平。明嘉靖四十一年（1562）八月，他奉命赴福建剿倭。离别这一天，新河百姓夹道相送，队伍长达数里。

我不禁对戚公和戚家军的业绩肃然起敬。同时，也对当年在观潮台上树起旗帜，放置铳炮，打基建闸，治理水患的朱熹，心里充满敬仰之情。

台州地处浙江东南沿海，年年夏秋两季，台风一个个接踵而来，揭瓦掀房，倾屋塌墙，更兼洪水上屋，道路行船，还有泥石流、山体滑坡等，百姓死伤不计其数。若遇上八月十五的大潮汛，海水倒灌，农田浸泡咸水，水稻倒伏腐烂，便是颗粒无收。提举浙东常平茶盐公事的朱熹，一边四处奔走，分析灾情，一边实地踏勘水利情形，浚修河道，挖掘官河，重新筑闸，为台州水利做出了重大贡献。2006 年 5 月 25 日，国务院核定公布了第六批全国重点文物保护单位，新河闸桥群作为古建筑类名列其中！温岭从此实现全国重点文物保护单位零的突破！

站在山顶上，极目四顾，和煦的阳光下，林立的高楼大厦、笔直的街道、高耸的通讯塔，以及纵横的阡陌、村庄和田野，仿佛尽在灿若云锦的图画中。

尤其是向南远远望去，莽莽群山起伏连绵，团团轻云飘浮在山腰，如罩上了一层薄纱，成为绿树红瓦的新区的背景。南麓，有一江如练，金清大桥（因在旧净应寺前，故俗称寺前桥）一如蛟龙横渡。此为台州现存最大的石拱桥之一，始建于明，清乾隆四十年（1775）重建。大桥高 12 米，长 64 米，宽 46 米，五拱五洞，洞洞通航。桥的南北两端，各连着一方形桥亭，四角攒尖，造型别致，亭上原有匾额，南曰“人无病涉”，北曰“水不扬波”。建桥至今，雕饰宛然，坚固如初，在桥梁建筑上，具有很高的艺术和科技参考价值。

不远的山上筑有望江亭，有近人新制楹联：“江声入耳何须望，云影当山恰似披。”联语精致，富有韵味。在亭里可见江流似带，远水涵空，新桥似长虹卧波，桥下有船来船往。

我在想，假如戚继光和朱熹健在，望着今日百姓们幸福地生活在这片他们曾为之流血流汗的土地，望着旖旎的风光，心里定有说不出的欣喜！

边走边想，不知不觉间，步入披云山北麓的戚武毅公祠。戚公祠系仿古建筑，巍峨壮观，总占地面积1200平方米，建筑面积420平方米，为1989年新河人民捐资迁址重建。该祠坐西面东，正门北向，地势东低西高，梯次递上，依次为山门、门厅、下天井及展室、上天井、正殿。祠为3开间2进，山门为四柱重檐歇山式结构，四方翘角，玲珑别致。大殿正中为戚继光戎装坐式石雕像。当年叱咤风云的大将军手执宝剑，威武庄严，双目如炬，注视着东南大海。右侧立有《戚公传略》碑和《重建戚公祠记》碑。左侧为嘉靖四十一年(1562)太平知县徐钺撰写的《南塘戚公奏捷实记》碑。碑三方，宽共3.09米，高2.18米，碑文62行，足行42字，楷书。可惜许多文字已磨损难辨，现为省重点文物保护单位。大殿中还陈列戚继光在新河抗倭的历史资料和近人的书画作品。古朴的大门两旁镌刻着近人集杜诗的对联："盛名富事业，高义动乾坤。"联语工整贴切，颂扬了戚继光的功勋和崇高气节。

该祠下天井东北角有一天然石景，名"松岩"，是开山建祠时原地留下的奇景；南侧建有戚继光纪念馆、长廊、碑廊、抗倭群英大型浮雕和沿山石栏杆等。

"御寇仰南塘，迁浦勋名传万户；论功追武穆，披云俎豆享千秋。"斗转星移，400多年过去了，戚继光新河平倭的事迹仍在当地传颂不衰。

为百姓谋福祉的人，百姓自然永远不会忘记，在心中赋予他们山一样千古的生命。满目葱茏的披云山，不正是戚继光和朱熹的生命的延续和化身！顿时，披云山在我的眼里变得高大起来，景色也变得无比迷人、美丽。

金秋寻趣紫莲山

听说秋天是游览紫莲山的好时光，我的心里便有一种急于融入景色中的强烈愿望，两条腿不由自主地迈上了通往紫莲山的车子。

紫莲山是雁荡山之北的一个独立山体，在温岭市大溪镇翁岙村境内，距市中心约26千米，为新辟的国家级森林公园。据山民说，古时傍山溪中遍生紫莲，故名紫莲山。

一脚踏入紫莲山，心中就漾满了欣喜，庆幸自己来得正是时候。紫莲山仿佛正上演着大自然动人心弦的华彩乐章，我觉得景色比想象中的还要美丽、迷人。

你看，眼前是一派绚丽的景象。山道边，数不清的野菊花争先恐后地绽放着，乌桕树举着满树圆圆的红黄相间的叶子与杨树互相媲美，芙蓉花在瓦蓝瓦蓝的苍穹下尽情地演绎着这一季的浪漫，连脚边的山溪流淌的音符都是五颜六色的，尤其是溪边那一嘟噜一嘟噜红彤彤的山果子，就像是透明的玛瑙那样娇艳，分外惹人喜爱。

我急匆匆走入山中。迎面是两座顶天耸立的奇峰，形似威风凛凛的龙虎，山民们称之为青龙、白虎两个神将，日夜左右守护着山门，我看更像是两位忠诚的使者殷勤地迎迓远方的来客。金灿灿的霞光和层层叠叠的翠绿、明黄、绛红的树叶，好像为威武的青龙、白虎披上了盛装。

从龙虎峰脚向西北行，便可看见蓊蓊郁郁、绿得深沉的古木和修竹丛中，隐隐透出普济禅寺巍峨的殿堂和耸立的高阁，在阳光的辉映下，显得庄严、肃穆。坐西朝东、雄踞于空旷的高地上的普济寺始建于唐光化二年(899),原名安济寺,宋治平二年(1065)改今名。该寺历经沧桑,重建于1987年。寺内有一清乾隆年间的石碑,可惜已裂为两段,废弃在寺内天井。此庙规模并不大,却久负盛名。香火极盛时,车马喧闹,当地的民众都以能上普济禅寺朝顶进香为幸事。悠悠钟声,回荡山林。山风挟着松树的松油味和桂花袭人的暗香吹来,给紫莲山平添了几分温馨,为我的心境也带来了无比的安详。

千年古刹的对面是五兽峰。高高低低的五座山峰,有的酷似一只半蹲姿势的威风凛凛的狮子,有的犹如一只展翅欲飞的凤凰,有的像狗,有的像木鱼,有的形似爬行中的大乌龟,龟身、四脚还有龟尾也似乎能看得清清楚楚。山民说在夜静更深之时,常闻犬吠、狮吼、凤鸣、龙吟、虎啸和木鱼应和的声音,令人称奇。

更让人叫绝的是,古刹左旁相距两三百米处竟有三条瀑布并列,姿态各异,别有情趣,俗称雌、雄、黄三飞瀑。

从普济寺北侧前行约100米,即到龙潭瀑。雪白晶莹的水从悬崖上窜了出来,和着明晃晃的阳光从天上淌下来,往半空里泻落十余米,撞到山间突起的巨石上,分为两绺往下落去,滑行六七十米,然后才轰然钻进碧潭里,溅起的水珠化为一片烟雾霏霏。两岸树上的枝枝叶叶在水雾的冲击下,频频起舞。此时,在阳光的照射下,朦朦胧胧中,呈现出斑驳陆离的各种颜色,犹如七色彩虹自天而降。

瀑下的龙潭广150多平方米,水深一两米,潭水清澈见底。朝阳的光辉洒在水面上,粼粼波光映得水底的卵石五彩缤纷的。传说潭内藏着一条"断尾巴龙"。潭旁怪石林立,形态迥异,恍如仙人相聚,或成双,或三五成群。瑟瑟摇曳的芦荻开始扬花,雪白的、淡紫色的、青灰色的芦絮随风翩翩飞舞;一丛丛山菊顶着一闪一闪的水珠,显得愈发的神采飞扬。

丽碧瀑在龙潭瀑北侧50米处,高达近百米的万笔尖壁崖凹处,瀑布像一条黄龙在山间蜿蜒狂舞,水从黄色的石壁上泻下来,竟不像是水，是流动的光芒。流水滑过山的肌肤，倾泻下来，幻化成一串串透明的珍珠，一颗颗落在水潭里，又流淌着不知去向了。

出丽碧瀑往东北行约200米，就可见一石形状酷似苍鹰之嘴的鹰嘴岩。鹰喙形似铁钩，弯而锐利，刚劲有力，似乎积攒了全身力气，蓄劲待发。鹰嘴瀑穿过鹰嘴岩裂口，从50米的高处跌落，飞流直下，状如白练，洋洋洒洒的水珠在半空中乱舞。一巨石挡在潭前，使得瀑布如神龙见首不见尾。欲观全瀑须得登石上。

飞瀑顶端就是有名的"着棋岩"。花树簇拥处，有一块巨石，三面壁立，气宇轩昂。巨石顶上是平坦的，有数尺见方，仔细看，石面上裂缝纵横，像一个棋盘。相传古时有仙人坐在岩头对弈，有个樵夫砍柴路过时看了仙人下棋，也沾了点仙气，后来成了半仙。

在南面的半山腰，还有一汪有趣的小水潭，广仅米余，深不及尺，别看它貌不惊人，可是口名闻遐迩的"雅井"，清《嘉庆志》里也有记载。雅井清泉常溢，不仅泉水清冽，而且传说还可治病。不过，"饮前必投草其中，否则腹痛"。我无心一试真伪，却对倒映在井中的蓝天、古树、花影欣欣然，就像欣赏一幅清新别致的水彩画。

紫莲山，浓烈的秋意肆意地盛放，树林中，山冈边，瀑布旁，悬崖上，到处是溢彩流光的充满意趣的风景。

如果说紫莲山的秋天，是诗意洋溢的日月，是画意盎然的日月，谁会否认呢？至少，它已把我的记忆留在如诗如画的意境里了。

东辉荷韵

在温岭市区中心的东辉公园里，有两口池塘，一口长方形，一口弧形。两口池塘仅一路相隔，虽不大，水却清澈，晶莹的一潭，透碧泛绿，映着岸边婆娑的树影，映着天上变幻的云彩。

眼下，池塘里长满了荷花，那一枝挨着一枝的荷花亭亭玉立，将一种巨大的、充满了野性的美丽，惊心动魄地呈现在我面前，几欲让我眩晕。

数不清的荷花悄悄地开着，有的躲在荷叶背后，像一个羞答答的小姑娘不肯露面；有的从荷叶丛中探出头来，扬着喜气盈盈的小脸蛋；有的宛如清新、纯真的少女轻摆纤细的腰肢；还有的是花骨朵儿，看起来饱胀得马上就要破裂开似的。那朵盛开的白荷花，片片花瓣洁白无瑕，远远望去，好像一位环佩叮当、衣袂飘飘、圣洁而多情的荷仙正凌波而来；再看这个粉红色的花骨朵儿，正在轻轻地摇曳着，似乎是一个正在摇篮里沉睡的粉嘟嘟的孩子。

一片连着一片的荷叶，层层叠叠的，连绵起伏，犹如碧波一般。一片片荷叶又像一个个翠玉雕刻的大圆盘般可爱，几个顽皮的孩子还顶着荷叶当遮阳伞呢！

一阵风儿吹来，荷叶荷花轻轻作响，像是一阵低低的欢笑声，荷香便在欢笑声里若有若无地飘起，继而轻轻地弥漫开来，飘满了荷池。那种既清且雅得恰到好处的幽香，不经意间沁人肺腑，使人陶醉，让你全身的每个细胞都那么的舒坦，而当你仔细去嗅时，却仿佛又什么也闻不到了。

一只红蜻蜓飞停在小荷的尖角上，旁若无人地梳理着透亮的翅膀，“小荷才露尖尖角，早有蜻蜓立上头”，大概描述的就是这样的诗般的意境吧！

透过荷叶的缝隙，可见那水平如镜的池水，绿色浮萍之上偶有几滴晶莹剔透的水珠来回滚动，似少女的泪滴惹人怜爱，让人心动；清澈见底的荷花池里，还有几尾小红鱼在灵巧地游动、欢快地嬉戏着。

此时，池塘里传来几声清脆的蛙鸣，几个拍照的女孩子兴奋地叫喊起来，笑声和着一阵接一阵的蛙声，成为荷池一支特别的奏鸣曲。

烈日炎炎里，处处热浪滚滚，暑气蒸人，唯独眼前的这片荷花池，给人带来一丝清爽的凉意。真没想到，在喧闹的市中心竟还有一处如此灵秀的景致。

于是，赏花人络绎不绝地来了。我知道，那是因为人们不但喜欢荷花“出淤泥而不染，濯清涟而不妖”的品格，而且崇敬荷花既是花中君子，又浑身是宝：荷叶能清暑解热，荷蒂能和胃安胎，荷梗能通气宽胸，荷瓣能治暑热烦渴，荷蕊能固肾益精，莲子能健脾止泻，莲心能清火安神，莲房能消瘀止血，藕节还有解酒毒、清烦热的功能……更是因为东辉荷池婀娜多姿的荷花为他们带来了美妙而舒适的享受。

在丽日的映照之下，东辉荷池的荷花，映衬着葱茏的瓦屿山、树丛中古色古香的亭台楼阁、花树掩映的小径和绿水荡漾的人工湖，还有如茵的绿草坪、错落有致的音乐喷泉，以及广场中心的三只正张开翅膀欲悠然乘风飞去的雕塑海鸥，显得格外优雅端庄、妩媚动人，显得格外超凡脱俗。

观夕洞消暑录

今年的夏天好像特别热，气温在烈日的怂恿下噌噌地直线上升。差不多两个月了，除了滴雨不下，每天最低温度还都是二十七八摄氏度，动辄三十五六度。连日来将近40摄氏度的高温天气则更是使大地一如蒸笼，四处热浪滚滚，让人饱受酷暑的煎熬，让人难以忍受。

因此当有人提议到国家4A级风景名胜区、世界地质公园长屿硐天去寻找清凉，几个年轻的朋友一拍即合，不由分说立马动身。从温岭市区出发，驱车往东北行约十几分钟，便抵目的地。到长屿后，穿过一片浓荫如盖的橘林，我们就直奔观夕洞而去。

千年采石留下的长屿硐天，无数洞窟景点均是清幽奇美，有如仙境，但我更喜欢观夕洞。因为我觉得，与众多的洞窟相比，观夕洞显得雅致而别有韵味。而且观夕洞美在不张扬、古朴、典雅，处处入画；观夕洞明净、清丽，引人入胜，发人遐想。

观夕洞是长屿硐天双门洞景区的主要景点之一，由26个洞体组成，总面积10000余平方米。主洞口朝西直对山岙，每当夕阳西下时，洞口夕照生辉，霞光万道，五彩纷呈，恍若虹霓闪烁，是观赏夕照的好地方。

进入观夕洞，如同进入世外桃源，外面是烈日炎炎，可是一进石洞，顿时凉爽无比，一股凉风吹来，满身热气消去大半，大家情不自禁地欢呼：爽！整个洞内的温度只有二十一二摄氏度！哦，好一个天然的避暑胜地，不愧为浙东南海滨独具一格的清凉世界。

步入被称作“四龙九曲含珠桥”的水上石廊，但见廊下碧水如镜，清冽可人，成群的红鱼儿悠闲地游着，不断吐出珍珠似的水泡。几颗水珠从岸边突出的石头上滴下来，在水面泛起层层涟漪。

经过水上石廊，就是一个足可容纳数千人的洞厅。洞厅虽为人凿，宛若天成，气象雄伟恢宏。大厅中央，是一尊用洞内整块巨石雕刻而成的弥勒大佛。弥勒佛像高 5 米，宽 7 米，正笑眯眯地迎接着八方来宾。大佛后面是一条近百米长的洞内河道，坐游艇可进入一个无比幽静的大石硐，那里面设有几座蒙古包和桌椅，有人正坐在那里品茶、小叙，真给人一种别有洞天、与世隔绝的感觉。

从大厅左行，沿着 300 多级石级盘洞而上，过别致的观心桥，再往上攀登，即可以看到“天下第一悬空井”，说是井，其实只是一个石洞围上井栏而已。我忍不住往“井”里看了一下，但见洞底围一石栏，栏内有一个深潭，似深不可测。但石洞与洞底之间不着边际，了无牵连。隔“井”观潭，我至今还是不明白为什么叫“悬空井”。

悬空井边是一口就地取材雕琢而成的堪称世界第一大碗的“硐天宝碗”。石碗直径 2.6 米，可装 2 吨水，已被列入吉尼斯世界纪录。里面还蹲有一尊似龙似龟的雕像。石碗大概有 1.5 米高，人站在旁边，只能露出个小脑袋。

绕过石碗东行，走出石道，即是一个泉声叮咚的石穴。水从丈余高的穴顶滴落，正好穿过石雕古铜钱币的中心，不时溅出晶莹的水珠，和石壁上镌刻的“泉声石韵”四个字相映成趣。叮咚作响的泉声清脆悦耳，又为观夕洞平添了几分清幽。

盘旋来到 40 多米高的山顶，便可静心欣赏一组依岩雕琢的神态各异的观音像。或立于莲台上，或结跏趺坐金刚座上的观音，神情安详自在，端庄温和，面庞丰满而有弹性。她那刻画细腻的发髻高耸丝丝入扣，极为优美；胸前璎珞或串珠浑圆，或玉佩绫形，或莲瓣含蕊，或花蕾初绽，繁复对称，雍容华贵。锦花繁缨，珠珞玉佩，似可听见微风吹动的叮当妙音；两只手臂圆润细嫩，胜似玉笋，肌肉质感特别强，尤其是手上水瓶、柳枝和莲花，雕得十分精致细腻，实在让人惊叹匠师高超的雕刻技艺！

观夕洞内还容纳了从各地搜集到的各种石文化的杰作，有宋时的石狮，明代温岭建县之初的千古石龙柱，明代石浴缸、石屋、古石窗，还有明代石屏风、石观音、石弥勒，以及石碗、石锁、砑光石、石墓志、石马槽和石脸盆；有高达五六米的石龙华表，有小巧玲珑的石磨，还有石捣臼、石马、石人、石车、石碾、石推和石擂鼓；等等。各种用石头制成的艺术品和日常用具应有尽有，这里成了石文化的博物馆，展示了温岭石匠的风采。

那洞内的岩洞音乐厅更显造化之神奇，这个500平方米的岩窟简直就是天然的大音箱。据说，在这个造型雄伟的石洞大厅里举行音乐会，不需要任何电声设备，立体声音效仍是一流的，堪与德国巴尔沃岩洞音乐厅相媲美，是我国独有的一道风景线。因此，在此举行的每场交响音乐会，吸引的不仅有游人，还常有音响专家和地质专家。

从岩洞音乐厅往上看，那种洞中有洞、洞上叠洞、洞洞相连的奇险景观全都集中在此。只见洞洞相迭，下洞的顶，成为上洞的底；上洞的顶，又是更上面的那个洞的底。有的立壁如环，如古代军旅中的巨大幕帐，长崖峭壁，雄伟惊险；有的洞体自山顶而下，深入山体，洞中有隧道，开口出山；还有的洞状如莲花、古钟。洞的组合形式也多样，有的独居，有的相连，有的互相依偎，有的几洞对峙。在这里，可以目睹堪称举世一绝的中华石文化的精髓，还可以从这些洞群形成中领悟到先民们千百年来掘山不止，改造自然的顽强意志和无畏气概。

一路走来，不知从何处传来的柔美舒缓、梦幻般的笛声一路相随，我知道那是演奏家蒋国基用长屿石笛吹奏的《长屿硐天》。若隐若现的悠悠笛声，不仅装点了如诗如画的宜人景致，还如同习习凉风给观夕洞带来了丝丝清凉。

一路走来，一边沉醉在这洞里美妙绝伦的风光，一边欣赏有如天籁的人间仙乐，我浑然忘却洞外依然是难当的酷暑，只觉得神清气爽，俗虑顿消，不想归去……

坞根橙趣

得悉坞根高橙喜获丰收，漫山遍野，绿叶碧碧，金果灿灿，呈现了一派如诗如画的好景色。立冬刚过，我就不住地盘算着哪一天有空，欲前往坞根好好领略一番。

今天，当我一踏上这块曾是红十三军第二师根据地的土地，站在山坡上，放眼望去，就不由得被一幅迷人的景象所陶醉：一片充满勃勃生机的果林里，那一棵棵枝茂叶盛的果树挂满了高橙，那压弯枝头的金黄色的果子，星星点点，闪闪烁烁；在灿烂的阳光下，从那重重的绿叶间隙透出的片片黄澄澄的云霞，在碧波绿海中若隐若现，随风摇曳，四处飘荡着阵阵浓郁的沁人心脾的馨香。

山上人来人往，只见一群群姑娘，披着一身艳阳，脸上洋溢着丰收的喜悦，兴高采烈地采摘着高橙，像忙碌的蜜蜂，穿梭于花丛间。高橙落在她们的手掌中，落在一个个宽大的筐子里。更多的人在包装、在运送，一篮篮，一箩箩，一筐筐，摆满了岭脚。我知道，眼下还不是大规模采摘的时候，若再过半个多月，一辆辆载满高橙整装待发的大卡车会停满公路两旁。

在我的脚下是开阔松软的黄土地，小河在不远处静静地流淌，身边是一望无际的高橙园。那一树树的高橙压得树枝都拱着了腰，许多树的树枝下都架起几根小木棍，以分担树枝上高橙那沉甸甸的重量。恍惚间，满园的橙树似缀满了数不清的“小太阳”，与天穹的艳阳交相辉映，分不出哪是阳光，哪是橙彩了。一团团、一簇簇鲜活耀眼的高橙染红了坞根的山山岭岭，也映亮了一张张笑脸。

来到这美丽的橙园，我开心得就像个孩子，贪婪地呼吸着夹杂着几分泥土气息的橙的芳香，还没到树前，就已馋涎欲滴了。我小心翼翼地采下一枚金果，细细地观赏着，像端详一件精美的工艺品，然后痴痴地闻着、亲着。那高橙，果形椭圆，果皮光滑、色泽艳丽，让人一见就舍不得放下。当剥下一瓣放进口中，顿觉清香扑鼻，来不及细嚼慢咽，那果肉就已化作一泓甘霖，缓缓沁入心田。其细嫩的肉质和浓郁纯正的风味，让人一品而难忘，吃过后还满口余香哩。甜在嘴里的同时，我觉得心里也甜了。

高橙是温岭市特有的地方传统水果，据浙江大学专家测定，果实富含多种维生素，还有还原糖、氨基酸、矿物质和橙皮甙等多种营养成分，是一种具有清肝明目、健脾益胃、生津活脉、醒酒和减肥等独特作用的保健水果，常吃能助长发育，延缓衰老过程，阻止致癌物产生，高血压、冠心病及其他慢性病患者食之更是大有益处。

坞根是温岭高橙主产区之一，地处乐清湾畔，位于温岭市西部的崇山峻岭之中，三面环山，一面濒海，是温岭、玉环、乐清三县市的结合部。境内低山、岭谷、浅丘相间一体，阳光充足、雨量充沛、土壤酸碱适度，加上独特的亚热带湿润季风气候，为高橙的种植提供了适宜的自然生态环境。因此，坞根的高橙果大色艳、香气浓郁、甘甜味纯，堪称果中佳品。

我一个吃罢，忍不住又剥了一个。看着我开心的模样，望着那一树树诱人的累累果实，乐得带我上山的温岭高山甜橙产销专业合作社社长张中林脸上的笑容如五月的橙花般灿烂。

张中林掩饰不住喜悦的心情，告诉我，坞根已有四五百年栽培高橙的历史，几乎家家户户房前屋后都有种植。为了把高橙种植作为振兴农村经济的支柱产业，镇里专门组织成立了高山甜橙产销专业合作社，前年在洋呈山开发了600亩种植园区，引进新品种，推广新技术，实行标准化种植，规模化生产，培育出了超凡脱俗的品质。果树今年已开始零星出果，到明年就可大面积挂果。新品种单果重400克左右，风味独特，果汁丰富，甜酸适中，清香可口，略带苦味，且耐贮藏，贮藏至翌年4—6月，风味尤佳，最长可贮至8—9月份。

为了开辟高橙深加工的新路，小坞根村村民李云岳在台州市农科院的帮助下，经过近三年的努力，成功解决了高橙全果发酵、酒液澄清、脱苦涩等技术难题，开发出了高橙果酒，由此不仅使产品附加值整整提高了20倍，而且使高橙全果发酵酿酒技术达到了国内领先水平，开发的高橙酒填补了国内市场空白。研制的高橙酒产品具有高橙果的自然色泽、清澈透明，兼备果香和酒香，清雅纯正，口味柔和、舒适，酒体完整，具有半干型果酒的典型特征，深得消费者青睐。

坞根如今种植高橙约有2000亩，尽管今年遭受了连续数次强台风的袭击，仍喜获丰收，最高亩产可达2000千克，预计年总产量达2000吨，实现产值600万元，仅岱山塘650亩左右的高橙园就可采摘650多吨。

哦，在这方历经游击战争血与火的战斗洗礼的热土上，村民们正用独特的睿智和勤劳的双手，绘出了一幅幅青山滴翠、碧水长流、高橙飘香、人民富庶的瑰丽的图画。高橙成了革命老区人民的致富果、幸福果。高橙不仅为坞根人带来了经济上的富有，而且深切地改变着橙乡人民的思想观念、思维方式和生活理念，橙乡人在脑海里已深深地烙上了“橙色印记”。

盘桓在果林里，不知不觉间我的身上、心里也被“烙”上了芳香馥郁的橙韵。看着这如海橙林，含翠流丹，分外妖娆，我仿佛看到了坞根充满金色希望的明天……

第二辑　妙悟堂思绪

父亲母亲的爱情方式

父亲今年 87，比母亲大 6 岁，两人携手走过了 60 多年的风风雨雨，是邻居们眼里的模范夫妻。这对白发老人每次在大街上散步，一边慢慢走一边慢慢聊，一副相濡以沫的样子，让一路上的不少人很感动，也赢得更多的人向他们投去的羡慕的目光。但是多年来，我却不认为他们是恩爱的，甚至怀疑他们之间是否真的存在过爱情。

在我的记忆中，父亲和母亲这一辈子总是不停地拌嘴、抬杠、找碴儿，叽里咕噜，没完没了，家中总是“战火纷飞”。争吵的原因都是些鸡毛蒜皮、芝麻绿豆般的小事，可吵起来却像是水火不容，往往一句话不投机，就让人莫名其妙地觉得光火。两人这么难解难分地过着招，久而久之，即便是关心、体贴、尊重和理解，说出来的话怎么听也都带着点儿说教、责难的酸味。

他们两个都是很有个性的人。父亲谨小慎微，有人说他“走路连蚂蚁都踏不死”，但脾气急躁、易怒，为人耿直，不会逢迎退让，并且略有孤僻。母亲生于寻常的平民家庭，没有读过书，虽然不识字，但非常明理，心思缜密，善于交往，说话做事有点大大咧咧的。

从我记事起，父亲工作一直都很忙很忙。在单位里他是个小领导，工作压力大，常会遇到不顺心的事情，一回到家惯于做“甩手掌柜”，不仅对烦琐家务一肩挑着的母亲不够关心体贴，还常常不是嫌母亲肥皂打少了洗的衬衣不够鲜亮，就是责备她贪便宜买的青菜嚼不动。这让白天帮人织帽，晚上还得在油灯下为子女们缝补衣服、纳鞋底的母亲很不高兴。“还不是为了省俩钱！”是啊，一家六口人全靠父亲那点可怜的薪水养活，不算计着花还真不行。那时候，我们住的平房低矮、简陋而且光线不好，爱美的母亲便把一些很好看的旧画报一张张地贴在墙上，家里立即变得干净、明亮起来。而父亲却觉得母亲不会装扮房间。母亲不愿忍气吞声，于是，就会和父亲争执起来。

记得一年除夕，不知道为什么，两个人吃着并不丰盛的年夜饭又吵了起来。可能顾及明天就是大过年的，先是小声嘀咕，后来终于忍不住，就大吵起来。父亲脸色铁青，母亲也气咻咻地搁了饭碗。我忙把他们拉开，故意叹口气说：“唉，老吵来吵去的没劲，我看你们还是离婚算了！”母亲一听立马红了眼圈，并幽怨地看着父亲，父亲愣了片刻，一伸手赏给我一个“扎辣爆”，嘿嘿笑了。

1982 年，父亲离了休，从此成天待在家里，哪也不愿去，看到、听到的事情多了，争论的话题也就少不了。见母亲做菜时多放了些盐或糖，他就会引经据典地说上一通盐或糖对身体如何不利的大道理；见到家里的桌凳摆放不整齐，父亲会大为不满，认为这样会绊脚，不安全；对买的养殖鱼和大棚反季节蔬菜味同嚼蜡也颇有微词。而母亲听了总是做出一副不屑一顾的样子，找个理由反击一下。比如，见父亲不出门也穿得整整齐齐，收拾得利利索索的，母亲便会唠叨、笑话他越老越讲究。

看着父亲和母亲你来我往的唇枪舌剑，心里实在是又好气又好笑。你瞧，他们抬杠斗嘴的模样挺有趣的，简直就像在课桌上画“三八线”的同桌小男孩与小女孩，当闲来无事的小男孩扯一下小女孩的发辫，小女孩会一惊一乍哇哇大叫，而当小男孩不小心越过“三八线”时，小女孩也会毫不客气地一掌回敬过去。

尽管动辄斗嘴，但有时候，吵着吵着竟会忘了“战事”最初是因何而起，父亲和母亲还是对拌嘴乐此不疲，拌嘴似乎成了两人之间独特的相处模式。

其实，他们也懂得，夫妻吵架没有赢家，家庭是一个重情不重理的地方，夫妻之间往往不可能以理服人，而通常只能以情动人。换句话说，只有感情才能换来感情，道理换不来感情。如果在吵架时都觉得自己有理，一味地想让对方认同自己，甚至硬要分出个谁是谁非，争出个子丑寅卯来，结果往往是谁都说服不了谁，谁也不认同谁。

虽然他们明白这些道理，但是仍旧针尖对麦芒，互不相让。不过，吵归吵，他们不会摔盆砸碗，相互对骂，不会拳脚相向，两个人之间的隔阂更不会越来越深，哪怕是最艰苦的日子，他们依然没有想过放弃彼此，放弃生活，而是一起用汗水和泪水撑起了整个家。

既然彼此常常气里来气里去的看谁都不顺眼，他们为何还能有滋有味地过下去？这让我非常困惑。等后来胡乱读了一点心理学方面的书，我这才弄清楚，认为他们不恩爱，甚至觉得是没有感情的想法大错特错。原来爱情存在的方式各种各样，有时候争吵也是爱情，忍耐也是爱情，哭泣也是因为爱情，要是连架也懒得吵的婚姻，那才是可怕的婚姻。再说，夫妻斗嘴往往比生闷气更有益于健康。生活中总免不了有些磕磕碰碰，在必要的时候吵吵嘴是一种特殊的健身方法，能缓解压力，化解矛盾，对身体有益。美国一项最新研究表明，压抑愤怒会增加压力导致疾病，如心脏疾病、高血压等，容易使死亡率上升。父亲母亲虽然都已经年过八旬，依然耳不聋眼不花，身体的各零部件基本完好，不知道这是不是和斗嘴不休有关？

如今，父亲母亲还是吵吵闹闹的，只是不再像年轻时那样吵得天昏地暗。他们已经习惯于通过争吵的方式来交流、沟通和表达情感。他们的爱情经历了 60 多年的风雨，就像一坛陈年的酒，芳香不仅没有消弭，反而愈来愈浓烈，愈来愈醇厚。

那时小镇

我虽然并非出生在这个小镇，但在这里读完小学和初中，先后在这里生活过十多年，自然而然的，这个小镇就驻入我的梦乡，令我难以忘怀。在云淡风轻的日子，当我再次走进这个小镇，望着林立的大厦，来回奔跑的车辆，一种恍若隔世之感油然而生。旧时小镇的模样，就像一张发黄的老照片，顿时呈现在我的眼前。

这是一座江南随处可见的寻常小镇，居于一片水网交织、辽阔而丰饶的平原。小镇以十字街为中心向东南西北四个方向辐射，中规中矩地形成东门、南门、西门和北门。除了北门呈“Z”字形外，其他三条街都是直直的，从十字街头望过去可以一望到底。街不长，若站在街头喊一声，街尾就可听见。街的四个尽头处是土石垒筑的城墙，城墙外就是人工开挖的护城河，四座微微拱起来的小石桥跨越护城河，成为连接城里城外的纽带。站在桥上放眼望去，河的外面是一望无垠的田野，港汊纵横，阡陌交错，池塘星罗棋布。

终日波光粼粼的护城河犹如一条浅绿色的玉带，环绕着小镇，滋润着河边的土地，又像一道屏障，保护着这城里的百姓。

护城河的水并不清澈，但水里鱼儿成群，一年到头都有人在水边依着柳树在郁郁葱葱的绿荫处垂钓。还有的人在傍晚时分将用细竹枝制作的仙人钓放入河中，等到第二天一大早，划着大木桶，将钓收回，这时，一串串活蹦乱跳的鲫鱼、浮蚝就挂在仙人钓上任人摆布了。

护城河与小镇上人们的生活息息相关，时不时可以见到运毛竹制品的、运柴的，以及运砖头和沙子的货船在河上来来往往。而护城河的南门头段常常是小镇最为忙碌的地方，每逢市日，还在沉睡着的小镇，一大早就被木船吱吱呀呀的不绝于耳的橹声摇醒了。不知什么时候，大大小小的船只泊在桥头脚两边的埠头，等待着装卸，这里俨然成了货物的转运站。

护城河与既是台州六县内河运输的交通要道，又是温岭境内重要海运之吞吐口的黄金水道的金清港多处相接。其中一支水流一路从牛驳桥下缓缓穿过，绕过清影婆娑的金竹园，流经山西，穿过虹桥头，向南门头蜿蜒而来；还有一路穿过横板桥，流经横陶，从西门陶流入西门头河。而东门的护城河则直接沿着锦鸡山一侧，经过后行，与开阔的金清港连接起来。

那时候，城内有一条河由西向东，迤逦穿过斗门桥、崔桥头，然后傍着荷花池，流入鼓山脚下的护城河，其状恰似太极图中的S线，将城一分为二。也许此即为古县志上所称的“引南监之水入西门出东门”的旧河。不过，待我见到时，菜桥头到吴大成染布坊这一段已经淤塞，“浅不容舠”，继而被人填埋。显然旧河的作用已被蓄水、防涝功能更为强大的护城河取代，其存在的意义不大了，就自然地退出了历史的舞台。原来的河床慢慢地成了路和晒场。余下的河段，两岸零零落落的蒹葭苍苍，偶尔还会有几只水鸟在水面嬉戏；斗门桥边，在老树和杂草掩蔽中还能看到的断续残存的河沟，依稀可见当年河流穿城而过的模样。

有了活的水，这小镇便充分展现了巨大的商业契机，成为温岭境内数一数二的贸易繁盛、货物中继、商贾云集之地。有了活的水，这小镇便多了几分妩媚、几分灵动，连袅袅的炊烟在夕阳余晖的映衬下也显得格外的美丽，仿佛有了唐诗宋词的意境和韵味。

如果要说这座小镇与别的小镇有什么不一样，我想，除了枕水而居，那就是有“鼓、锦、牛、旗”四座山恰到好处地紧邻护城河，分别代表着东南西北四个方位。这鼓山、锦鸡山、牛山、旗山说是山，其实，除了旗山有些山的样子，其他的都是光秃秃的小山包，无论从什么角度看，连称其山峦都不是太合适。就是这旗山也既不高，也不大，山上既无飞瀑也无流泉，几棵碗口般粗细的短叶马尾松长得东倒西歪的。倒是山的北面山势陡峭，怪石嶙峋，人无法攀爬，长着成片的灌木丛，显得葳葳蕤蕤的。西头的山下长着几棵三角枫，我和小伙伴们常常经过枫树下上山去。

旗山，也称龙山，虽然没有重峦叠嶂和奇花异草，但是山麓的书院却是当地最早的书院，名声在外。据《台州府志》记载，800 多年前的南宋时代，当时邑人陶昭于龙山南麓创办了陶昭书院，施教一方，壁绘渊明像，朱熹提举浙东时曾到过这里并留有题诗，此后元明相续。书院后毁。明嘉靖十九年(1540)，五龙书院在此旧址创建，清乾隆二十年(1755)易名龙山书院。我就是在这后来叫区中心小学上的学。

这锦鸡山横伏在祖师塘畔，虽然其貌不扬，但相传曾有天鸡鸣于其上，又相传葛洪经过此地时以杖击地成泉，故名头也不小。锦鸡山北麓的文笔塔，系明朝抗倭名将张元勋所建。塔下的中学的花园内，林木苍翠，石怪岩奇，环境清幽，我在这里读书的两年半时间里就常在此嬉耍。

张元勋的旧居在东门沈家墙里，那时候，旧居前面还建有一座颇有气派、雕刻精美的石牌坊。石牌坊不仅见证了其主人曾经的辉煌，也给小镇带来了荣耀。小镇街上，那一幢幢鳞次栉比的店面排屋、商铺，店面、作坊、住宅三位一体，错落有致。那粉墙黛瓦木门窗的古民居，多为木结构的平房、二层厅堂式的住宅，犹如活生生的写意水墨。

那时候，小镇不大，镇上只居住着两三千户人家，清一色的原住民。大家知根知底的，谁家有几口人，在哪里做事，谁家的儿子和谁家的囡谈上了对象，谁家哪一天来了什么亲戚朋友，几乎都清楚。邻舍之间的心里互不设防，你家收了新米做了新米糕会送给我家几株，我家摘了川豆会送你家一碗；谁家娶媳妇了大家都会来望新户，讨个红鸡蛋，讨几块糖果，沾点喜气；谁家杀了猪，会把烧熟的夹心肉分给周围邻舍；下雨天有人会帮助收衣服，晚了会有人帮助圈鸡鸭。

在那个时候，小镇上的一帮孩子们经常在外面疯跑，玩到天黑才回家。无拘无束的他们都特别心灵手巧，用打“啪啪”枪、滚铁环、打弹珠、飞香烟壳和弹橡皮皂娘、射水箭、跳山羊、打水漂等各种简单易行的种类丰富的游戏来释放和满足天性、充实生活。如果手上有了几角钱，他们会到自行车行租一部自行车踏上一个下午。要是在夏天，他们会把西瓜、甜瓜装进竹篮，然后浸泡在水井里，把水井当成天然的“冰箱”。

水井头，是女人们小聚的好地方。她们往往一边揉搓床单，把连槌挥得“啪啪”响，一边张家长李家短地说个不停。说得兴起，忘记了以日光影子移动来估判时间，误了做饭烧菜是常有的事。

小镇的小巷小弄到处都是，叫人数也数不过来。也许，走在寂寥的陈家巷、朱家巷，会碰到和戴望舒笔下一样的撑着一把油纸伞的“丁香般的姑娘”呢。

小镇的墙角落头、门前屋后，栽着许多当地人叫作“栾”的柚子树。每当初夏到来之际，洁白的花儿怒放，满城都被浓雾似的散也散不去的花香笼罩着，让人神清气爽。纯白色的小花朵们都悄悄地隐藏于油亮翠绿的叶丛中，一点也不张扬，但它散发的香气却异常强烈。那花朵即使被一场雨水打落在地，布满了树下，零落成泥而香依然，令人不免心生感慨：这像不像小镇上的人们含蓄内敛的秉性？

生活在这样的小镇上，虽然有几分清贫，但可以把日子过得不紧也不慢，过得舒坦惬意，让人感觉时光很恬静，很美好，心里很安稳也很踏实。

多年来，我到过很多小镇，曾经醉饮凤凰，枕着丽江入梦，在大理感受风花雪月；曾经夜卧周庄听秋雨，清摇同里忆水声，轻舟短棹穿西塘。那些小镇，到处充满了艺术气息，比陈逸飞的那幅名扬海外的油画《故乡的回忆》更美。只是随着时光的流逝，它们给我的印象在不经意间都走远了，变得模糊了，唯有这座并不怎么起眼的小镇就像一枚楔子钉入我的心灵深处。

不管走到哪里，我的心头总会渗出几缕别样的思念！

我为书房取名

拥有书房，曾是我朝思暮想的愿望。

刚参加工作那会儿，几个人挤在一室，房间小得连摆张桌子都困难，哪里还敢向往书房。那段时间，我几乎每夜都做着相同的梦：一间宽敞的书房，书柜顶天立地，窗明几净，幽静雅致，还配有几幅装饰字画……

到了告别单身的时候，我分得公房32平方米，并终于有了属于我的一方天地，尽管那只是2平方米的楼梯口的夹厢，但我觉得，拥有这样的书房，实在是一种幸运和福分。

有了书房，便寻思着给它取个名字，觉得这样才对得起它。

古往今来，凡名人家中多有一方充满着书香茶韵的洁雅天地——书房，而且还有一个别致的斋名。比如，唐代大书法家怀素，屋外园中遍植芭蕉，绿荫满目，其书斋命名为“绿天庵”；明代文学家张溥，天生愚钝，为加强记忆，每读文章，就工整地抄录一遍，边抄边诵边记，然后投入炉火之中，反复六七次，终于背诵如流，故其书斋取名为“七焚庵”；近代学人梁启超的书房叫“饮冰室”，语出《庄子·人世间》：“今吾朝受命而夕饮冰，我其内热舆。”形容内心的愁闷与焦灼，以此表达对祖国前途的忧虑；京剧大师梅兰芳抗日战争时期“蓄须明志”，辍演家居，以绘画为业，他给自己的画室取名“缀玉轩”，以示洁身自好；画家李可染给自己的书房取名“师牛堂”；作家刘绍棠则管自己的书房叫“蝈笼斋”……

依了名人的想法，给自己读书、藏书、写书的地方取一个高雅的名称，或以言志，或以自勉，或以寄情，或以明愿，可是件很有意义的事。

我非名人，但还是想增添一点书香墨色、风雅意趣。

我那小屋，虽小得仅可容一桌、一凳、一书架，狭窄如蜗壳，然而它是我人生路口上的一处驿站，足以让我舞文弄墨，足以让我思考人生的真谛，领略生活的情趣，足以让我的思绪上下五千年，纵横几万里，所以，我为其取名"宽心室"，意为空间小而心中天地宽也。

不过没过多久，我便为之更名为"风雨庐"了，因为一到雨天，风雨敲窗，常常室内如注，夏天尤甚。

我的书房虽然在二楼，但如处闹市，白天楼下是儿童嬉耍的场所，夜间楼上常传来悠悠的歌声，喧嚣声整日不绝于耳，扰人思路，不胜其烦。我唯有苦笑，安慰自己"不妨不妨"，于是便有了"不妨楼"的称喻。

后来改叫"秉烛斋"，并不是取师旷"老而学，犹秉烛夜行"之意，表示要活到老，学到老，生命不息，读书不止。而是当时常常停电，为了创作点东西，不得不秉烛为之。

至于叫"雕虫坊"，是因为古人有所谓雕龙、雕虫的说法，在这里，雕龙指构架恢宏的巨著，雕虫指一般小文章、小玩意，更有时人称剪纸为"雕虫小技"，而我既未写过"雕龙"大作，对"雕虫小技"又情有独钟，因此，我干脆以"雕虫坊"名之以自诩。

"思无邪轩"，是取孔子的言论"诗三百，一言以蔽之，曰思无邪"而命名。其时，我痴迷诗歌，梦想做一名诗人，随着诗人梦的破灭，"思无邪轩"这个斋名也烟消云散。

在这个书房里，我想着如何改变自己的人生，成为一个成功之人，可没想到成天的胡思乱想引发了严重失眠，靠药物才能放松。因此而感叹"难得糊涂"，于是乎就给自己拥挤不堪的书房取名"糊涂居"。

书房的名号取了一大串，其实，没有一个是满意的。这一连串书房的名号，只能算是生存状态与内心世界的一个缩影和记录。想来想去，到后来我索性名之以"无名楼"，一则意为本人实乃无名布衣，二则实在起不了好名。

等到有了真正意义上的书房，已是接近20世纪末了。我买了一套商品房，三室一厅，北屋8平方米就做了我的书房。在为书房精心装扮一番后，我谋划着，这回得好好给其取个名。经过查字典、找资料，反复思量、斟酌，“妙悟堂”从一大堆“备用名”中脱颖而出。

“妙悟”，即禅悟也，它是中国禅宗的一个重要范畴之一，其根本要义在于通过人们的参禅来“识心见性，自成佛道”。

我不是佛家弟子，但我十分向往那种本心清净、空灵清澈的精神境界。于我而言，“妙悟”是一种追求，一种特殊、别致的思维方式，是我需要保持的一种精神状态。所以，我以为“妙悟堂”是我的书房最为理想的名字，既可言志、明愿，又可自勉、寄情。我选择了它，并一用竟达近十年之久，我想以后可能也不会再改了。

为书房取名，就像为人取名一样，要想取个好名字，还挺难的，但取名的过程，却充满了乐趣。

电影的诱惑

现在的电影院不仅超级豪华而且霸气，常常放的是进口大片，票价动辄就是几十上百元。那些成双成对的伙计们一个月数番出入影院，眉头都不会皱一下。看着这一切，我不禁想起一些与电影有关的往事。

对于身处文化生活极度贫乏的岁月里的人来说，电影实在算得上是挡不住的诱惑。尽管票价只有三分、四分和六分，小伙伴们还是买不起。买不起怎么办？那就挖空心思使出浑身解数“创造”条件进影院。

小伙伴们使的招数有“文招”和“武招”之分。

文招里的“隐身术”一度是最为有效的。那时放电影、演戏、开大会都是在镇大会堂里进行的，大会堂的舞台下面是空的，舞台面朝观众这边开有几扇为便于进去打扫而设的小门，小伙伴们发现这里是个“隐身”的绝好去处，于是顾不上吃晚饭或者趁上一场电影散场混乱之际悄悄溜到里面躲起来。虽然里面蜘蛛网遍布，老鼠时不时窜来窜去，潮气霉味几欲令人窒息，小伙伴们哪里还顾得上这些，找个角落蹲着，待电影开映时再溜出来。后来有管理人员发现了这个藏身之处，用锁一锁，就彻底断了小伙伴们的念想。

“造假术”是很长时间里屡试不爽的一招。电影票造假的方法有多种。一是画电影票。这样的“电影票”几可乱真，往往能骗过门口的站岗人员，当然，这首先得有高超的画技。二是拼接。先找张撕去票根的废票，再捡张票根将两截拼接起来，进门时只将票面递给站岗人员或者只露出一点点票根。三是以旧充新。每一场电影的电影票往往首先是以颜色来区分的，背后才是日期。所以这就给了小伙伴们以旧充新的机会。只要找张和本场颜色一样的票，用橡皮把日期擦模糊，趁站岗人员忙乱时顾不上细看背面，这样进去的可能性还是很大的。四是重复使用。相对于以上几种“不光彩”的骗术，这种方法可谓是冠冕堂皇的。两个小伙伴各出一半钱买张票，先进去一人，然后按照约好的暗号将票从门缝里塞给另一人。使用这种方法是得讲究点诀窍的，那就是先使用票的那人只能让站岗人员将票撕去一点点，撕多了这招就没有意义了。这样，就算站岗人员觉得其中有诈也不敢有异议，因为卖票的人不小心将票撕过头了也是常有的事。还有一种方法就是嘴巴学甜一点，央求大人带进去，骗站岗人员说是亲戚关系。我就有多次叫“叔叔”、叫“姑姑”混进去的经历。记得有一次，“叔叔”带我进去后还给我凳子坐呢。

与“隐身术”“造假术”相比，“飞天术”“遁地术”就算是武招了。大会堂的围墙有三米多高，西边这道墙是用石片砌成的，石片之间会留有缝隙。胆子大的小伙伴就攀岩一般地攀爬起来，爬到墙顶再翻身一跃而下。要是遇上站岗人员巡查那就倒霉了。西门大队有的站岗的民兵很会恶作剧，你开始爬时他就盯着你一声不吭，等你爬到一人多高上不及天下不及地的时候，一下子上前剥去你的一只鞋子，让你上不得也下不得，非得让你哭着鼻子认错才把鞋子还给你。西边的围墙没有抹灰，攀爬起来比较容易些，但处在灯光明亮地，容易让人发现。南边的围墙就不一样了，虽然抹了灰无法攀爬，但没有灯光，小伙伴们依靠墙边农户人家堆放的稻秸亭，搭上从墙里伸出的冬青树枝，待无人时一下子从天而降，也不是什么太难的事。这些就是“飞天”之术。

说起“遁地”，不是说小伙伴们有土行孙般的本事，而是说走的是类似于“遁地”的旁门左道。大会堂的厕所紧靠南墙，为了掏粪方便，厕所外的南墙根留有不足盈尺见方的小洞。此地无人看管，有些“飞”不了“天”的小伙伴就小心翼翼地从此“遁地”而入。有的人就没有那么幸运了，马失前蹄，那狼狈劲儿就不用说了。

“打人撞”也算是武招吧。许多小伙伴既不会“造假”也无缘“隐身”，既不会“飞天”也不敢“遁地”，那就只有眼巴巴地等着，指望站岗人员发下慈悲，早点放大伙进去看个片尾。有时候里面的枪炮声、冲锋号声实在撩人，大伙实在等不住了，就“哦哦”呐喊起来，一拨又一拨地挤上前去“打人撞”。这时候往往电影已经放过大半，也许站岗人员心生怜悯，再也做不出凶神恶煞的样子，佯做挡不住状，“哗啦啦”把大门打开了。

这些与电影有关的往事，说起来也许有人会不信，但确实存在过。

母亲与草头方

母亲是个家庭妇女，没有念过书，只在“大跃进”那会儿上过几天夜校扫盲班，除了自己的名字和简单的阿拉伯数字会认会写外，再也认不全几个字。她虽然算得上是个“睁眼瞎”，可她能用各种草头方治病，简直是一位“全科医生”。

我出生在20世纪50年代末，生长发育的时候遇上了吃“大食堂”和“三年严重困难”，由于缺乏营养，体质很差，隔三岔五小病不断，而母亲总会用草头方对症下土药，不仅能药到病除，而且方便、快捷，同时也为窘困的家里省了不少医药钱。因为母亲坚信“草头方能治大病”“偏方气死太医”，所以在我成年前几乎没有上过医院。

小时候的我，经常会上火，这虽然不是什么大病，但是脑袋上往往会长“硬头疖”，有时候是一个，更多的时候会长出三五个来。长了“硬头疖”可不是好受的，会让你感到脑袋火烧火燎一般苦不堪言，如果长在后脑勺上，睡觉也不得安生。我每次长“硬头疖”，母亲就会清晨起来到园子里摘一把还带着露水的五叶藤脑，洗净，捣烂，敷在患处，等过了两天，用缝衣针将它挑破，挤出脓丝，那“硬头疖”就会连疤痕都不留下。

八岁那年，母亲常听到我喊肚子痛，面色发黄，睡觉时又把牙齿磨得咯吱咯吱的响，便知道我肚里长蛔虫了。她一边训斥我太不讲究饮食卫生，生瓜、生果什么的拿来便吃，饭前便后也不洗手，一边把屋边墙头那只准备留种用的老南瓜收进来，将瓜子在阳光下晒干，让我剥壳生吃。等到我吃完南瓜子，睡上一宿，排出的粪便里就有一大堆虫子，有些还在蠕动，把自己都给吓一大跳。

打了虫子，夜间不再磨牙，肚子也不痛了。没想到过了一阵子，不知道是被传染还是自发的，我又生起了“大颌疯”。这病在医学上叫腮腺炎，开始的时候头痛、恶寒、发热、疲倦，腮边和耳后感觉酸痛，有硬块还有灼热感，后来又传到另一侧腮。母亲便去北门染布坊要了一碗染蓝印花布用的靛青，每日四五次，把那蓝汁涂在我红肿的腮帮上。那汁敷在脸上很是清凉舒适，但是我却像戴了张十分可怕的鬼面具，令小伙伴见了不敢近前。好在过了三五天后，肿胀消退了，再也不用受人“歧视”。

可能因为吃的东西不好，我经常闹肚子，不是胃疼，就是胃里泛酸水，每次吃了东西以后就觉得想呕吐，尤其在肚子饿的时候，胃部就痛得很厉害。母亲每餐都要我吃少许生姜，还对我说，胃酸过多属于慢性病，生姜性味大辛大热，一次不能吃多，否则不但吃不下饭，并且对眼睛有损害。过了差不多半年，果然情况有所转变，胃酸过多的症状渐渐消失，脸色也红润多了。

一到秋天，稍有不慎受点凉了，我就会咳嗽，咽痒、咽喉疼痛症就会随之而来，有时还会出现口唇干燥、鼻塞寒热等症状。每当这时，我母亲就会摘些枇杷树的老叶子，用刷子一点一点刷去叶子背面的绒毛，洗净、晾干后以手细细揉搓，切碎，然后放进砂罐为我煮枇杷叶汤喝。

要是遇上我手指割伤出血，母亲就扯一棵新鲜的墨斗草或者马兰，将其揉烂，使挤出的汁液沁入伤口，手指很快就会止血。要是吃年糕或米面积食了，她就取些年糕或米面放在干净的铁锅里焙成粉末，调开水给我喝了，消化不良的问题就迎刃而解。

在母亲给我治病的草头方中，让我记忆最深的是一把炒豆治好了“清水泻”。我读小学四年级时，有一天早上突然肚子里翻江倒海，一个上午不知往厕所跑了多少次，还越拉越厉害，拉得脚骨都软了。中午回到家跟母亲说了，母亲二话不说，舀了一把老川豆子放铁锅里炒得焦黄，然后加上一瓢水，煮了大约十分钟，母亲端汤给我喝下，那效果简直就像“关水龙头”一般，腹泻立刻就止住了，我又能生龙活虎、活蹦乱跳了。

如今，我早已有了自己的孩子，离开母亲居住也已经好多年，却还能得到母亲如同呵护小孩子般的关爱。今年初我感染了流行性感冒，又是打针又是吃药，感冒是好了，但接着咳嗽起来，而且咳得好凶，晚上睡觉时也常会咳醒，什么鲜竹沥、梨膏糖，什么沐舒坦、联邦，吃了都不管用。我母亲得知后忙打电话叫我炖菜头冰糖汤，还生怕我忘记那配方和做法，千叮咛万嘱咐地说个不停。她告诉我，买个约一斤重的菜头，连皮切薄片，加冰糖四两，与清水五碗一起放锅里用文火炖煮，煮到剩约三碗水时关掉火，趁热当开水喝，接连喝两三天，一定有效。我照着做了，说也奇怪，两天后居然咳嗽停止了。当我把这结果告诉母亲，母亲在电话那头开心地笑了。

这样神奇的草头方，在母亲脑子里也不知藏了多少，仿佛她有一只取之不尽、用之不竭的锦囊，一抖开，她那些饱含人生经验和阅历的小智慧和一腔永远不变的关怀便如泉涌出。母亲用最原始、最朴素的疗法，使我健康而快乐地活着，也让我在使用草头方的同时，啜饮着无所不在、无所不能的母爱的甘醴。

母亲的“语言宝库”

我自从在报刊上发表了几十篇关于方言以及方言研究的文章后，走到哪里都会有人问我，这么多精彩的方言是从哪里挖掘出来的？此刻，我总会一脸自豪地告诉他们，这些啊，绝大部分来自母亲的“语言宝库”，母亲的“语言宝库”是我取之不尽、用之不竭的源泉。

我的母亲是江南地区最常见的那种极为平凡的女性，她没有读过书。虽然不识几个字，可她却是位能灵活应用谚语俗语等民间语言的高手，肚子里那些具有浓郁的生活气息、耐人寻味的朴素话儿，一套一套的，三天三夜也讲不完，令人惊讶之余往往会竖起大拇指。

母亲出生在普通的平民之家，她对下层民众极为熟悉，对平民的内心世界、情感生活、审美心态及思维方式有着深刻的了解，这为她的“语言宝库”提供了得天独厚的条件。凭借地道的“平民身份”，她有着自身对生活的感悟和诠释的视角，所以她能够较为醒目地铺陈出特定的社会现象和地域的世情民风，传达出时代特征和人物的性情。毫不夸张地说，她对民间语言的运用达到了得心应手的地步。

她所应用的许多民间谚语、俗语，是一种清新、自然、风趣、活生生的大众语言，很多都集中反映了人们对勤劳的赞美，对生活的热爱，对懒惰的讽刺。这些得到劳动人民高度概括浓缩的精炼语言，深入浅出、通俗易懂而又文采飞扬，不仅具有一定的哲理性，而且不乏调侃、幽默的情致，充满鲜活的生命元素和朴实的生活气息。比如：“手脚勿歇，肚皮勿瘪”是讲只要手脚勤快，自然就不会饿肚子；“上工大蛇蜕壳，收工猢狲放索”这句话是讲有的人做事懒洋洋，像大蛇蜕壳一样慢吞吞，而收工却像解掉绳索的猢狲一样神气活现，讽刺有些人对做事和收工的态度截然两样；“越嬉越懒，越吃越馋”是提醒大家，越嬉只能让人变得越懒，越吃只能让嘴巴变得越馋，结果只会一事无成，坐吃山空；“斗米财主”的意思是有了“一斗米”就以为自己是财主了，这种“小富即安”的想法是很幼稚可笑的。又比如：“泥水木匠，前穿后亮”，此话的意思是讲泥水师傅和木匠忙于为生活而奔波，自己住的地方破了也好，漏了也罢，却无法去收拾。这不禁使我想起北宋诗人梅尧臣的《陶者》：“陶尽门前土，屋上无片瓦。十指不沾泥，鳞鳞居大厦。”二者无论是表达方式还是表现主题，都有异曲同工之妙：深刻地揭露了社会现实的某些不合理，抨击了封建统治阶级对劳动人民的残酷剥削，表达了对底层劳动人民的同情。

在母亲的一生中，教育子女如何为人处世是她的头等大事，因此，关于这方面的语言俯拾皆是。比如，“做上一世，做落一记”，这句话的意思是学好很不容易，往往需要一辈子的时间，学坏却只要一下子就行；“破网难遮太阳，臭鱼难晒好鲞”，此话比喻一个品质不好的人很难成为有用的人，就像破渔网无法遮挡太阳，臭鱼怎么能晒成好鲞？“点点落雨做大水”的意思是点点落雨虽小，不足为道，但落久了积少成多，同样也会成为洪水，此话是讲，看起来是小的事件却是不可忽视的，往深一点讲，是告诫子女“勿以善小而不为，勿以恶小而为之”；“七石缸经勿起一个沙眼孔”的意思是七石缸虽大，但要是有了一个小小的漏洞，就盛不了水，这句话是讲，在一个集体当中，假如有人充当“沙眼孔”，整个集体就会“漏水”，就会失去集体应有的作用，一个人会害了整个集体；“人摸高头水摸低”是说水往低处流是难以改变的自然现象，而人应当往好的方向发展，发奋向上，应当朝高处走，这是为人的基本准则。这些语言十分传情地表达了细腻感情，既贴切又深刻，看似信手拈来，全无雕饰斧凿痕迹，细细品来，使人于轻松幽默之中觉得意味深长。

母亲还善于注意根据不同对象、不同场合和不同目的而采用不同的语言说服手段。在许多情况下，她并不直截了当地把问题说给对方听，而是将意思隐含在其中，给听话者留下咀嚼体味的机会和体验、想象的空间。比如，说人愚蠢、做傻事是“吃砒霜，投大虫”，这句话的意思为，自己先吃砒霜，然后将自己喂老虎，用这种方法来杀老虎，是很不高明的；劝人无论吃酒还是做事，都要掂量掂量自己的能力，要量力而行，不要做力不从心的事，要“吃酒量家当”；“手指头也有长短节”，这句话比喻没有十全十美的事物，即使是再高明的人，也会有短处，也免不了犯错，不能要求一个人没有一点缺点错误，希望在对待人和事时，要善于进行辩证地看待，要一分为二，不要苛求；“藤旺勿结瓜”的意思是，种瓜自然为了得瓜，但培育不得法，藤长得太旺盛了，反而不会结出瓜来，到头来种瓜的却只能收获藤，失去了种瓜的意义，这句话提醒人们，做事光靠勤劳是不够的，还要注意方式、方法。这些语言都只用了寥寥几个字，就把复杂的大道理讲清楚了，真正是言简意赅，寓意深刻，“点铁成金”，化俗为雅。

这样的民间语言还有许多许多，这里撷取的不过是一鳞半爪而已。母亲的“语言宝库”实在太丰富了，虽然都是些土得掉渣的东西，却是最为生动活泼，最原汁原味、朴实无华，充满了真知灼见，对子女们的成长产生了不可低估的作用。如今已是80岁的母亲不是“名家”，更不是什么“大家”，但她在我的心目中，却是不折不扣的“民间语言大师”，她那些质朴的话语足以让我铭记一生。

陪护的日子

父亲对自己的健康一直是很自信的。父亲很少拿自己的身体当回事，总认为得什么病都是小病，随便吃点药就能对付了，甚至打点滴都不愿意。可是毕竟岁数大了，难免有些“零件”会出毛病。这些天，由于疑似感冒伴以发热、咳嗽、胸痛，再加上盗汗和食欲减退，使父亲的身心受到重创，变得双目无神，说话有气无力，连走路都有点踉踉跄跄。尽管这样，他还是固执地不肯去医院，我知道那是他不想打扰孩子们，不想给我们增加负担。当车在门口停下的时候，他还踯躅不前，最后还是在我的哀求下才上了车。

在医院，父亲还大声地嚷着：“感冒，没事没事！”嚷着要走回家去，但不久便低了嗓门，呼吸变得“呼哧呼哧”粗重了，人也昏昏沉沉起来。医生说是结核性胸膜炎。如胸腔积液较多，久不吸收，胸膜上有大量纤维蛋白沉着，继而纤维化，形成胸膜增厚，甚至机化，收缩而使胸廓变形，影响呼吸功能，最后导致肺、脾、肾俱虚。现正处于肺水肿发作危险期，这个危险期将维持两个星期左右。医生责怪我不该把父亲的病耽误这么久。

待马不停蹄地进行量血压、胸透和CT扫描等一系列的常规检查，办理完入院手续，我也差不多要虚脱了。

当夜深人静、万籁俱寂，我守护在父亲身边。凄白冷清的灯光中，输液管里的药水缓慢而无声地滴淌着，父亲的呼吸细若游丝，我不禁牢牢抓紧他瘦骨嶙峋、青筋毕露的手，看着父亲那日渐苍白的脸庞，那日渐瘦弱的身体，我心中充满了恐惧，生怕死神恶魔将父亲夺走。看着自己的亲人如此无助地躺在病床，我忽然有了流泪的冲动。

说来真的好惭愧，我那老父亲，已85高龄，细算算，自己竟然没正经同他在一起好好地待过多少时间！我曾经为自己长时间没有回到他身边而寻找诸如工作太忙等种种借口、理由，他总是无比宽宥的。父亲不仅给予我美好而无价的生命，并教我做人，在爱的呵护之下，孩子们像竹笋破土一样节节拔高，长大成人，而父亲竟丝毫不求回报。如果说整天24小时能陪伴着父亲是种幸福，那么我的"幸福"竟是他住院的时光。

接下来的几天里，我不停地给父亲削猕猴桃、喂莲子汤，为他洗脚、修面，扶他散步，做我能想到的和能做到的一切事。每个晚上，我不敢睡实，怕父亲有事唤不醒我。同病房的病友及家属们纷纷投以羡慕的目光，并人前人后地夸我。在他们看来，我是十足的"孝子"，也许他们不知道，其实，我只是在尽我应尽的职责而已，而且我是怀着一种"补偿"的心理来完成这些的。

看我几天工夫瘦了一圈，朋友对我说，应当花钱请专门的护工陪护，自己可以偶尔去医院陪护父亲，不能长期在医院护理，毕竟自己不再年轻，毕竟自己也是拖家带口的人。

确实，对于我来说，照顾父亲尤为不易，许多时间里，白天要上班，晚上要到医院陪护，还有同样年迈的老母亲需要看望，再说我的身体本来也不强壮。一段时间下来，我犹如被鞭子不停抽打着的陀螺，身不由己地高速旋转着。我几乎筋疲力尽，常常上楼梯时都抬不动腿，真想躺下来歇息一下。但看到父亲那虚弱的身体、疲乏的眼神，我丝毫不敢懈怠。有人说，亲情的作用往往是药物无法替代的，我看这话是颇有道理的。人在生病时，心理往往是最脆弱的，脆弱得像个孩子，大多希望身边有个亲人守着，哪怕不说话，也可以使人感到温馨，感到一种安慰，仿佛顿时就可以减轻一半病痛。只要陪着就好！这不，我就时时能感觉到父亲那渴望见到孩子的焦急眼神及见面后的那种喜悦心情。护工只能给予病人身体的护理，而亲情是无法给予的啊。

在医院陪护的日子里，我把心提到了嗓子眼，因为你不但要能吃得了苦，而且还要能受得了气，甚至还要能担得了惊、受得了怕呢！但在为父亲做事时，我丝毫没有感到厌倦，身为人子的感恩报答之情化作一股巨大的精神力量，让我熬过了那段艰难的日子。同时让我和父亲的心更贴近了，享受到平常日子里享受不到的幸福。

在陪护父亲的日日夜夜，我深切地感受着血浓于水的亲情，并由此进一步懂得，不仅要感念舐犊养育之恩情，更要做出跪乳反哺之孝行。

忘了密码

前天，我去万寿路上的一家储蓄所取钱。排在我前面的是一位白发苍苍的老太太，她要将一笔定活两便的存款转为存本取息。一名女储蓄员按例要求她输入存款单密码，老太太颤巍巍地用一个指头戳着一个键，口中小声地念着："1，2，3……"不料，输了一遍又一遍，密码机一遍又一遍地发出冷酷的声音：您的密码有误，请重新输入。老太太急得要哭了。到后来她喊道："我记不清密码，你说给我听吧。"几乎整个大厅里的人都笑了起来。由于要赶去上班，我急着走了，不知道储蓄所最后是如何处理这件事的。

说实在话，不要说是如此高龄的老太太会忘记密码，就连我也常常记不清呢。

我算是一个生活比较有序的人，记性也还行。但是要记的密码确实太多了。电子信息化高速发展的今天，谁没有几张银行卡、电话卡、手机卡？如果你上网的话，登录电子邮箱、论坛，使用 QQ、MSN 等聊天工具，又有哪一个不需要密码？电脑开机需要密码，写 BLOG 需要密码，智能化小区的大门也要密码……我们被无处不在的密码重重包围着，那小小的一串字母或数字，已在我们的生活中扮演着越来越重要的角色。那么多的密码要记，可不是件容易的事，所以我一般都是一个密码到处使用。有朋友提醒说，你这样会很不安全的。想想也是，有时也真为此而担心。现代社会人们都很重视自己的隐私，都希望能有一个自己的空间，而密码就像一把锁，让自己的空间变得私密、安全。假如密码失去了安全保障，大家可以随便进出我所有的私人领地，随便享用我的成果和资源，那可就亏大了！要是再上来个心怀不轨的人，取走我工资卡上那千儿八百元大洋，这个月我不就喝西北风了？如果再以我的名义去上网聊天和发帖子攻击、骚扰别人，我的“半生英名”岂不毁于一旦？于是，设置密码也就成了很自然的事。然而，该如何设置密码却成了道难题。

后来，有朋友告诉我，最安全的密码是由完全没有规律的大小字母、数字、符号、特殊字符等组合而成，而且长度不短，至少6位。还有，尽量不要使用用户名本身、用户姓名的各种组合变化、常用数字、常用英文单词、生日、配偶或孩子姓名、电话号码、身份证号码、工作证号码，以及汽车牌号、驾驶执照号、居住的街道名称等作为密码。因为对于高手而言，你在输入的时候，他只需要瞟一眼，就基本可以锁定大体的猜测范围，所以好的密码最好不要连续性很强。朋友还举例说，即使按住Shift按1234也不如按1987更好！

哦，这里头还有那么多学问呢！我按照朋友告诉的多种方法尝试着设置了多个密码。这样安全是安全了，可密码带来的小烦恼也跟着来了，记密码有一定的难度。我曾想在本子上记，又怕一旦本子丢了会被人“一锅端”；我也曾经尝试过多种方法在心里记，但占了大脑内存，累，且效果也不算很好。我有几张银行卡就是因为记不起密码而不得不去挂失，密码挂失，手续费不说，至少得等一个星期，让人干着急！

好久没有来BLOG了，今天早上起来突然想写点东西，待坐到电脑前面，好半天记不起登录密码，尝试多遍也进不去，一时间，写文章的冲动跑到“爪哇国”去了。

到了单位里，领导要我找一个材料急用。对于重要的文件我一般都设置了文件密码保护。你看，我急得满头大汗，却怎么也进不了保护程序。因为，我又忘记了密码！

一杯冷开水

人的一生会犯很多的错误，随着岁月的流逝，有些错误会淡忘，会从记忆里消失，有些却永远也无法忘记，以至于让人一想起来就有揪心的感觉。

我就曾犯过一个一辈子难以忘记的错误。

那是1978年，我参加工作后的第一个冬天的一个寒夜，凛冽的北风呼啸着，天冷得连说话好像也会被冻住。零点刚过，不知来自何处的那个女疯子又准时地在街边开始了她没有观众的"表演"：一会儿喃喃自语，一会儿载歌载舞，一会儿似佛号长念，一会儿又鬼哭狼嚎。我的宿舍临街，虽说在二楼，可老房子楼层不高，木板壁又一点也不挡声。而女疯子又恰好在我的临街窗下"表演"，一声声，就像在我的床头发出一样。这样的"表演"已差不多持续一个星期了，并且每夜没有两个钟头，绝对不肯罢休。

有人说她的家在三四里外的隔壁生产大队，几年前发现老公搭上了别的女人，几经劝阻无效后就发疯了。现在老公不要她了，娘家人也不管不问。也有人说她是个四处流浪、无家可归的人。

我在白天见过这个女疯子，一头乱似稻草的长发，披散在胸前，遮住了一张芥菜汁似的脸；一身单薄的看不出本来颜色的斜襟衣裹着嶙峋的身躯，光着的脚板生满了冻疮。

附近邻居见她可怜，常会递给她一块熟番薯或是一碗热粥，她也不推不让，接过就吃。我也曾见邻居几次给过她鞋子，还帮她穿上，可是往往一转眼鞋子就不见了，不知被她踹到哪里去了。

在白天，她总是安安静静的，或一个人面无表情地发呆，或是躲在一角无声地傻笑，既不扰人，也不对谁构成威胁。可一到晚上就像换了个人似的，一反无精打采的样子，像铆足了劲儿的机器开始无休止地运转起来。

经她一个星期来每晚反反复复的折腾，本来睡眠就不怎么好的我，开始严重失眠。更为严重的后果是，不仅第二天早上起不来，误了开营业部的门，整天头痛、心慌，精神萎靡不振，昏昏沉沉的，多次发生错款情形，而且情绪不稳定、反应迟钝，注意力、记忆力减退，为一点小事与顾客产生冲突。

单位负责人见我这个“品学兼优”的人一反常态地“堕落”了，以为我开始不安心这份工作，便大会小会地训斥我。我真是有口难辩。

于是，我就寻思起赶女疯子的法子来。

当女疯子又到来时，我推开窗子大声地朝她吼，但她不理不睬的，就像没听到一样。我只好又低声下气地对她说一些哄她、劝她的话，可她依然无动于衷、毫无反应。我拿过脸盆敲打起来，没用，拿鞋子拍打木板壁，还是没用。迫不得已，我抽出挂蚊帐用的竹竿捅她，她却又唱又跳地越发起劲。

在黔驴技穷之时，我没多想，拿起桌子上的杯子，将一杯冷开水往她头顶上泼去。只听得一声惨叫，女疯子落荒而逃。在滴水成冰的冬夜，一杯冷开水无疑是一把锋利的刀子，衣衫单薄的她如何抵挡得了？

夜，终于静了下来。我钻回了被窝，但我却没有感到丝毫的暖意，内心的冰冷使我觉得此夜比之往常更加寒冷。

我不知道那个女疯子会逃往何方，又如何去掉那一头的冷水。

从此，我再也没有见到过她。过了一段时间，听别人说，在某个寒夜她失足落水后冻死在一个稻草垛里。听到这个消息，我深深感到后悔和自责，她只是一个失去正常意识的病人，是一个毫无抵抗能力的弱者，为了安静，我却用如此极端的手段对待她，是何其地不理智、不道德、不光彩！

几十年过去了，这件事情我却不曾忘记。每每想起来，我的耳边总会回响起那一声凄厉的惨叫。这件事情带来了我一生的愧疚。无论我怎么做，我知道都弥补不了我犯下的错误，也不会减轻我心中的负罪感。

歌者老林

我想，如果称老林为歌唱家或者歌手，说不定他会不乐意，以为别人在取笑他。因为他从来没有参加过什么比赛，更别说拿过什么奖。而称他为爱唱歌的人，觉得似乎又委屈了他。瞧他对唱歌那份近乎狂热的痴迷劲儿，岂能仅仅以“一个爱唱歌的人”这样的字眼来概括、形容他。还是干脆叫他歌者吧。

老林患有严重的气管炎，一说话常常会咳个不停，再加上他的嗓子是先天的沙哑，论条件其实不太适合唱歌。但老林就是爱唱歌，而且简直到了入迷的地步。而让人惊讶的是，他只有在唱歌的时候才不会咳，这个平时讲话时都没有办法克服的困难竟然能够不翼而飞，这不得不让很多人都感慨音乐的力量竟能如此巨大。

说起他对唱歌那份如痴如醉的爱恋，如果不了解他的人，你也许会不相信哩。

他是一家药材收购企业的负责人。每年炎热的七月份是药材收购时节，最忙碌的一天，他和三四个伙计一起常常能收近万斤干药材。在那闷热的粉尘飞扬的库房里过秤、打包，健康的小伙子进去也待不了多久，但他为了给药材质量把关，总是边忙边咳，坚持到日落西山最后一位药农离开才回家。这样，不停地咳，咳得涕泪交下，咳出血来也是常有的事。然而，等到晚上去诊所吊完针，他又跑去唱歌了。他说，明天还得上班，唱唱歌提提神。他相信唱歌对健康有好处，不仅可以促进深呼吸，还能使肺部得到发展，并且清洁了血液。

2008年早春，一场突如其来的大火把他赖以栖身的祖传的老房子烧个精光。望着一堆冒烟的废墟，老林欲哭无泪，感到特别的绝望与无助，就像霜打的茄子一样彻底蔫了。这下大家都以为他完了，想不到没过几天他又出现在歌厅里，只是唱的歌总有几分伤感的味道。暗地里他告诉我，生活还得继续，光在那里悲痛无济于事。他说，只有在唱歌的时候才会忘记痛苦！

还有一回，家里客人都到齐了，却怎么也找不到他。他妻子说，不用找了，我知道他在哪里。结果真的在歌厅把他“揪”回来了。他竟然忘了这天是刚出嫁的女儿从杨公岙回来“望三日”。

老林不喝酒、不抽烟、不打牌，也不钓鱼，除了唱歌几乎没有别的喜好。他觉得如果工作累了，感到生活压抑了，或者感到心情郁闷了，那就需要放松了，而最简单有效的方法就是唱歌。

所以，他会到小河边唱歌，望着弯弯曲曲的小河，让心中所有的烦恼都随流水远去。

他会到月光下浅吟低唱，踩着月光，望着明月，那一刻，他仿佛把月亮当作恋人，把满腹的话儿向她倾诉。

他会在小树林漫步歌唱，凝望着一树的绿叶，感觉自己的生命也结出了丰硕的果实。

当然，如果觉得心情不错，那就更是曲不离口了，三天不唱歌喉咙准痒痒。

老林从小就喜爱唱歌，只要有音乐的地方他都会跟着哼，一般喜欢的歌听几遍就会唱了，几十、上百首歌词也记得住。上小学时老师教唱过的歌，半个多世纪过去了，他至今依然能够一字不落地唱完，如《东方红》《南泥湾》《社会主义好》《听妈妈讲那过去的事情》和《让我们荡起双桨》等。

老林会唱的歌很多，越剧、京剧、黄梅戏，几乎无所不能。那些国内的、国外的经典歌曲，都会来上几首。近来，他也与时俱进，唱起了流行歌曲，如谭咏麟的《讲不出再见》、邰正宵的《一千零一夜》、巫启贤的《你是我的唯一》、郑中基的《相思无用》等，都被他演绎得惟妙惟肖。常常有不明就里的人从门口走过，以为谁在播放原声。

老林从来没有想过当一个专业的歌手，更没有想过靠唱歌成名，只把唱歌当作生活中的一种乐趣和精神寄托，歌唱得好坏他不计较，只要能够唱歌就高兴。“只有热爱生活、心中充满希望的人才会爱唱歌。”他如是说。所以，老林爱唱歌胜过一切。你可以阻止他做任何事，但绝对无法阻止他唱歌。

多年来，他的歌声不仅陪伴他走过了不少艰苦的时光，帮他渡过了许多难关，同时也感染了周围的许多人。

从他的身上，我体会到歌唱确实可以改善一个人的生活状态，可以净化人的心灵，可以帮助排忧解愁、增强性格的沉着和自信心，并培养克服困难的精神。

谜一样的父亲

我的父亲就像谜一样。

我的父亲今年94岁了，耳不聋，眼不花，齿不掉，嗅觉也灵敏着呢。除了记忆力有点衰退，头痛脑热类的问题都极少。所以，不要说让他一年做一次体检，就是几年一次轮到的常规性体检，单位里什么手续都给办妥了，体检表也送到家了，他把体检表放上几天，然后嘟嘟哝哝："检什么检？我的身体自己有数。"转过身给撕掉了。

若问有何长寿秘诀？哦哦，如果有人知道，那我的父亲就不像谜一样了。

常言道："动为纲，素经常，心宽广，酒少量。"此乃亘古不变的防病健身最基本的要求，可是我的父亲一条也做不到。

先说"动"吧。我的父亲不仅不会打太极拳、练气功，连出门散步、逛菜市场也懒得去；院子里几盆兰花快要干死了，也别指望他会去浇水；他不仅不会洗衣服、做饭，连煤气灶都不知道怎么开。什么梳头叩齿呀、捏耳搓脚呀，什么揉腹提肛呀、按摩泡脚呀，统统一边去。耳濡目染，以致我也常常怀疑这"动为纲"的正确性了。如果有人在我面前说什么"生命在于运动"之类的话，我会告诉他，我的父亲就是不爱运动的人，他的身体却倍儿棒，并开始对"人的生命就像一节蜡烛，运动越多等于加速燃烧自己"这样的理论深信不疑。有一次和上海一家药厂的老厂长闲聊，我说起动物界被称为"百兽之王"的老虎、狮子，虽勇猛无比，但都活不了几年，而少动的乌龟与蛇，却长寿。人要想长寿就不该多动。他说，龟是龟，人是人，物种不同是不可比较的。我说，那我90多岁的父亲和健美明星马华、足球运动员宋博轩是同一类物种吧，他可是个懒得动的人！一句话把老厂长噎得半晌说不出话来。

曾经有养生专家特别告诫说："要想长寿决不可产生懒惰心理，尤其是那些闲适在家的老年人，要力争做一些力所能及的事，并适当地参加一些体育活动，使精神旺盛，延缓衰老。"专家的话让我父亲忍俊不禁。

再来说说"素经常"。让他一天不吃饭，问题不是太大，要是光上素菜不上鱼和肉，他会一天到晚黑着脸，弄得家里整天阴云密布。就算是上了鱼、肉上素菜，他的筷子也是不会主动往素菜里伸的。虽然平时家里苹果、梨什么的从不短缺，但只有当你切好送到他嘴边他才肯勉勉强强地吃上一小口。

"心宽广"对于他来说只怕是笑谈。要是遇上大事，喜一会、怒一会都是正常，但是他的喜怒都是因为鸡毛蒜皮的事情引发的。比如，有一年姐姐送了一只手机给他当生日礼物，席间他竟激动得泪眼婆娑。我把泰迪熊戈登领回家，想让他有个逗乐的小宠物，他吹胡子瞪眼睛地发起怒来。还有，天冷了，让他加衣，他要生气；天热了要他换件薄的，他也要生气。家里三天两头"硝烟弥漫"，起因多半是他惹的。

这"酒少量"，他也做不到。如果不是我母亲把着酒瓶不让他随意倒，他每天中午喝了六七两花雕后，晚上会继续来那么多，甚至更多，直喝得似睡非睡夹不住菜还想再来一盅。要是让他服点西洋参或者别的补药，他会振振有词地说："酒不是补药啊？"在他的眼里，酒就是最好的补药。

书上常说，作为社会性动物，人必须要有朋友作为一种社会支持系统，如果没有朋友，就会变得焦虑、抑郁、孤僻、压力大，若长期陷入这样的负面情绪中，就会引发身体疾病。这样的话他是根本听不进去的。他不仅从不愿和人交朋友，不愿认识新面孔，就是让他向久未谋面的邻居主动问个好都是一件很困难的事情。

此外，他生活情趣单调，除了每天看报 1 小时左右外，麻将不会玩，广播不想听，电视也懒得看。

关于父亲长寿的奥秘，如果用他的人生过程来做注解，那些所谓的科学的理论，那些流传了不知多少代的养生秘诀，简直就是谬论。若说是遗传基因的功劳，也说不通，我的爷爷没过 40 岁就走了，奶奶也只活到 50 岁出头。

我的父亲用他的亲身经历彻底颠覆了传统的养生观念。在别人眼里，他就像谜一样。

在我看来，我的父亲就是一个谜。

不炒股的理由

据报载，不久前，全国13亿人口中股民已突破一亿大关。换句话说，13个人当中就有一个是股民。其实，剔除年老、年幼的和居边远地区不具备便利炒股条件的部分人口，那就不是13∶1这回事了。有人估计说，平均每四个人中就有一位开了户头。

这不，那天我去人民路一家大药房买药，只见三位营业员和医生、收银员扎在一堆，正眉飞色舞地狂侃“A股沪市还会升”“B股深市有潜力”，我连唤数声他们也充耳不闻。还有一次路过新华书店，见在门口小憩的两位环卫大妈也在聊得起劲，一位说“上周大盘走得不强，我的股票表现不好”，另一位说“我买的‘耀皮玻璃’上个星期五时跌2%多，今天涨停了”。连一向不屑跟风的妻子这些天也进门一句“咱们前幢老张的傻儿赚了30万”，出门一句“同学小凤赚了20万”，还时不时来一句什么“增仓、满仓”“平仓、空仓”。

哦，年初开始，在人们嘴上出现得最多的词可能就是“炒股”了，几乎大家见面的第一句问候语就是“昨天又赚了多少?”“今天××股还会涨吗?”瞧那势头简直是全民炒股的时代到了，而且谁炒股谁赚呐！那股市仿佛是插根竹筷也能抽芽的地方，是一夜暴富的天堂。

看在眼里，听在心里，我想谁都不能不心动。可我心动归心动，却怎么也不肯行动。

因为我至今不清楚证券公司的大门朝哪开？不明白何为“牛市”，何为“熊市”？不明白那纷繁复杂的K线图和红红绿绿跳动的数字怎么看？

另外，我知道自己缺少淡然的心态和一定的定力。股市的变化谁也无法预料，不确定因素很多。我既做不到见好就收，也改变不了类似“股市大盘一涨就爱激动，见股票涨就想去买”的心态。换言之，就是做不到进退自如，无论在心理上，还是在“炒作”中。

还有，“股市有风险，入市要谨慎”的名言时刻印在我的脑海里。我虽然算不得白领，但目前也能混口饭吃，要保住饭碗，不让人家说三道四，只能尽心尽责埋头苦干，心无旁骛。也正是由于仅仅能吃上饭而已，所以我时刻记住，一旦被变幻莫测的股市套住，一家人就只能喝西北风了。

再说，我怕成为股民之后，一心想着股票的涨跌，心情不轻松，思想负担加重，家务不想做、孩子不想教、父母不愿孝、朋友没时访、书本忘了读，成为一个“股奴”，人生的价值无从实现，更何谈享受生活的乐趣？

所以，对于那些劝我入市想让我发财的或主动请缨替我操盘，或提出收益分成的朋友，我只是笑笑。心里说，股指，莫说你突破史无前例的四千点，就是蹿上一万点，你也拉不动我，我就是坚决不做股民。

于是，股市的风生水起成了我眼中的一道风景。当人们大把搂钱的时候，我躺在竹椅上，读着于丹的《〈论语〉心得》，听着肯尼·基（Kenny G）的萨克斯《回家》入睡；当经过“5·29”“5·30”和“6·4”后一千多只个股跌停，有人晕倒在交易大厅的时候，我在“茗香园”沏了一壶苦丁茶，一边品，一边咂……

选择座右铭

刚离开了校园，走上工作岗位不久的外甥新近来访。他一进门就抱怨，每日时刻表像胎记一样附在身上，到点起床，到点吃饭，到点上班打卡，到点交活，到点开会，到点下班，到点坐车，到点睡觉。人像上了发条，停不下来，也不可乱动，只是在那条冥冥中的直线上有规律地起舞——像钟摆一样生活，二点一线或三点一线或永远在职业与生活的固定轨道上航行，循规蹈矩的，单调又缺乏激情。

望着满怀憧憬，浑身散发着青春气息，还略显稚气的他，我的父亲静静地听着，什么也没说，只写下了“选择座右铭”五个字递给他。

座右铭是前人的经验、思想和智慧，是人们激励、鞭策自己的行动指南。历史上，许多无论是伟大还是平凡的人都有自己的座右铭，如我国著名数学家苏步青的座右铭是：今天能做的事，不要拖到明天去做。近代电磁学的奠基者法拉第的座右铭是：拼命去争取成功，但不要期望一定会成功。加拿大著名科学家、诺贝尔医学奖获得者班廷的座右铭是：人生最大的快乐不在于占有什么，而在于追求什么的过程中……

在日常生活中，每个人都有自己为人处世的原则，座右铭是恪守这一原则的常见而有效的形式。“选择座右铭”的确是件很有意义的事，对青年人尤其如此。青年人正处在世界观逐步形成的时期，涉世未深，思想单纯，选择好自己的座右铭，可以坚定自己的远大理想，激励自己向高峰攀登，为正义的事业奋斗不息。

“选择座右铭”，当年我参加工作时，一生从事教育事业的父亲也曾这样对我说，并为我选择了我国著名教育家黄炎培写给他儿子的一条座右铭："理必求真，事必求是；言必守信，行必踏实；事闲勿荒，事繁勿慌；有言必信，无欲则刚；如若春风，肃若秋霜；取象于钱，外圆内方。"多年来，这条深刻地阐述了做人应有的修养的座右铭，一直是我的行动准则。

"选择座右铭"，外甥若有所思地咀嚼着这句话，离开了。第二天他来时从包里翻出一叠中外格言，着重选出圈了红线的几条。

"当你开始学会把说话变成一种成功的资本时，你一定能发现其实成功并不像人们所想的那样艰难。""做事成功的要诀就如同钥匙开锁的道理一样，如果你不能准确对号，那么一定无法打开成功之门。""任何道路都是靠自己走出来的，而不是靠自己在梦中等来的。其中准确迈出第一脚，是尤为重要的。"还有诸如"没有一种成功是可以必须实现的，但是只有你敢于攀登你所选择的山顶，成功就会越来越靠近你"等等。我知道这些都选自《美国成功人士的十五条座右铭》，对于这样的毫无社会经验的小青年，我觉得选择这个座右铭，起点虽然比较高，但对自己有点压力不一定是坏事，应该是对自己有帮助的。

"我该选择哪一条呢？"

我的父亲告诉他，首先，选择的语言要引人向上、激人奋进；其次，要选择对自己有针对性的座右铭；最后，也是最重要的，一旦你选择了合适的座右铭，就要认真地用来指导自己的学习、工作和生活，这样才能起到它的作用。

外甥问及我的座右铭，我坦率地告诉他说，以前我的座右铭很多，关于工作、生活等方面的都有。而对我最有帮助的座右铭是拿破仑·希尔的"信心多一分，成功多十分"。现在，我已没有一个固定的座右铭，只有解决各种问题的对策装在心里。"对策"是"座右铭"，"座右铭"也是"对策"。

外甥说："仔细想想，我觉得座右铭还是别固定的好，那些好的格言、警句其实都可以成为我的座右铭。没有选择也许才是最好的选择呐！”

望着他，我的父亲意味深长地笑了。

剪纸的快乐时光

最近，有几个外地的朋友打电话给我，问我为何久未见到新剪纸问世。我感到很惭愧，觉得对不住朋友。即使远隔万水千山，他们依然那么关注我，牵挂我，而我已多时未捎去快乐的音讯。

我是一个非常情绪化的人，创作东西往往会受情绪影响。心情好的时候，我可以连续几天不吃不喝，搞它几幅、几组出来，没做完，吃睡都不香。心情不好的时候，哪怕时间多充足、环境多优越，我也不想进入创作状态。一是怕伤了朋友。因为人在心情不好的时候，往往会借助各种形式来加以发泄。一旦这种发泄形成了作品，而这些作品又存留在朋友的记忆中，那会给朋友带来心灵上的不安。二是怕伤了自己的自尊心。在朋友们的印象中，我始终是无忧无虑、十分快乐的人，且作品已有一定的“水平”。要是拿出来的东西太走样，岂不损了自己的面子，晃了自己的“位子”，碍了自己的步子？

近些年来，由于剪纸界的一些人和事不断令人不知所措，我只好选择沉寂。其实，在心里，我还是没有远离，我哪里离得开剪纸啊。剪纸不但给我创造了五彩缤纷的艺术世界，而且给我带来许多快乐的时光。

剪纸让我结识了许多朋友。在这些朋友中，有开车的，也有当医生的，有老教授，也有幼儿园的小朋友，还有不少大、中学生。那些都是热爱剪纸艺术的人，无论在呼伦贝尔大草原还是在洞庭湖，在日本大阪还是在我国桂林，在世界的每个角落，他们都爱着同样的事情：收集剪纸，搜寻剪纸资讯，被剪纸所感动，试图架构属于自己的剪纸世界。他们认为“剪纸是个唯美的、纯净的、率真的世界，在剪纸的时空里，连挫折和忧伤都是美丽而诚实的”。和他们交往，我也变得单纯、乐观而开朗起来，甚至变得年轻起来。

剪纸的收获让我很有成就感。从 20 世纪 80 年代起到现在，我已在《美术大观》《中国连环画》《人民日报》等 170 余家报刊发表剪纸 1500 多幅，作品遍及 27 个省、区、市。先后有 100 余件作品参加日本“中国美术展”、瑞典“中国民间艺术展”、“中国艺术节”、“第三届全国书票展”，以及“中国西湖美术展”“中国剪纸世纪回顾展”“国际剪纸艺术展”和“中华百绝博览会”等各种大型展览；100 余件作品获得各级大展金奖、银奖、铜奖；100 多件作品入编各种集子出版；100 余件作品被多家博物馆收藏；100 枚藏书票被定为第 11 届亚运会礼品。曾有数次作品在中国美术馆、中国革命博物馆展出并在中央电视台播放，5 次被《人民日报·海外版》以专题形式刊出；业绩被《中国海洋报》《农民日报》等媒体介绍。我有幸成为首个被《剪纸艺术报》誉为“中国实力派剪纸家”的人，传略被收入《中国当代剪纸家》《中国民间剪纸史》等书。2002 年还获得中国民间文艺“山花奖”。我觉得这些就是我的精神财富，它足以漠视一切物质的匮乏。

另外，剪纸不仅使我走入民间艺术这个宝库，领略到世界上最有价值的传统艺术的神奇魅力，还让我忘却人生的许多苦难，让我远离了诸如打牌、喝酒等不良嗜好。

朋友说我很懂得生活，其实创作对于我来说已融于生命之中，剪纸已成为我不可缺少的生命状态，更成为我的一种生活乐趣了。在忙碌的现代生活中，我们不是需要创造出更多的小乐趣来装点自己的生活，让自己变得更加快乐吗？人总得找个理由让自己快乐吧。

我认为创作着是幸福的，有激情创作更是快乐的。如果不能剪纸我就完蛋了。有意思的是，自己现在搞的东西并不一定都能发表，但要是不能剪纸，我就会感到心里很空。

我为什么仍然马不停蹄地剪纸呢？因为我想超越自己，追求新的艺术情趣，用艺术美表现生活美，创造出一个剪纸新天地。因为这样不仅可以为自己创造快乐，而且会给朋友们带来更多的值得持续和留存的快乐。

戈登和朗朗的故事

戈登是快 11 个月的红贵宾，而朗朗是棕白相间的京巴，估计有一个月大了。

朗朗来我家说起来就像是童话。昨天中午我带戈登在停车场溜达，快要回家的时候，突然从不远处一幢废弃的小屋里跑出一大一小两只京巴，大的浑身雪白，小的棕白相间，像只小皮球，显然是一对母子。戈登一见，立刻好奇地冲上前去和它们打招呼，那小的吓得哇哇大叫，大的却似乎无动于衷，并在朝我们打量一番后，竟独自往小区方向头也不回地跑了，好像是专门把小家伙送过来给我，觉得完成了任务，所以放心地离开了。这一时间让我不知所措，带小家伙走吧，怕是有主的，因为我看见它母亲脖子上挂有牌牌，不带走，这么小，让它独自留下更不行，想了想还是暂时带走。心里琢磨着，也许是那大狗悄悄地在废弃的小屋里生产的，主人还不知道也说不定呢。看样子也不大像经常被打理，指甲又长又尖，脚上也有不少泥巴，有主人的话也不至于如此邋遢吧。有人来要就还，不要就养着给戈登做个伴。

在外面玩可以，一把小京巴带到家，戈登就急得不得了，生怕抢走了它的地位和属于它的一切。所以，从小京巴一进门它就不断地对小京巴吼叫，眼睛里充满敌意。

在小京巴面前，迷你的戈登算得上是庞然大物了，戈登不停地咆哮，还时不时伸出爪子来威胁。我看不下去了，怕戈登伤到它，就把小京巴抱起来。这下戈登更不干了，就像打翻了醋坛，一下一下蹦起来示威。我只好把它们分开来放到两个房间里。

到了傍晚我下班回来，戈登还要继续发威，小京巴似乎觉得忍耐是有限的，马善被人骑，狗善被狗欺，再忍下去怕要被吞了。于是，当戈登又来骚扰时，小京巴大吼一声扬起爪子，戈登惊呆了，它做梦也想不到这小东西有这般能量。过了一会儿，看到戈登想要再次来袭，小京巴索性发起飚来，把戈登追得团团转。尤为夸张的是，后来小京巴干脆金刀大马地霸占了戈登的床铺，任你纵有千般计，我自岿然不动。戈登不禁目瞪口呆，一个晚上只有干哼哼的份。而小京巴睡得可香了，全没有书上说的小狗刚刚离开母亲到新环境晚上会哭、会闹的情景。

小京巴聪明极了。这份聪明在它尿尿的过程中显露无遗。刚到家它自然不懂该在哪里方便，就随地解决了，当我用纸巾沾了点尿液并把纸巾放到摊开的报纸上，一句话或者任何示意都没有，过会儿它就知道该怎么做了，而且每次都这样，简直比戈登还要聪明几分，教戈登还花了两三天时间呢。听说有人根据狗的聪明程度做过狗的名次排行，世界上最聪明的是边境牧羊犬，贵宾紧随其后，京巴根本没有位置。看了我家小京巴的表现，那排行名次真的可以彻底推翻了。养过狗的人都知道，小狗狗虽然很可爱，但是处理它的尿尿便便问题是最为头痛的事情，就算是聪明的狗一般也要花个十天半月时间调教，最快的也需要三五天。看我家小京巴，嘿嘿，没说的！

我把小京巴取名为“朗郎”，意思是希望它做个活泼、开朗的“好儿郎”。看样子它能够做到如此。可能它也喜欢这名字吧，我唤它“朗郎过来”，几次下来，它就会扭动着屁股来到你跟前。

一天过去，戈登和朗郎开始西线无战事，相安和谐了，我在家时俩兄弟你追我赶的，不亦乐乎。而我弄不明白的是它们的吃饭问题。本来戈登是吃干粮的，朗郎应该吃湿粮，现在，掉了个头，戈登非要吃朗郎的湿粮，朗郎不大吃湿粮，吃起干粮特别来劲，“咯吱、咯吱”，咬不动还要咬。不过，我不敢让它多吃，要不然会撑坏的。

嘿，瞧这兄弟俩！

这兄弟俩适应几天后的事儿也说一下。由于前段时间我给戈登喂了鸡肝、鸡肉和猪肉拌狗粮，戈登因此变得非常挑食了，到后来每天都要为它变换食物，甚至如果同一天里没有变化，哪怕给它最喜欢的鸡肝、鸡肉和猪肉拌狗粮，它也不怎么乐意，除非给它纯鸡肝、鸡肉和猪肉，否则就看你几眼，然后逃之夭夭，再也叫不回来，很让人伤脑筋。

照这样下去，我大概真的要崩溃了。再说，大家都说鸡肝、鸡肉和猪肉虽然香，但营养不全，摄入过多对狗狗有害无益，狗粮是狗狗最好的食物，对它身体发育、成长都有好处。于是，我就下决心要为它纠正了。其实，我是曾经有过类似行动的，但并不成功。在饿了几餐后，看它又吐又拉、萎靡不振的样子和可怜兮兮的眼神，我的心肠再也不能硬下去了，最终妥协、投降的不是它。现在，我总结了上次的得失，同时给它准备了比瑞吉和耐威克两种狗粮，让它有挑选的余地。这两种狗粮闻起来味道很不错，有给它当过零食的记录。

我做好了和它打一星期心理战的打算。这时候，朗郎来到了我家。戈登大概忽然意识到自己的优势和地位岌岌可危，再表现不好的话将会失宠。所以，它从一开始的拒绝，到后来的接受，虽然有点无奈，但整个过程短得让人出乎意料，中间虽有过反复，但毕竟最终实现了质的飞跃。此次纠正如此的轻而易举，不能说其中没有朗郎的一份功劳吧。

戈登不仅改变了不良习惯，而且食量也大了，原来吃六勺有点难度，现在则需要八勺。说到食量，戈登在朗郎这么大的时候只要十来颗狗粮就够了，而朗郎却需要多一半的量，吃了还像没吃一样，嘴巴馋得不得了。

朗郎太小了，自然不敢给它吃别的什么，当我给戈登喂苹果、饼干，朗郎眼看没有自己的份，就奋不顾身地抢戈登的，抢了就跑。这时的戈登表现得非常绅士，眼睁睁地看着到嘴的食物失去了，虽然不情愿，却也不去争。按照戈登的脾气，戈登能够做到这样我觉得非常难得。要知道，如果朗郎想玩玩具，没有戈登的同意那是不好办的。朗郎叼了咬绳拖来拖去，戈登一见，忙上去使劲往回拽；朗郎拖了牧羊犬布玩具，戈登更是大发雷霆，一把夺回。戈登的小气可见一斑吧。还有，戈登以大欺小的本事是不小的，大概戈登看出了朗郎黔驴技穷，只要让它们待在一起，戈登会一会儿把朗郎耳朵揪得嗷嗷叫，一会儿把它掀翻在地再踏上一脚，一会儿拖它的尾巴。朗郎这个小不点被它折磨得可怜死了。当然，朗郎也不是省油的灯，别看它连路也走不大稳，只要瞄准机会，它还是会反击一下的。最让我担心的是怕戈登会咬住朗郎的尾巴把它当流星锤耍，戈登这功夫是了得的，一摇头晃脑就会把牧羊犬布玩具甩得嘎嘎叫、啪啪响，还会往地上使劲抽打。朗郎要是让它这么一折腾，小命肯定玩完了。这就是至今我不在家时不让它们待一起的原因。

其实戈登还有非常绅士的一面，那就是朗郎要方便了，看它跑上了报纸就等于认定它高高挂起了免战牌，即使玩兴正浓也不再上前。

想不到戈登也会绅士。看来真的是狗的心思只有狗会明白，狗的问题也只有狗能够解决。

因为阅读

因为阅读，我知道，不管遇上怎样的黑暗与不幸，总有一盏不灭的希望之灯在照耀我前行的方向，就像外表冷峻的父亲，在我疲惫的时候，张开结实的臂膀，在道路的尽头迎接我的归来，然后默默地为我掸落一路风尘，给我以信心和勇气。

因为阅读，总有一支风笛美妙的旋律萦绕在我的耳畔，使我步履踏实，岁月不再轻轻地飘散在风里。

因为阅读，我的思绪总会像热水里的新茶一般，一片片悄悄地舒展开来，不停地酝酿着丝丝缕缕的清香和鲜美。

因为阅读，我的心里总流淌着一泓音乐般的深情，使我保持对生命的热爱与敬畏。

因为阅读，当我面对着一缕阳光，一朵蓓蕾，一滴水珠，一颗沙砾，领略其间流露出来的神韵，就像面对着或粗犷豪放或纤巧秀丽，或深远博大或雄伟磅礴的好风景，顾盼之间，便悠然尽得个中意趣。

因为阅读，我被黄河岸边的水车感动着，被在春天中回荡、在冬雪中徘徊、在欢乐时吼叫、在忧伤时哭泣的秦腔感动着，被普陀山佛寺的圣明梵歌感动着，被苏州园林的翠鸟呢喃感动着，被沐浴着晨光徜徉在开满鲜花的田埂上的牛儿感动着，被穿行在斜风细雨里的柳燕感动着，被广袤大地上如火的高粱感动着，被鸽铃和草尖上晶莹的露珠感动着。

因为阅读，我从《三国演义》感受着诸葛亮草船借箭的聪明才智与舌战群儒的风采，从《水浒传》感受着梁山好汉替天行道的英雄气概与义薄云天的热血情怀，从《西游记》感受着孙悟空疾恶如仇的坚定意志，从《红楼梦》感受着贾宝玉和林黛玉那段缠绵悱恻的爱情，从《钢铁是怎样炼成的》感受着保尔·柯察金那钢铁一般的信念，从《老人与海》感受着老渔夫桑提亚哥身上散发出来的人格魅力。

因为阅读，我深深地陶醉在《岳阳楼记》《醉翁亭记》与《秋声赋》里，体会人生的喜怒哀乐，品尝人间的悲欢离合。

因为阅读，我结识了雨果、托尔斯泰、莫泊桑，结识了李白、杜牧、苏轼、歌德、雪莱和普希金，虔诚地倾耳聆听他们的教诲，心甘情愿地接受他们的引导、启示，一步步走向文学艺术之门。

因为阅读，我将大千世界尽收眼底。我知道了宇宙万物和人类的很多奥秘，而且知道天地间还有更多的领域未经探索，不曾被人发现，于是就不敢口吐狂言，不敢目空一切。

因为阅读，我可以视通四海，思接千古，与智者交谈，与伟人对话；拥有自己的生活方式和话语习惯，不必趋炎附势，不必人云亦云，活出一份坦然，乐做精神麦田里最后的守望者。

因为阅读，我的心灵得以净化与升华，摆脱尘俗的纷扰，飞升到一个绚丽神奇的世界，继而实现精神上对贫穷、苦难、压力与不公的解脱。

因为阅读，我在走向明天的路途上，迈开坚实的脚步踏平坎坷；在经历风雨的时候，变得坚强；在茫然处于生活的十字路口的时候，找到明确的路标；在失意、忧虑的时候，点亮心中的那盏灯，驱除灵魂深处的阴暗。

因为阅读，便多了一份从容与淡定。我豁达地抹去了少年辍学的泪痕，抹去了恋人逝去的忧伤，抹去了朋友绝尘而去的沮丧。

因为阅读，便多了一份金戈铁马唱大风的豪情，多了一份成为一棵大树的向往，多了一份像鹰一般自由飞翔的渴望。

因为阅读，我获得了审美的愉悦，学会了明辨是非善恶，学会了仁爱、悲悯、感恩和宽容，享受到生命的温暖并产生足够的自信，变得更加乐观、更加开朗。

因为阅读，我的内心总是春潮满涨似的喜悦——我收获了太多太多。尤为难忘的是还有许多收获像花儿一样次第绽放。比如，有 190 来家报刊曾发表我的各类艺术作品 1500 多件，有 100 余件作品分别获各级大赛金、银、铜奖，入编 20 多种专集；比如，作品曾 5 次被《人民日报·海外版》以专题形式刊出；比如，2002 年获得中国民间文艺“山花奖”；还有，我的人生轨迹因之获得第二次大的改变。

因为阅读，我不再孤独，不再颓唐，不再浮躁，不再彷徨。让时光一天一天静静流过，平淡而又充实。日子过得有滋有味，我快乐着。

因为阅读，我常常觉得自己是世上最幸福的人！

油菜花开了

早春的风儿带着几分料峭掠过旷野，那一朵朵、一簇簇的油菜花，开了。只见一垄又一垄、一波又一波金黄色的油菜花，那么热烈地开在眼前，那么光彩夺目地在春光里演绎着美丽的童话。

飘飘洒洒的春雨中，那一朵朵灵性的油菜花上挂着晶莹的水珠，让油菜花格外的滋润、水灵、明媚和灿烂；满山弥漫的朦朦胧胧的云烟仿佛为耀眼的油菜花披上薄纱，顿时，盛开的油菜花便宛如害羞的少女，半遮半掩起亮丽的面容。

花儿在微风的吹拂下舞动、摇曳，泛起层层金色的波澜。小小的花朵，每一朵都开得那么鲜明、那么生动。瞧，翠茎上，四片薄薄的花瓣托着黄黄的、细细的花蕊，像小女孩仰起粉嘟嘟的脸蛋；许多单枝的花缘下盘上，花儿高低错落，次第绽开，颤颤地缀在菜头周围，像无数张小脸聚在一起，顾盼生姿。风吹过来，数不清的花儿就像一群群顽皮的小女孩推推搡搡，左面的推着右面的，后面的挤着前面的，翻滚起伏，煞是热闹，似乎还能听到她们开心的笑声呢。哦，即使是一朵小小的油菜花，也在彰显着生命的博大和壮阔！

我徜徉在水田边窄窄的小道上，呼吸着油菜花幽幽而独特的芬芳，我的肺腑便有了一种色和香的流动。沐浴在这流光溢彩中，我的肌肤被这黄色染过的春风所触摸，觉得心是那样的洁净、明亮和纯真。恍惚间，我就是这铺天盖地数不清的小黄花中的一朵。

也许在都市人的眼里，油菜花根本就不算是花，因为百花丛中她没有一席之地，充其量，这小小的黄花儿，不过是众香国里乳臭未干的黄毛丫头罢了。古往今来，有人歌天香国色的牡丹，咏清幽芬芳的兰花，赞冰肌玉骨的梅花，颂傲视风霜的菊花，却恐怕还没有人为油菜花吟诗作赋。然而，油菜花的朴实、质朴，那旺盛的生命力和它那种难忘的颜色，在我心中是无与伦比的。

油菜花是最容易栽培的农作物之一。油菜花的嫩茎及叶可以食用，种子还可以榨油或当饲料，将油菜花制成汁液食用在医疗上据说有预防高血压、贫血和伤风等功效。而开花后结的果实，是我国第一大食用植物油原料。

难怪人们对油菜花总有着别样的感情，所以，春天的田野就成了油菜花的舞台，试想想，这个季节里有什么可以超越这种普通的花，扑面而来，在天地间成为主角？

其实，油菜花看上去着实普通和寻常。一棵或者三两棵油菜花星星点点的在野地里、在角落里或在山冈上，鹅黄色的花瓣娇嫩柔弱地在风中抖动，是多么的渺小、平凡，毫不显眼。但是千千万万株油菜花同时怒放，数不尽的小油菜花汇成花的海洋、花的世界，就表达了她浓烈、奔放的壮美！那种排山倒海、铺天盖地的气势和那张扬璀璨的金色以如此不可抗拒的力量摄人心魄。

我喜欢油菜花，与其说是喜欢油菜花的色彩，不如说是喜欢油菜花的品格，那就是她的团队精神、集体意识和合作价值。一丛丛、一簇簇的油菜花只有集结成群，才是她昭示春天勃勃的生机、展示魅力的时刻啊。

我相信，当你走向花田深处的时候，你眼中和脑海里留下的只是灿灿的黄花，世间的寂寞与怨愤全都荡然无存；无论你心里头多么忧伤，面对那么动人可爱的油菜花，你抑郁的心境就豁亮了，你就会惬意地笑起来……

井边的女人们

大清早叽叽喳喳的不仅仅是树上的鸟儿，还有井边的女人们，女人们叽叽喳喳地闹腾起来比鸟儿还欢。

趁着大好天气，女人们聚在一起，拿着浸泡过的衣服、被单放在井边的石凳、洗衣板上，打点肥皂，不断地用手揉搓，用板刷刷，用练槌“啪啪”地捶打，惹得五颜六色的肥皂泡沫四处飞溅。

在我家几十步方圆里有八九口大小不一的水井，就数我家边上那口井水质清冽、井边的洗衣石凳平整、井台宽敞而最具吸引力，因此洗衣服、被单的女人们特别爱往这里跑。

俗话说，三个女人比得上一丘田的蛤蟆。女人们聚在一起，光洗衣服不聊聊张家长李家短，不找点趣闻轶事，不开几句玩笑，那岂不太单调、太无趣了？因而诸如谁家的媳妇又“病”了，谁家的女儿去看电影被人捏了脚肚，谁家的儿子骑自行车摔倒在地撞断了输精管，以后怕讨不到老婆了，此类内容对于她们来说是永远都不会过时的。有时候她们也会说自己的男人，当然说的更多的是别人家的男人，好像别人家的男人都既帅气、和蔼可亲，又爱孩子又顾家，不打牌、不酗酒，没有不良嗜好。

在她们心里，女人洗衣服是天经地义的事，而洗衣服的地方，当然是属于女人的地盘，在这个地盘里她们可以自由自在、无拘无束，可以放肆地笑，可以伤心地流泪。要是有一天有个男人陪不方便浸凉水的老婆来洗衣服，马上有人会挤眉弄眼，半真半假地对这女人说，看你老倌多好啊。而这女人，会一脸不屑地说：洗衣服有什么用，只要他能挣大把的钱，每天晚上我连脚都愿意给他洗。而当这对夫妻不在场，一群女人就七嘴八舌地说会洗衣服的男人是怎样的窝囊和无用，在她们看来，男人是干大事的，不洗衣服才是真正的男人。其实，她们未必是真正鄙视会洗衣服的男人，男人涉足了女人的地盘，妨碍了她们，才让她们打心里不舒服。

前几年，有人根据《水浒传》使用着大量的台州方言而推测，这部书的作者施耐庵是台州人。说句玩笑话，我不但相信施耐庵是台州人，而且相信他就是这个小镇上的人，和这些女人们是近邻。《水浒传》里的108位梁山好汉，人人都有响亮的绰号，可以说，许多人看《水浒传》很大程度是看绰号。瞧，及时雨、入云龙、浪里白条、玉麒麟、八臂哪吒、拼命三郎……个个精神，味道十足。而在井边的女人们口里，这个小镇上的人也差不多每个都有绰号，那种信手拈来取绰号的本事一点也不亚于施耐庵。在台州，哪个小镇差不多人人都有绰号？哪个小镇连女人都有如此能耐？这样说来，施耐庵是这个小镇上的人，应该用不着怀疑吧。

根据某人身上的一些特点，这些女人们就能给其取一个恰当的绰号。比如，叫木讷、不善于说话而长相有点凶恶的人是“石头狮子”；讥讽好看不中用的人，就叫他“白铜元宝”；被称为“滑鲤鳅”的肯定是个滑头码子；被称为“麒麟脚”的，一定是个无宝勿落地，也就是书上说的“不见兔子不撒鹰”的人；“白纸扇客”是指只会嘴上功夫不肯干活的人；“千句一”或者“万句三”是指好说大话，且一千句话中只有一句是真的或者一万句话中只有三句是真的人；“两头火管”是专指喜欢搬弄是非挑拨离间的人；而“老油条”则是指处事经验多而油滑的人，或是屡教不改的人。叫为红白喜丧吹吹打打的为“吹鼓手”，叫铁匠为“打铁人”，卖糕的就叫“卖糕”，如果有几位都卖糕，则分别取其名字里的一字，叫“卖糕玉”或者“卖糕生”，以示区分。如果有谁最能抓住人的特征，量身定做，绰号起得特别诙谐，这些女人们就会嘻嘻哈哈地笑成一片。

这些或显现性格特征，或勾勒体貌，或直抒技能特长的绰号，打破了姓名的单调和旁注的冗长，虽只短短几个字，却清晰地勾画出了其与众不同的个性，甚至可以达到只闻其绰号，不了解其身世，便可尽悉其特点的独特作用。那些绰号，虽然没有《水浒传》里梁山好汉的来得雅致、响当当，却也十分贴切、传神。如果某人摊上了绰号，时长日久，叫其名字大家不一定想得起，而一提绰号，可就没有记不住的。

这些女人们虽然大都没有上过学，然而，不但取绰号的本事“非凡”，而且肚里的“老话”特别多，仿佛个个都是语言大师，张口就是一大串。

这些女人们也许说不来“天下乌鸦一般黑”这样的书面语，却会说“天下的镬都仰转烧”；嘲笑不会轻易放弃好处的人是“吃蛇肉的人，怎会鳗肉落桌上”；劝人要勤俭节约，不能奢华，就说“要和人家比种田，不要和别人比过年”“兴家如同针挑土，败家如同浪推沙”；“缸破好箍，口破难收”“过头酒好吃，过头话难讲”是提醒人们凡事不能把话说死、说绝，应当留有余地；形容谁家待客热情，做的菜实在丰富是“桌脚捺断”。

这些女人们虽然人粗，却不俗，骂起人来往往不带脏字，却能让你郁闷好几天。“生番薯吃多了”，就是“优雅”地骂你“放屁”；“墨鱼笑鲑蛄，不晓得自己乌勿乌”，这是讽刺那些自己比别人有更严重的缺点错误，却毫无自知之明地去讥笑别人的人；“耳朵搂（掏）了亮”，就是做好等着挨骂的准备吧。这些俗话土得掉渣，却有极强的表现力和浓郁的地方气息，又俏皮、生动、形象、活泼，耐人寻味。

这些女人把井边当成了“新闻发布点”和“情报交换站”，或者是“消息中转站”，同时也把井边当成了传授持家、治家经验和发泄情绪的地方。此时的井边，俨然成了展示邻里交流的独有魅力，折射大社会，也折射这些女人精神面貌的变化和对生活品质的追求的一个小舞台。

等到衣服洗完了，聊天的节目也告一段落，大家才尽兴地各自回家。这些女人，第二天又会聚在一起，边洗衣服边继续昨天没有聊完的话题，当然，谁有了新话题，大家就会围着她，把她当成主角。对于聊新的内容她们总是乐此不疲的。

一天又一天，这些女人家里似乎总有洗不完的衣服，所以，井边永远都是她们的地盘。

第三辑　这一方乡土逸韵

长满青苔的石磨

近日和几位放暑假回乡的大学生无意中谈起石磨时，他们的脸上竟无一不露出茫然神色，就像我在说天外来客。诚然，由于科学技术发展，早在20世纪50年代后期我国城乡就普遍以机械替代了传统的石磨磨面。不要说这些20出头的年轻人闻所未闻，就是他们的叔辈也不一定了解呢。殊不知，在过去的温岭乡下，几乎家家都有石磨。石磨是每个家庭少不了的生活用具。在靠糠糠皮皮果腹的年代，食物极度匮乏，要磨的东西虽然不多，但农家逢年过节或是来客的时候要改善一下生活，蒸糕、做圆、摊拭饼、炊麦鼓头、擂豆黄粉，是怎么也离不开石磨的。

据《说文解字》注："磨，石磴也，在两石中琢纵横齿纹，牵动时把谷物弄碎成屑（粉）。"在此文中石磨被描述得十分简单。石磨的构造确实并不复杂，它由磨盘、磨轴芯、磨床、磨耳和磨砻担组成。上下两扇磨盘直径约40厘米，用石头打造而成。上磨盘大约15厘米厚，凿有半寸来高的边，以防磨盘转动时谷物滚出；磨盘靠边凿一个近似鸡蛋大小的添谷孔，使谷物通过添谷孔流入磨膛，均匀地分布在四周，被磨成粉末，从夹缝中流到磨盘上；与添谷孔对应的磨盘横边嵌有木磨耳，木磨耳上也有个孔，这是供磨砻担勾住转动上磨盘用的。下磨盘略厚于上磨盘，圆心嵌有用坚硬的黄檀木做的磨轴芯，与上磨盘底部圆心凹处咬合。两扇磨盘叠垒在一张长条形的木制磨床上。一个“上”字形的磨砻担下两端系绳子悬于梁间，上端搭于木磨耳上。磨时只要两手把住磨砻担，朝逆时针方向用力推拉旋转上扇磨盘，再不时用夹在指间的掭米棒将米粒掭入添谷孔中即可。伴着隆隆磨声，注入磨盘内的粟、米、豆、麦如雪花般纷纷扬扬散落在磨床下的笪筐中。温馨的磨粉场景，呈现着人间的幸福与和谐。

一般做石磨的都以玉白色或者浅绿色砂石岩为原料。这种石材的特点一是颗粒均匀，质地细腻，结构紧密，没有直纹也没有斜纹，且硬度适中，有韧性，经久耐用，在长期使用中不掉色、不掉渣；二是无毒、无辐射并含有硅、钙、锌、氧化铁等十几种对人体有益的复合矿物质。

石磨不仅选材上有讲究，做工上也有说道，对石匠手艺有一定要求。做石磨时，石匠要在两扇相对的一面，留有一个空膛，叫磨膛。膛的外周分别錾琢道道倾斜的一起一伏的磨齿，不仅要求磨齿粗糙又不失精细，齿槽深浅有度，错落有序，而且上下两扇扣在一起要默契合窝，要不然，不是磨太沉重就是出不来粉。最考验石匠手艺的要算下扇磨的磨脐的琢磨，打眼时稍有不慎，磨轴芯不牢稳，磨脐就要晃动，磨就无法使用。

石磨磨粉，分干磨与湿磨两类。所谓干磨，就是把干的小麦、玉米、番薯渣、粟、米和黄豆磨成粉。而湿磨，俗称水磨。水磨通常有磨水磨糕粉和磨淀浆粉之分。磨水磨糕粉时，将舂好的粳米装入箩筐，在清水中浸泡三五小时，待米粒出现三道裂痕后上磨，然后经过上蒸笼、捣、揉等工序制成年糕。这样做出来的年糕看起来晶莹剔透，吃起来不粘不腻，很有嚼头。磨淀浆粉前，先将糯米淘净，经数番换水浸泡两夜，再在磨床下放好底部铺着厚厚的草木灰上覆薄布的大湓桶或笪筐。磨时连水带米一起舀入添谷孔，那乳白色的糯米浆就会一绺绺流下来，再汩汩滴入大湓桶或笪筐内，不久便被薄布下层的草木灰吸走大部分水分，成为半湿泥状。此时需将薄布扎成袋吊挂起来，经一夜沥干，再将似干非干的淀浆掰成指头大小的块块晾晒，待干透后收在瓷坛或陶罐里，可经年不坏。食用时，还得将其磨成粉过筛，以水调和，就可做成我们喜爱的滑糯软香的糯米汤圆了。据我85岁高龄的擅用板油糖掺黑芝麻粉做淀浆糯米汤圆的母亲说，这种口感极佳的糯米汤圆无论如何是很难用机械生产出来的。

文献记载，石磨为战国时期（前475—前221）鲁班所发明。历经了多少沧桑更替，多少朝代兴衰起落，它总是以沉缓的旋律，诉说着一代又一代悲凉的故事和传说。如今，随着用柴油机和电动机做动力的新型磨面机的产生，转动了几千年的石磨不知不觉中渐渐退出了历史的舞台。无论乡村还是小镇，再也难得寻觅到它"履行职责"的踪迹了。农村许多大小石磨都被遗弃在墙角屋后，通身长满了青苔，不少做了砌墙石或铺路石，善于废物利用的人则把它做成了锻炼身体的"杠铃"。

的确，机械化生产为人们节省了许多劳动力和大量的时间，但是不经意间也流失了小麦中的维生素物质和面粉扑鼻的纯正清香，同时流失的还有那份牵磨磨粉的乐趣。

当前世界各国均以关怀民生、关注食品安全为重。如科学技术十分发达的德国，近年掀起了有机食品热潮，消费者对日常主食之一面包的要求随之提高，传统石磨研磨的面粉因此受到热捧。人们从中分析研究出许多优越性，不少人认为，使用磨盘磨的面粉，与钢铁机械的机面粉相比，既卫生、保持原汁原味，口味好又有营养。更有食品卫生营养专家认为，"石磨研磨的面粉能保持谷物所含维生素和酶……"为迎合消费者，不少农民和有机食品商店现场磨面粉出售，很受消费者青睐。据报载，当前德国全境磨坊超过1800家，其中光巴伐利亚州就有50多家。

要恢复传统使用石磨面粉，应当说我们比德国条件好得多，不仅石材容易寻，乡村石匠好找，制作石磨技艺可能也未失传。不过，我们还会用石磨磨面粉吗？

春来螺蛳滋味长

三、四月的江南草长莺飞，正是螺蛳长得最为肥硕的时节，这时的螺肉品质是一年当中最好的，不仅清香肥美，而且没有泥腥气，非常适合食用。

螺蛳也叫田螺，不仅味道鲜美，而且营养丰富，具有清热、利水、消渴、明目的功效；还可治黄疸、水肿、淋浊、痢疾和目赤翳障、痔疮、肿毒等。近年来更因其高蛋白、低脂肪，受到很多热衷健美瘦身的女性青睐。

螺蛳生活在淡水里，有着极强的生命力，不管是在水草茂盛的湖泊、水库，还是小河、小溪、池塘和沟渠、稻田内，随处可见它的身影。但是螺蛳对水质有一定的要求，如果水污染了，它就会很快死去，似乎在提醒我们应该保护生存的环境。

刚摸来的螺蛳不能吃，需搓洗后换上清水静养一天，让螺蛳把肚子中的泥沙吐出，第二天再把螺蛳放在筲箕里擦洗干净，然后用剪刀或钳子从底部第二节下钳，剪去尾部，为的是去除余下的一点点泥沙，同时也让螺蛳在烹炒时更加容易入味。接着把螺蛳泡在清水中，滴上几滴菜油或者放入一件生锈的铁器，可加速螺蛳吐出污物和小螺蛳。只有这样洗出来的螺蛳才会干干净净，没有异味。

相比于鱼啊虾啊那些“阳春白雪”，螺蛳算是很不起眼的“下里巴人”了。虽然长期以来难登大雅之堂，但取料大众，制作便捷，滋味鲜美，家家会做，人人爱吃，有着极强的民间亲和力。

螺蛳的食法颇多，在温岭一般以爆炒螺蛳最为常见。爆炒螺蛳是一道普通的家常菜，看似简单，其实还是要有一点诀窍的，因为，火候不到螺蛳吮不出来，火候过了则螺蛳变硬，味同嚼蜡。爆炒螺蛳时要先在烧热的铁锅里倒入菜油，趁旺火热油，加生姜、辣椒、葱花煸出香味，迅速倒入沥干水的螺蛳，加大火炒，再倒入黄酒、酱油、盐、豆瓣酱，盖上锅盖焖一下让其入味；添加适量的水，继续用大火烧，掌握好螺蛳的断生度，至螺口上的厣脱落时，大概再4—5分钟就可以起锅，出锅前再放些许白糖、味精和胡椒粉，装入白瓷盘，再撒些葱花。当青黑的螺蛳、红红的汤汁、青青的小葱、白白的瓷盘出现在眼前时，谁会看着不垂涎欲滴呢！

螺蛳除了爆炒也可白煮。如"螺蛳豆腐羹"，先将螺蛳汆至断生，挑出螺肉，加豆腐、肉汁汤等调料烧煮，最后用湿淀粉勾芡成羹，口感特佳，颇具风味。原汁原味的"汆螺蛳"，选用体大壳薄的青壳螺蛳，用沸水一汆，吮出螺肉，配以用酱油、黄酒、米醋、葱花、姜末、胡椒粉等调成的酱卤蘸吃，滋味清鲜悠长。若是螺蛳较少，就拿它同韭菜一起烧汤，也可加个鸡蛋，做成"螺蛳鸡蛋羹"，等到汤咕噜咕噜冒气泡时，那扑鼻的香味十分诱人。

螺蛳还有其他做法。如"咸菜蒸螺蛳"，清口、鲜美异常。咸菜有着增鲜、祛腥、解腻、入味、调和滋味的特性，与应时的螺蛳同蒸，入味透鲜，可让人食欲大增。"春韭拌螺肉"是春令时菜，用又嫩又香的韭菜与螺肉相拌，色佳味美，犹如春苗中镶嵌着点点幼果，孕育着春的生机。此外，一味炒"带子螺蛳"，食时满口点点白色幼螺，酥润可口，逸趣横生，亦常为食客所称道。

本人最为推崇的是味道别具一格的"上汤螺蛳"，每次上餐厅我都会点这道菜。"上汤螺蛳"的做法是将红辣椒、绿辣椒、野山椒、大蒜、姜等一起爆炒，然后放入螺蛳、火腿丁或者咸肉片等再加水慢慢熬煮，制成的螺蛳汤白白的、浓浓的，又鲜又美，又辣又爽，既解馋，又开胃。据说，和我一样喜欢这道菜的人多得不得了，这道菜特别吸引时尚男女的嗅觉和味蕾，挑逗他们的食欲。在城区一家以螺蛳为主要原料并以这道菜为主打品牌的“螺蛳王”餐馆，虽然地理位置比较偏僻，但每当夜幕降临便会门庭若市，年轻食客络绎不绝。

温岭人嗜吃螺蛳，无论大小排档或者星级饭店，螺蛳情结随处蔓延，游离在城市空气中若有若无的螺蛳所特有的香味随风飘散，集“鲜、辣、爽、烫”于一身的螺蛳美味更是征服了无数温岭人的味蕾。你看，夜色里，工作了一天的男人们呼朋唤友叫上一盘香鲜味浓的炒螺蛳，就着啤酒海侃神聊，一天的辛劳就在这螺蛳美味中烟消云散，那感觉甭提多带劲了。温岭的女人们吃螺蛳则别有一番风情，穿着时尚的衣装，坐在油腻的小摊前，捋起袖子，旁若无人地用兰花指撮起小小的螺蛳，“嗞溜、嗞溜”地猛吸，发出诱人的声音，待把螺蛳肉吃净了，还要用鲜美的螺蛳汤汁拌上饭，“呼哧呼哧”吃到忘情处，眼神里尽是心满意足。待解了馋，过足了瘾，才擦净油汪汪的玉指，放下衣袖，转个身，又恢复起淑女的模样来。

在温岭，无论老幼几乎人人都会吸螺蛳，不会吸的可以说是凤毛麟角。吃时人们先用筷子夹住螺蛳纳入口中，然后在口腔内使螺蛳自如翻转，将整个螺蛳抵在舌尖，对准螺蛳口用力一吸，“嗞——”，一股鲜美的卤汁顺喉流下，肥美鲜嫩、壮硕滑溜的肉便出来了，再用牙齿恰到好处地掐去厣和内脏，整个程序便完成了。一套动作一气呵成，让人目不暇接。而不会吸的外地客人那副愣是吸不出螺蛳的窘态，往往引发温岭人善意的笑声。此时，不会吸螺蛳的人只好用牙签拨开螺蛳厣，把肉挑出来，当然，这样就大大失去了螺蛳的鲜味和吸吮的享受过程，降低了这道菜的奇特感觉。

不过，我以为不管怎样吃，只要能够体会到“一味螺蛳千般趣，美味佳肴均不及”的意味，便是一种难得的境界。

梨花风起正清明

清明节古时也叫“三月节”，是中国传统节日中百姓最为重视的节日之一，也是农历二十四节气中唯一是节日的节气。按阳历来说，清明一般在每年的4月4日至6日之间，今年清明节为4月5日，和农历三月三重合，是多年难得一遇的“正清明”。

清明节大约始于周代，至今已有2500多年的历史。说到清明节，不能不提及古代一个非常有名的节日——寒食节。寒食节，又称熟食节、禁烟节、冷节，距冬至105日，也就是距清明不过一天或两天。这个节日的主要节俗就是禁火，不许生火煮食，只能吃备好的熟食、冷食，故而得名。古有清明前一天为寒食节之说，相传起源于春秋时期晋文公悼念介子推“割股充饥”一事，后来清明寒食逐渐合二为一。

清明节在几千年的衍变过程中，注入了寒食禁火、扫墓等习俗，形成了一个充满祭奠祖先时生离死别的悲哀心情的特殊日子。杜牧的“清明时节雨纷纷，路上行人欲断魂”更加形象地说明了清明是一个思亲祭祖、表达哀思的时节。

扫墓是清明节的重要风俗内容。在温岭，扫墓又称“上坟”，时间约定比较灵活，一般在清明前后均可举行，素有“前三后四”以及“清明长长节，做到端午歇”“清明长长节，做到斫麦歇”的说法。温岭人上坟是有些讲究的，比如，三代内的一定得祭扫，给已故的爷爷、太公祭奠是必须的，而太公的上一辈或更上辈，一般不要求非去不可。另外还有一个不成文的规定，就是入土第一年的为新坟，那是需在清明前或是清明日上坟的，而老坟在清明日或是清明后上坟即可。

上坟这一天，长辈携带全家老少，带上柴刀、锄头、畚箕、扫帚、纸钱、锡箔、香烛、新鲜果品等。到达坟地，先把坟周围的杂草清理干净，再在坟头添上一块带有青草的大土块，插好几枝嫩绿的新树枝，然后开始祭奠。男人们跪在坟前，磕三个响头，招呼祖先享用供品；女人们总会点一些香，烧一些纸钱、祭品，口里还不忘念念有词，盼望保佑一家老小平平安安，生意兴隆，工作顺利，小孩子们学习进步。

“烧包袱”是旧时祭奠祖先的主要形式。所谓“包袱”，是指孝属从阳世寄往“阴间”的“包裹”，即用白纸糊一大口袋，内装冥钱等物。“包袱皮”有两种形式：一种是用木刻板，在袋周围印上《往生咒》，中间印一莲座牌位，用来写上收钱亡人的名讳；另一种是素包袱皮，不印任何图案，中间只贴一蓝签，写上亡人名讳即可。至于包袱里的冥钱，种类会有很多。焚化时，划一大圈，按坟地朝向留一缺口。在圈外烧三五张纸，谓之“打发外祟”。

撒海蛳，是祭拜祖先的一个不可缺少的环节。长者一边把海蛳撒向坟的四处，一边念“海蛳撒坟头，子孙后代起高楼”，撒完后再在周围洒一圈小酒，意在借此表达后人对前人的悠悠思念之情，以示不忘祖先的血脉，同时也期望后辈人丁、家业皆旺。

青饞是祭祀祖先的必备供品。巧妇们从山上采回一种叶面长着一层乳白色的细毛，其茎和叶折之都有丝丝相连的“青”，洗净后去筋在开水中汆过捣成泥，与糯米粉、粳米粉一起糅成团，用豆腐干、笋、萝卜、肉、香菇及韭菜等熟料混合成馅的称咸青饞；用甜豆沙或红糖做成的为甜青饞。刚出笼的青饞葱绿如碧玉，油亮似翡翠，甜而不腻，肥而不腴，入口柔软，又不粘牙，存放数天不破裂、不发硬、不变色。在亲人坟前奉上应时令尝新的美食青饞，除了不忘展示自己的“孝道”，还包含着“子子孙孙不断代”的意思呢。

祭拜完毕返家路上，还有一件重要的事情是必须要做的，那就是在路边拾一些柴火，像木头、树枝什么的，放在竹篮里带回家，倒在灶膛里烧火，象征着今年财运旺盛。

温岭的清明民俗文化内容丰富多彩，而地方特色尤为显著的大多集中在石塘箬山渔区一带。

清明节是石塘人雷打不动的重大节日。这天，工人不用上班，学校放假，商人也不做生意了。除了实在走不开的，都一定得到家过节。一家男女老少，大到七八十岁长者，幼到刚满月娃娃，均穿起节日的盛装，小家汇大家，大家聚宗族，去祭拜逝世的祖辈们。

清明节那天下午，漫山遍野披红插花，把祖坟打扮得漂漂亮亮的，到处都是红男绿女，鞭炮声此起彼伏，香烟弥漫，场面很是壮观。渔家认为，若到祖宗坟前的人越多，就表示这个宗族人丁兴旺。因此全家人不分老幼，即使抱着吃奶的孩子的年轻母亲也要上山。

祭祖的人群，先到辈分最高的共同老祖宗的坟前看看一年来祖坟有无损伤，若需要修补的，男人们就挖土、垒石修整；女人、孩子则清除坟头上的杂草。然后孩子们用石头或砖块将长方形的红黄蓝白黑五色纸压在坟上，以示子孙祭拜祖坟；女人们点起香火，双手合十，念念有词，祈求亡灵保佑家门顺顺当当。接着依照辈分次序祭拜。共同的祖先祭毕，大家就分头到各家的祖先坟地一一祭扫过去。石塘人不论宗教信仰如何，都要扫墓祭祖，只是信奉基督教的，免去了点香、烧纸等仪式。

祭完祖下山时，爱美的女人们还会采一朵野花或折一枝嫩柳，不是头上戴花，就是胸襟插柳，她们念唱着："清明不带花，下世呒婆家，清明不带柳，下世呒娘舅，清明不带蒿，下世呒阿高(闽语，即姑姑)。"

清明节作为中国最重要的传统节日之一，不仅是人们祭奠祖先、缅怀先人的"感恩"的节日，也是海外中华儿女认祖归宗的纽带，所以，不论城乡，不论穷富，都会好好度过这一有意义的日子。

朔风起时鳗鲞香

冬至已近，朔风渐紧，鳗鱼变得丰腴肥美了。无疑，此时正是一年当中食用和加工鳗鱼的最好时节。

鳗鱼是世界上最神秘的传统名贵鱼类之一，也是我国沿海重要的经济鱼类之一，它的寿命可长达50年。它可以在“绝食”一年半后仍能生存；它可以溯流攀登美洲的尼亚加拉大瀑布，在从中国洄游到太平洋的马里亚纳海沟产卵的漫漫途中它可以不吃食物而存活。

据《本草纲目》《掌中妙药》《圣惠方》和日本《本朝食鉴》等古代医书记载，鳗鱼具有神奇的食疗效果，不仅能补脑，清除动脉血管壁及外围组织蓄积的胆固醇，促进人们增强体质、焕发活力，又能护肤美容、滋阴养颜、壮阳御寒，还可治小儿疳劳、妇人带下。鳗鱼的营养成分比鲈鱼、鸡肉、牛肉、鹌鹑蛋等高得多，维生素、矿物质和微量元素含量更是陆上动物所不能比拟的。

鳗鱼的加工和食用方法多样。最简便的做法是将新鲜的鳗鱼切成小块，与生粉、葱、姜一起搅拌放入清汤中煮成羹，起锅时加点枸杞、香菜叶片。做出来的鲜鳗羹，肉质嫩滑，芳香四溢，要色彩有色彩，要滋味有滋味，要营养有营养，堪称典型的渔村风味小吃。另外，把鳗鱼加工成鱼制品也是种不错的选择。剖开鲜鳗后取出内脏，去皮剔骨，把净肉剁碎，与适量番薯粉拌搓，做出鱼丸、鱼饼等多种花样，炖汤、做菜都鲜美可口。还有一种做法别有渔村特色：把鲜鳗中段肥大部分切成20厘米左右的鱼段，在表皮划几刀浅痕，抹以盐酒，沥干水分，油炸至稍呈微黄色后捞起，贮存于悬挂在通风处的竹篮内。旧时没有冰箱，渔家往往采用此法保鲜，以备待客之需。

在鳗鱼的众多加工品中，温岭人情有独钟的当数将鲜海鳗加工成鳗鲞了。鳗鲞蛋白质含量丰富，肉厚，风味佳美，历来为当地群众所喜食。过去，每逢年关将至，许多人家的屋檐下、厨房的窗户外，即使挂不起腊肉、酱鸡、酱鸭，鳗鲞是不能少的，哪怕是几两重的也要挂上几条，要不是这样，便大有没有备好年货的感觉，心里会空落落的。

据有经验的老渔民介绍，制作鳗鲞看似简单，其实里头大有学问。首先要选择新鲜的大海鳗，将其在清水中刷洗洁净，去除表面附着的黏液，用干布拭去表面水分，平置于砧板上，然后，一手握住鱼身，一手持剖鱼刀由尾部起沿着脊骨的上面贯通腹腔一直切到头部，再翻过头来，将头骨剖开。也可以将鳗鱼鱼背朝上，腹部向下，先剖头骨，从鱼翅下的脊骨旁进刀，并顺手沿着骨势割至鱼尾肛门为止。脊背肉厚，下刀时要用力切割，使切口的肉面平整光滑，以保持品相的完美。背剖后将鱼体摊开，成为片状，再从肛门处肠管开始将全部内脏向头部方向引出，剥除鳃片，清除脊骨内侧的凝血及腹内黑衣黏膜，并用刷子刷去血污、黏液，用拧干的洁净湿布将腹腔内残留的污物拭去，防止污染肉面，以确保干燥后腹腔清白。然后把清除血污后的鱼体置于清水中浸泡 20 分钟，捞起放进箩筐内，滴干水分。

做完这一切后，将漂过的鳗体用竹片撑开头部，肉面朝天，皮面向下，拉直摊铺于竹帘上，晾至肉不粘手时，翻一面再晾一天，然后再翻过来让肉面朝上，至六七成干时，用绳子穿缚头部吊挂于通风干燥处，使鳗体的水分缓慢蒸发。

老渔民说，加工鳗鲞的最佳时节是在冬至前后。这是因为，优质鳗鲞不靠日晒，而是风干，烈日曝晒会引起鳗体脂肪氧化渗出表面，产生苦涩和微臭的“桐油味”。冬至前后，气候干燥，风势凌厉，时不时还有冷空气助阵，风干的程度高，加工成的鳗鲞，外观色泽好，鲜度得以保持，即使置放较长时间，也不易泛黄变质。

鳗鲞的烹饪方法很多，如清蒸鳗鲞、鳗鲞烤肉、酱肉蒸鳗鲞、肉片炒鳗鲞、白菜拌鳗鲞、鳗鲞蒸茄子、鸡肉火腿焖鳗鲞等。鳗鲞也可以制成冷盘上桌，其做法是将鳗鲞斜削成薄片，白肉也切成片，鳗鲞与白肉相间叠放，配以姜、酒等物，入笼隔水蒸熟即可。这样，肉的油脂渗入鳗鲞后鳗鲞不干硬，鳗鲞的鲜香拌着白肉，使白肉润而不腻，那味道真是好极了。另外，鳗鲞头骨、脊骨还可与豆腐、香菇文火熬汤，可做出汤浓而香醇、味鲜而清口的鲞骨汤，品汤尝鲞，那感觉实在是美妙无比。

这些菜确实值得人久久回味，而我以为鳗鲞炒芹菜更是一道味美诱人的佳肴。

朔风起时的海鳗最为肥美，此时的芹菜也正肥嫩，受了霜冻的芹菜脆嫩而无渣，香味浓郁。烹制时把鳗鲞批薄片或横切成丝条，加黄酒略为泡软，待锅内油烧至七八成热时，放入鳗鲞丝片，煎炸至鳗鱼丝片卷起呈金黄色冒香气时，即投入姜丝、红辣椒、蒜煸炒，再放入在开水中焯过的芹菜段（最好选旱地本芹）略炒，这样就算大功告成了。此刻，芹菜特有的香味消弭了鳗鲞的腥味，而鳗鲞的风味弥漫在整盘菜里。一盘菜中红绿黄三色相映，浓香入味，令人见之无不食指大动，品尝后更是赞不绝口。

海鳗含有蛋白质、脂肪、碳水化合物、钙、磷、铁等多种营养成分，有补虚损、祛风明目、活血通络、解毒消炎的功效，对胃病、气管炎、肝硬化、神经衰弱、贫血等都有一定疗效。而芹菜具有高纤维、含铁高、降压、降血糖等特点，尤其适合高血压、动脉硬化、高血糖、缺铁性贫血人群和经期妇女食用。鳗鲞与芹菜堪称一对最佳拍档，鳗鲞和芹菜合炒，是高蛋白和高纤、高维生素矿物质的有机结合，而且方法简单，营养素流失也少，的确是一道营养搭配合理且美味的特色家常菜。

值得注意的是，鳗鲞虽然味美，营养成分多样，患有慢性疾患和有水产品过敏史的人，病后脾肾虚弱、咳嗽痰多及脾虚泄泻者还是少食或者不食为好。另外，据有关资料显示，鳗鲞忌与白果等食物同食，不然会容易引起中毒。

欢天喜地话元宵

新年的钟声仿佛犹在耳边回响，元宵的脚步却已悄然而至。农历正月十五元宵节，是中国民俗传统节日。因为正月为农历的元月，古人称夜为“宵”，而十五日又是一年中第一个月圆之夜，所以称正月十五为元宵节，又称上元节、小正月、元夕或灯节，是春节之后的第一个重要节日。旧有“正月十五大似年”的说法。按中国民间的传统，在这一元复始，大地回春的夜晚，天上皓月高悬，地上彩灯万盏，人们出门赏月、燃灯放焰、喜猜灯谜、共吃汤圆，合家团聚，同庆佳节，欢天喜地，其乐融融也。

关于元宵节的起源，历来众说纷纭，如“汉文帝纪念平吕”“东方朔与元宵姑娘的传说”“袁世凯与元宵”等。又说元宵节起源于“火把节”，汉代民众在乡间田野持火把驱赶虫兽，祈祷减轻虫害，获得好收成。隋、唐、宋以来，更是盛极一时。直到今天，我国西南一些地区的人们还在正月十五用芦柴或树枝做成火把，成群结队高举火把在田头或晒谷场跳舞，参加歌舞者数以万计，从昏达旦，至晦而罢。其实，元宵节俗的形成有一个较长的过程，根据史料与民俗传说，正月十五在西汉已经受到重视，汉武帝正月上辛夜在甘泉宫祭祀“太一”（古神明）的活动，被后人视作正月十五祭祀天神的先声。不过，正月十五真正作为民俗节日是在汉魏之后。东汉佛教文化的传入，对形成过元宵节的风俗有着重要的推动意义。

随着时间的推移，元宵节这个体现了中国民众特有的狂欢精神的传统节日活动越来越多，不少地方除了保留燃灯放焰、喜猜灯谜，以及许多有趣的游戏杂耍外，还增加了耍龙灯、舞狮子、踩高跷、划旱船、扭秧歌、打太平鼓等百戏歌舞及戏曲表演，使得这个节日内容更加丰富多彩。

元宵节是中国的传统节日，所以全国各地都过，大部分地区的习俗是相近的，但各地也还是有自己的特点。比如温岭的“间间亮”、溜糟羹、扎鳌山和送坟灯，以及大奏鼓、抬火镬伴行的扛台阁等习俗就与别的地方有些不一样。

点“间间亮”的习俗，相传起于明朝，与抗倭英雄戚继光抗倭有关。明朝嘉靖壬子年(1551)前后，有大批倭寇侵扰浙东南沿海，搅得当地民不聊生。戚继光将军率兵抗击，打得倭寇抱头鼠窜。这一年元宵节，倭寇逃进城市集镇，窜入民家躲藏起来。戚将军命令百姓人家，把所有房间都点起灯火蜡烛，如同白昼，这样使倭寇无藏身之地，捉住了无数倭寇，使敌人没有占到一点便宜。“正月半夜点间间亮，倭奴一板都难挣”的老话就是这样产生的。

在温岭，元宵夜有溜糟羹的习俗。所谓“糟羹”，即是以番薯粉或藕粉加水烧开，拌入红枣、葡萄干、桂圆、橘饼、莲子、荸荠、花生仁、糖等佐料，或拌入肉末、冬笋丁、香菇丝、蛏、牡蛎、虾皮、川豆瓣、盐等佐料调制而成的或甜或咸的“糊糊羹”。关于溜糟羹有个传说，说是唐朝开国元勋尉迟恭坐镇台州时，召集台州各地的工匠建一座城池，经过3年多，城池终于建成，工匠们回家那天正是正月十五，此时过年已经半个月了，家中好吃的食物所剩无几，于是家家户户把余下的猪肉、萝卜、荸荠、葡萄干、年糕、芝麻、花生等集中在一起放一锅里煮，用番薯粉溜糊煮熟成了糟羹。那酸甜的水果味夹杂着芝麻的香味令人难忘，成为一道至今仍然风行的四时皆宜的点心小吃。

彩扎鳌山是元宵灯会里的重头戏。在元宵节这一天，人们把数以百计、千计的彩灯堆叠，捆扎成山形，状若巨鳌，这就是所谓的“鳌山”。

有的“鳌山”则全用竹扎纸糊，长约 4 米，高 3 米，厚度为 2 米，“山”上有路，有马车轿子，“山”下有桥，有船只。“鳌山”象征着“独占鳌头”，期盼一年有好运降临。

元宵上山送坟灯，在温岭城乡十分盛行。送坟灯的来历据说是这样的：明朝年间温岭有个状元郎，正月十五回乡祭拜亡母。由于当年家穷无钱为母亲修筑坟茔，他仅知道母亲葬在某座山头，却不记得其确切位置。于是他叫人把山上的杂草铲除干净，把所有的坟墓都修缮一番。到了晚上，状元郎在每座坟头点上了纸灯，伤心地一座一座跪拜过去。说也奇怪，他每跪一座坟，那坟前的灯就灭了，到最后只剩下一座坟，状元郎跪下后，灯却依然亮着，他认定这就是母亲的坟墓，随后重新为之安葬。从此，状元祭母的故事流传下来，同时送灯祭祖的做法也沿袭至今。到了晚上家家户户都要去祖坟上祭拜先人，放鞭炮、放烟花、点灯盏、烧纸钱，每一座坟茔前面都有灯火点亮，哪一座坟茔前灯火最多、最亮，鞭炮最长、最响亮，说明哪家人丁最兴旺，子孙最有出息。不过，为了安全，现在已经以鲜花、绢花和塑料灯替代放鞭炮、放烟花、点灯盏、烧纸钱了。其实，这个故事的主角不是温岭的状元郎，而是安徽的朱元璋。但温岭人已经把这习俗当作了传统孝文化的体现，当作了以求添丁吉兆的象征。

在温岭的渔区石塘镇箬山一带，每逢庆贺元宵，便有极具浓郁地方特色的扛台阁闹了起来。台阁由两张四面桌仰绞而成，式样如同花轿，轿内张灯结彩，轿中坐立着一对俊俏的童男童女，扮成《梁祝》《西厢记》《追鱼》和《宝莲灯》等剧中人物模样，在灯光的映照下，煞是好看。多至二三十杠的台阁抬游时，锣鼓喧天，彩旗招展，花灯、火镬开道，中间夹着大奏鼓和丑角打扮、戏谑诙谐的踏地故事，引得观看的人群笑声此起彼伏。人们可以在这里感受到独特的闽南文化和浙东文化交融后形成的渔家风情。

话说市日

如果有人像唱歌一样念唱道:"一、六下梁梁,二、七洪家场,三、八桥桥市,四、九横街赶泽库(国),五、十回转新河市。"或者"一、六塘下,二、七盘马(下墩),三、八路桥,四、九大路毛,五、十箬横街。"我相信,一定会让许多年轻人目瞪口呆,觉得不知所云。其实,这说的是温岭市的新河和箬横及附近部分地区的市日时间。意思是说,每逢农历一、六、十一、十六、二十一、二十六(以下类同)是路桥的下梁市日,二、七是椒江的洪家市日。"三、八桥桥市"的意思是,凡是地名有桥的街,除了新河肖家桥街之外,其他如长屿的金佛桥街、泽国镇的联树桥街、箬横白峰的李婆桥街、城北的麻车桥街、黄岩的路桥街(现为路桥区)、卷洞桥街等,都是三、八为市,泽国和路桥区横街镇是逢四、九为市,五、十则是新河市日。这份"市日时间表"告诉人们,这些邻近集镇的逢集大致上相互不重叠的具体日期,为流动商贩和群众在不同的集市之间轮流赶集提供了大方便。

不过,虽然有了这份"市日时间表",但还需了解一下市日的大小,因为集市还分大市和小市,比如新河,大市日期是逢五遇十,小市是逢二遇七。一般说来,大市持续时间较长,从早晨到午后一两点钟,小市则从早晨到上午十点钟左右便散市了,所以有人称之"露水市"。而集市的大和小,往往会直接左右人们赴市的动机。什么时候、什么情况下该去大市或者小市都有一定的讲究。

在我国,集市曾经是城乡居民生活生产用品余缺调剂、互通有无的重要场所。在北方，一般称作集；在两广、福建等地称作墟；在川、黔等地称作场；在江西称作圩。还有其他一些地方称谓，一般统称作集市。在温岭则称为市，做市这一天为市日。而同到做市的地方去，说法是有些不同的，买东西的人叫落市去，卖东西的则叫作赶市去。

赶集的日子那叫一个热闹，附近七里八乡的都来了，卖牛的，卖猪的，卖鸡蛋的，卖菜的，还有卖老鼠药的，耍杂技卖膏药的，连街头巷尾都熙熙攘攘，人头攒动，人声鼎沸。小孩子如果不拉牢大人的手，很容易被挤散。

无论落市的还是赶市的，在赶集的过程中可能会遇到自己的亲人和朋友。大家可以一边叙旧，一边商量一些事情。平时大家都忙，要互相走动并不容易，到这市上来大家都很方便。

当然，赶集的人群里，也并不是清一色的做生意人和购物者，好多人从大老远兴致勃勃地出来赶集，其实就是为了凑个热闹，看个新鲜，喜欢被人拥着往前走的感觉。赶集，竟然成了一种非常惬意的享受！如一些妇女从这个铺子里进来，又从那家商店里出去，再把所有的地摊一个一个地数个遍，把每一种商品一样一样地瞧个够，到了人流退潮的时候，腋下的花兜兜还是空瘪瘪的。又如几个意气相投的棋友，带着几天前未尽的意兴，再一次聚首街头路边茶馆，泡一壶浓茶，一决高低。而赶市的除了要卖掉自己的农副产品，往往要买回自己需要的日用品。

市日还为情窦初开的男女交往或者踏(相)亲的提供了大好机会。那些熟悉的男女平时了解、接触的机会不多，趁市日的时候俩人正好说说悄悄话，牵牵手。而不曾见过面的男女则把市日当作打量对方的时机。这时，大多是打扮得体体面面的后生局促不安地站在商店边，装作路过的姑娘会偷偷地瞄上几眼，在心里给对方打打分。

市日里，不同的货物交易都有固定的专门区域。就说我生活过十几年的新河吧，柴行在南门城脚，小猪行在东门城脚，木材行在北门城脚，卖谷米豆麦的米行在东门沈家大院，卖针头线脑小百货的在南门街，旧衣行在北门大会堂前的操场上。

旧衣行是最为热闹的地方，因为在所有货物交易场所里操场不仅最大，而且交易的品种最多。虽说是旧衣行，但交易的有新衣新裤，有被子、棉絮，所以聚集的人也最多，操场中间常常来回穿梭着各种各样的小商小贩，还时不时偷偷冒出几个卖粮票、布票、香烟的人来。那时候是不准卖这些东西的，否则会按投机倒把论处，轻则关押，重则判刑。

市日也是小偷最为忙碌的时候，他们往往三五成群做成上下手，专往人多的地方挤，一人得手后迅速将赃物转移到另一位手上，这样，即使被失主发觉，也可以赖个一干二净，因为，“贼打窗前过，无赃不定罪”啊。

在交易过程中，一般都公开进行讨价还价，但是也有例外的。例如在牛交易过程中，卖者和买者在袖口内伸出五指比画“讲”价。据老人讲，这种“掏麻雀”的交易方式，简单保密。双方都不希望更多人插嘴、插手，以免抬价或压价。这种方式，互不争执和伤害感情，表现了人们文明的经商交易习俗。

随着市场经济的发展，各类店铺的不断开张，以及大小超市的入驻，还有电子商务的冲击，集市贸易渐渐失去了往日的辉煌。尽管现在还有人赶集，但是现在的赶集意识已经大打折扣，而且赶集的人中，坚持设摊卖一些大商场买不到的，如竹箩、竹扁担、竹扫帚、竹耙、竹蒸笼、竹畚箕、竹筛、铁制农具等小农具和百姓日常生活用品的，年纪都已经偏大，年轻人是少之又少。像市区，除了前溪路、牛轭街还能够看到市日的影子，其他地方已经基本上没有市日、闲日之分，就算在前溪路、牛轭街，市日里也是摊点越来越少，赶集的人也越来越少，赶集的时间也在缩短。

早已熄灭的煤油灯

煤油灯，顾名思义就是利用煤油燃烧来发光的灯具。由于在以往的年代里，我们国家使用的煤油主要都是从外国买来的，因此，人们按习惯把煤油叫作“洋油”，把煤油灯叫作“洋油灯”。

在温岭，煤油灯一般是以旧墨水瓶为基座，瓶口上面覆一个铁盖，盖上钻一个窟窿，用薄铁皮剪卷成四五厘米长的一根麦秸秆粗细的铁管插在窟窿正中，一根长长的棉线或火纸卷捻成的灯芯一头穿出铁管稍微露出点头，另一头伸到注满煤油的旧墨水瓶里，这样，油顺着灯芯吸上来，点燃后即可发出枣核大的光亮。煤油耗尽，再添一些，灯芯燃没，重捻一根，油灯又可接着亮。为了避免煤油污手，墨水瓶肚上往往会箍上一道铁皮，扎个把手，可容一指穿入把握。

那是一种极为简易却又给人无比温暖的灯，它曾与一段远去的岁月相映照，与百姓寒门相映照。在漫长漆黑的夜里，这如豆的光亮带给人们的是许多生活的欢欣和无限的希望。每当夜幕降临，那盏并不明亮的煤油灯就是一家的中心，全家老小围坐在煤油灯的周围。在昏黄摇曳的火苗中，孩子们或看书或写作业，如饥似渴地在知识的海洋中遨游；母亲盘腿坐在床上飞针走线，缝补着一家的衣裤鞋袜；父亲在一边抠着玉米，剥着豆子。

别看小小的煤油灯结构十分简陋，用起来却还是有一些窍门的。如果灯头拨得太大，不仅费油，而且由于燃烧不充分，呼呼地冒黑烟，要不了多大一会儿，就会把人的两个鼻孔熏得像烟囱一样，眼睛被油烟熏得直淌泪水；灯头处的灯芯烧的时间长了，有时会结下一层薄薄的焦化了的炭壳，这时灯光就会暗淡许多，需要用剪刀把它除掉或者用针把它挑去。摆放煤油灯也有一些讲究，通常都有一些固定的地方，在卧室里一般是搁在靠床头的窗台或桌子上，在厨房里则搁在锅台旁的“灶山”头，这样一来不容易因不小心将其打翻，二来是高灯可以远亮。

为了防风和提携方便，细心的人家会做个灯架，用铁丝将一块木板穿紧，将灯搁于其上，上面的铁丝再束起来，然后用木条嵌上玻璃将油灯罩起来。“四根柱、八根档，档上有口塘，塘里有条白蛇精，蛇精头上冒火星。”这则谜语说的就是这种油灯。家境殷实点的人家则置办美孚灯，这种灯除了玻璃做的高高的底座外，还有一个葫芦状的透明灯罩，里面是灯头，外面颈上有个小旋钮，可以方便地调节灯芯长度。这种灯不但增强了防风性和在一定程度上增加了亮度，而且也卫生了许多。虽然美孚灯也是用煤油，而且既美观又实用，但它是“舶来品”，点起来比较费油，普通家庭还是不大买得起、用得起，多年来用的还是墨水瓶煤油灯。

在艰苦的岁月里，一斤煤油大约要三毛钱，抵得上半斤肉价，而且有一个时期煤油供应紧张，购油还得按计划、凭油票。所以，一般家庭用油是非常计较的。为了节省灯油，有的人家尽量少点灯或者缩短用灯的时间，有的人家则把灯芯掐得很低很低，更有极个别的人家甚至长年累月基本上都不点灯，一家老小一到晚上就像盲人一样摸黑生活。

煤油灯是在有电灯前的主要照明工具，是我们父辈、祖辈生活中的必需品，它曾经伴随了我的整个童年。如今，煤油灯已经在人们视线里渐渐消失了，而煤油灯曾经带给我们的橙黄色的记忆却永远留在我们心底。

画像九宫格

“九宫格”是我国书法史上临帖写仿的一种界格，用以在练字时对照碑帖的字形和点画安排适当的部位，或用作字体的缩小与放大。九宫格相传为唐代书法家欧阳询所创制，为习字者掌握字的间架结构、重心和笔画的斜正疏密、气势等起到过不可替代的作用，向来为书法界所倚重。而温岭人把它当作画像的工具，并把它的功效发挥到极致，恐怕是欧阳询先生始料不及的。

在经济萧条、物资严重匮乏的20世纪六七十年代，照相对于普通老百姓，尤其是来自农村的人家来说，是一项比较奢侈的消费，除了结婚、招工、参军和难得的全家福之外，许多人恐怕一辈子也没有照过几回相，即使照了相也不会轻易花钱将照片放大。一旦家中有人辞世需要摆设大照片祭奠用，便要找画师画大照片。这是因为找画师画大照片的好处有三：一是花费要比去照相馆便宜些；二是底片没有了或者坏了，或者照片已经破损不堪、照相馆无法重拍而画师能行；三是如果所画对象脸上有缺陷需要修正，照相馆无能为力而画师可以做到。画像这个行当在当时虽然算不上热门，但比一般人的收入要高出不少，所以在各区镇都有好多职业画师出现。

画像画像，必须要画得像，否则，客户便会紧捂口袋和你理论起来。其后果，轻者要你重新画过，重者则为你做免费广告，让其他人不再上你处来画，断了你的生计。画师们很清楚，要想画得像，九宫格就是件简明实用的非常可以信赖的道具。有了它，便可轻松判断出对象是属于“国字脸”还是“申字脸”，是“甲字脸”还是“田字脸”，便可对对象的五官的形状、大小和位置一目了然，做到心中有数。画师画大照片时先把九宫格覆在用来做范本的小照片上，然后一边用放大镜透过九宫格仔细地观察每一个细节，一边在 8 开或者 16 开的铅画纸上描摹。有经验的画师往往不必先用铅笔勾勒打稿，而直接以改制的毛笔蘸上碳精粉在纸上轻描淡写，纵涂横抹。画师画的时候很是认真，特别是在嘴巴、眼睛这些“传神”的重要部位一丝一毫也不敢马虎。

最早的九宫格，又叫“九方格”，是在大方框内分出九个小方格，是名副其实的“九个方格”，中间一小格称为“中宫”，上面三格称为“上三宫”，下面三格称为“下三宫”，左右两格分别称为“左宫”和“右宫”。而画师用的九宫格，则在内容与形式上已经有所变化，它可能全部是小方格，也有可能由大小方格共同组成，还有的比较简单，像个“丰”字，这都是画师根据实践灵活应用的结果，虽然它不再是九个方格，但画师们依然叫它九宫格。九宫格有用玻璃做的，也有用塑料板做的，画师们则喜欢自己找片废胶片用针尖划出格子，这样的九宫格又薄又透明，不易走样。

随着数码相机的普及，尤其是几乎人手一部的照相手机的推广与运用，现在，摄影已逐渐成为人们生活中必不可少的一个组成部分，大家能随时随地拍摄、放大照片，并且想放多大就多大，想用什么材料就用什么材料，简直已经到了不费吹灰之力的地步。画师随着画像这个行当的凋敝，早已经淡出人们的视线，而画像九宫格这个曾经是人们“写真”的重要工具，也许早已落满灰尘被遗弃在某个角落里呢。

糕塑之殇

提起温岭糕塑肯定无人知道，因为这个名称是我从西北面塑脱胎而来生造的。但若说“糕人糕马”，30岁以上的不知道的人恐怕就很少了。温岭“糕人糕马”，虽然从历史上讲既无发现相关的文字资料记载，也无实物图样传世，不仅不“入流”，而且连个“正规”的名字都没有。但多年以来，作为温岭民俗风情的一种表现方式，一直生长和扎根于民众生活之中，是一朵民间艺术奇葩。

同我国很多地区一样，按当地的风俗，每逢春节来临前，温岭的家家户户都要做年糕。年糕不仅是一种节日美食，而且是希望人们的生活一年比一年提高的象征。而做年糕时，几乎每家都要制作糕人糕马。因为糕人糕马不仅可以用来祭天地、敬鬼神，而且兼有供奉祖宗、馈赠亲友、玩赏、食用等多种用途，同时，糕人糕马更是孩子们很了不得的玩具。所以糕人糕马过去在温岭的城镇或乡村都十分普及。

糕人糕马的表现题材和内容与西北面塑颇有相似之处，多为祈福、求子等。但二者的制作工艺却不相同。西北面塑制作原料是精制面粉、防腐剂等，用开水调和成面团，在锅内加温后，根据创作需要分别放入各种颜料，即可捏塑各种人物形象。面人艺术具有悠久的历史。自汉唐以来，一直以民间玩具的形式流传。它多取材佛道故事、戏曲及历史人物。所塑人物形象雅致可人，虽大如手掌，小如果核，却面部五官具备，形象鲜明生动，是一种小型的民俗雕塑艺术。而糕人糕马的制作原料主要是晚粳米（有时还掺和少量糯米），需要将米先浸泡再磨成粉，接着在饭蒸里蒸好，糕坯经过捣臼头在捣臼碗内反复、不停地捶打和翻动，然后趁热来回揉压，揉得越快越好，以防放凉了紧皮后揉不到一块难以制作。糕人糕马不需着色，状若平淡无奇，却是自然天成、简洁明快。

温岭糕塑与西北面塑相比，在创作手法上也有较大差异。西北面塑用的是“塑”，而温岭糕塑则“雕”“塑”并重；用面粉制作的西北面塑，讲究形似，工艺细腻精致，衣着服饰有透明的质感，头发、胡须等都能掐捏得十分纤细，而温岭糕塑讲究神似，讲究造型整洁、概括，内蕴饱满丰富，夸张而传神，显得敦实、憨厚粗犷，显得“大刀阔斧”。另外，西北面塑一般仅为数寸，而温岭糕塑小者如拳，大者则盈尺。

温岭糕塑的艺术特点是“一揉、二捏、三印、四剪”，即首先将糕坯揉好，捏成物体雏形，然后印出各部位轮廓，再剪出细节就行。糕塑的手艺主要靠灵巧的手指头，所需的工具也很简单，一把菜刀、一把剪刀、几根竹条就够了。这些在普通人眼里再简单不过的东西，经糕塑师傅之手灵巧地摆弄，顷刻间，姿态各异、栩栩如生的艺术形象便脱手而成，作品还散发出淡淡的米粉香呢。

当然，糕塑师傅需要的不仅仅是巧手，还要有自己的想法。在他的心目中，糕人糕马不只是一种被装饰过的食品，而且是一件工艺品。不管是神态还是姿势，都是有一定的讲究的，要对得上号。因此所塑的动物如虎、狮、牛、猫、龙、猴、羊等，往往着重夸大头部比例、刻画四肢的灵活，使人感到神似而形美。飞禽类如鹅、鸭、鸽子、凤凰、喜鹊及各种小鸟，则夸张表现其尾羽的动感，并夸大其嘴部、眼部，使其具有拟人的效果，让观者在感情上产生共鸣。瞧，糕塑师傅捏的狮子“眼如铜铃方宽口，张嘴露齿伸舌头，铜头铁额大蒜鼻，慈眉善目笑颜开”；那小猴，歪着脖子，憨态可掬；那鱼待刻出鳞片便好像要脱手游去……动物的眼珠一般用赤豆或豇豆做成，而用一种叫“嵌马珠”的植物的种子做成的眼珠，效果则出奇地好，那动物仿佛活了。如一时找不到赤豆、豇豆或“嵌马珠”,有时也用绿豆代替,再不济的则用火柴头将就将就。

糕塑刚完成时,表质非常柔软,不易拿放,故常常用竹签来支撑。若想要长久保存糕塑作品,最好将作品置于通风的地方自然晾干,使其完全干燥,再置于透明的框罩内摆饰即可,或将完全干燥的糕塑涂或喷上一层透明漆,以达保存之目的。糕塑不可暴晒,否则会裂开,失去保存的意义。

糕人糕马,这个万事如意、多福多寿、发家致富、和睦友爱的综合凝聚物,多少年来,曾寄托着温岭人多少朴素的心愿,伴随温岭人走过了多少风风雨雨,曾给温岭人带来多少的向往和乐趣!

然而,在现代化、机械化大潮的冲击下,类似春年糕的传统工艺越来越少已是不争的事实。随着机器糕的广泛“入侵”,手做年糕已基本消失了,会糕塑的师傅也越来越少了,过去以此谋生的艺人们渐将老去,他们的传人也不再有用武之地。温岭糕塑——糕人糕马,眼下,已逐渐地淡出人们的记忆。可以说,一朵民间艺术奇葩正在凋零、枯萎,这份宝贵的民间遗产即将永远消失,这实在是一大憾事!

木桶盘

木桶盘是一种用途十分广泛的盛器，在旧时温岭，不分城乡，不分贵贱，几乎家家都有一只，多的甚至有三四只。

每逢年关谢年祭天，木桶盘用来盛放五谷、五牲等供品；每逢清明或者七月半祭祖，木桶盘则用来盛放瓜果、纸钱等祭品。

在温岭传统的婚俗"送洞房"唱"洞房经"时有"撒炒米"这一环节，所撒的炒米事先就盛放在木桶盘里。

吃"冬至圆"是温岭冬至的传统习俗，而用糯米粉制成的"反糙圆"是冬至必备的食品，食用时要先在豆黄粉里滚动几番，以免互相粘连。此时的木桶盘就是盛放豆黄粉最好的器具。

有人结婚了，其家人会用木桶盘端着红鸡子、喜糖分给隔壁邻舍；新媳妇进门，第二日一早会用木桶盘端着西洋参茶到家娘、爷（丈夫的母亲、父亲）面前敬茶；媳妇做月里了，家娘会用木桶盘端着鸡子面送到媳妇床前。

平时，木桶盘作为家居日用品，可以用来装食品、瓜果，或者用来堆放茶壶、茶盏，每逢家里来了客人，主人则会用木桶盘端来茶水、糖果或花生、瓜子。木桶盘另外一个重要的用途，就是操办宴席时用来端酒、端菜。

可见，木桶盘与温岭老百姓的日常生活的关系何等密切。

木桶盘一般由纹理细腻、密度高的杉木做成，讲究一点的则用柏木精制而成。木桶盘常规为直径一尺二寸左右，四周边沿高约寸许，有的平整光滑，有的一如荷叶，其造型兼具实用和美观的双重特性。

木桶盘的中间大都绘有水墨图案，如飞燕迎春、连年有鱼或者花开富贵、梅兰竹菊等，无论是自然纹样、动物纹样、植物纹样、生活纹样、生产纹样和人文纹样，均有着约定俗成的文化象征意义。其纹饰组合饱满、乖巧，粗细、疏密兼顾，主次位置得当，繁简相宜，章法严谨而和谐统一。外罩的漆色以暗红为主，色泽凝重又不失明快。或者基调是红、金黄两色，在黑漆底上形成鲜明的冷暖、强弱、明暗的对比，并形成一定的空间感，从而生出和谐的韵律。

据当地的老箍桶匠介绍，箍木桶盘看似简单，却是个纯手工的技术活儿。箍一个木桶盘需要差不多一天的时间。因为一个木桶盘一般需要二三十块木板制成，而每块木板的大小、角度都不尽相同，需要根据盘的直径把每块木板都刨成刚刚好的角度和尺寸，这样拼接起来才是一个圆形的盘，而这个过程没有任何的计算公式和数值参考，完全靠判断力和实践经验。刨完木板后，还要在它们之间打孔、插竹签，然后把它们拼接成盆的形状，接着用事先准备好的竹箍把这些木板箍紧，再进行里外的刮面、打磨。装盆底也是一件高难度的事儿，手法一定要拿捏得恰到好处，才不至于前功尽弃。当髹漆匠忙完打光、捉桐油灰、画花样、上漆和晾干等工序，木桶盘才能算是一件招人喜爱的成品。

如今，箍木桶盘这门民间手艺离我们的生活似乎越来越遥远了，我们的四周充满了金属、塑料制品，很多年轻人甚至从来都没有听说过木桶盘这个名词。但是，我相信，曾经与人们的生活紧密相连的木桶盘的故事会长久地留在历史的记忆里。

糯香甜软的圆

温岭有许多知名的传统小食，比如糖糕、梅糕、硬糕，还有糕干胚、麦油煎及麦饼，等等。我以为在这些众多的传统小食当中，最负盛名、最有特色的当属圆了。

圆，不仅吃起来味美可口，饶有风趣，更是全家团圆、和睦幸福、平安、吉利、美满的象征，寄托了人们对未来生活的美好愿望。

温岭圆起源于何时，已无法查考。据坊间传言，可上溯至宋元时期，这样算来，大约有 700 年的历史了。

温岭圆主要有汤圆、水圆、炊圆和炸圆四种。

其中做法最为讲究的应该算是汤圆了。先在岁末将深秋时刚入仓的糯谷加工成糯米，再将糯米洗干净后用水浸泡两天，待糯米被泡松软后从水中捞出，接着用石磨磨成米浆，然后将米浆装入细布袋内沥水至半干，再将半湿的糯米粉晾干，这样，精白的水磨“淀浆粉”就成为汤圆的原材料了。这原材料可存放到来年年底。

汤圆的做法是，先把糯米粉加水和成团，放置几小时让它“醒”透后，将汤圆粉子用手搓揉至软硬适度不粘手，再取粉子一块，在手中搓圆后，做成钟形，再把用绵白糖加熟芝麻加化开的猪板油，或拌以橘皮，或拌以桂花做成的板油糖馅放在粉子当中，用双手边转边收口包严实，捏出一个像桃形的尖嘴即可。煮汤圆时，须做到四要：一要将锅内的清水烧得沸腾翻滚，然后把汤圆生坯轻轻放入锅内；二是生坯入锅待水滚汤圆上浮时，需加入适量冷水，以便使锅内的汤圆热中受冷，皮层凝结，粉质严实；三要不时轻轻搅动锅内汤圆，免得汤圆粘住锅底；四要在汤圆第二次上浮后漾两三分钟。这样煮出的汤圆皮薄而滑，白如羊脂，油光发亮，只只晶莹剔透，且不烂皮、不露馅、不浑汤，吃时不粘筷、不粘牙、糯而不腻口。可以说，绝不比闻名中外的宁波汤圆逊色。以前有的人家仅用白糖或红糖做馅，不过，这样做出来的汤圆味道可就差远了。

水圆一般无馅，且个小，状若珍珠，又称“珍珠汤圆”，适宜做成酒酿甜羹，常以白糖、桂圆、桂花、藕丁、蜜饯为佐料。正月半夜溜糟羹时，则水圆个稍大，多以苹果片、芝麻、金弹饼、荸荠丁和花生、莲子等佐之。

炊圆是将圆子放在蒸笼中以急火蒸熟，可热食，亦可凉食。炊圆的种类比较多，有糯米粉做成白色的，有番薯淀粉做成琥珀色的，也有清明时节用山上的“地莓”加糯米粉做成青色的，还有直接将红薯煮软烂后，倒入盆中，放入糯米粉，糅合而成橙色的。炊圆有馅，且内容比较丰富，有甜、咸、荤、素之分。甜圆馅的做法是将豇豆煮烂，用干纱布过水，再拌上红糖碾细碾匀即成。咸圆馅多以肉末、豆腐干、芹菜为主；有的用火腿、冬菇和鲜笋为馅；有的用虾仁、韭菜做馅；有的则纯以包心菜叶或咸菜为馅。炊圆外面常以松花粉、豆黄粉等敷之，这样既可以不使其相互之间粘连，又可以增加色泽，再有松花的清香和黄豆的特殊香味，实在让人食欲大增。

麻团大家可能都吃过，其实它就是一种大个头儿的圆。薄薄一层糯米粉皮儿，滚裹了满身的芝麻仁，皮儿里包的馅儿也是多种多样，不过豆沙馅儿似乎最受欢迎，可能因为豆沙甜而不腻，老少咸宜。

还有米擂和反糙圆，在诸多炊圆里也独具一格。

除了一般的水煮，炊蒸，油炸圆也是很好吃的。在锅中放油烧热，直接将包好的圆放进去炸，待圆呈浅黄色时，用竹筷翻动，使之受热均匀，再炸至金黄时，表面开始有小泡泡出现，即捞出沥油装入盘中。炸时一定要用小火，否则油会溅出来。炸好后看起来有点焦黄，闻起来浓香扑鼻，咬起来外脆里软。这种油炸圆的吃法，整体给人感觉是内润皮酥，馅甜绵软，别有一番风味！另外，将已隔餐的炊圆热了再吃，肯定黏糊糊的难咽，若炸一下，留香持久，感觉就完全不一样了。

旧时，作为独特的年节食品，哪种节令食用哪种圆，都有一定的说法，比如，过年吃汤圆，正月半夜溜糟羹、吃水圆，冬至吃的冬至圆是炊圆。如今，圆已是温岭美食不可缺少的一部分，四时八节都会食用，且馅的种类越来越多，有核桃仁、橘皮加红糖汤圆，鲜肉汤圆，南瓜、枣子汤圆，芝麻枣泥汤圆，茶汤豆沙或麻蓉汤圆，等等，不一而足。

小镇钟声

不知道在哪年哪月，不知道是谁从何处弄来的一口大铜钟，就悬挂在小镇十字街口的一幢二层楼阁楼顶未曾上漆的木架上。

这铜钟和在寺庙中平常所看到的没什么不一样。但见铜钟古朴大方，呈喇叭形状，鼓腹，钟口边缘呈水波形，已多剥蚀；钟身满是黄绿相间的锈迹，斑斑驳驳的，散发着丝丝缕缕的沧桑。铜钟高八九十厘米，口径五十多厘米，钟体上环绕着精美的带状花纹，花纹线条细腻流畅，气韵生动。在落日的余晖照射下，铜钟常被摩挲处闪烁着泠泠清光，显得肃穆而神秘。

在很长的一段日子，镇上的人们不知道悬挂这口钟是做什么的，只知道此为“禁钟”，顾名思义，是禁止敲击的意思。有的人悄悄地说，此钟位居申位，像人的肺肝，轻敲会惊扰居民，重击则会倾城不祥；有的人觉得它说不定是用来报时的；而有些上年纪的人则认为铜钟是可以趋吉避凶除鬼祟的吉祥之物，是用来镇邪的。直到有一天，钟声骤然响起，声震全城，慌乱的人们在青石板铺就的街头边跑边惊呼“着火了，快救火啊！”大伙才明白原来这是一口火警钟。

此钟高悬城中制高点，确实是为了用来报警的。当得知城中有火情发生时，敲钟人就会立刻登上阁楼顶，先一阵急似一阵地敲将起来，一通敲罢，然后用钟声报告大火发生的具体位置。以“当——”一声表示一居着火了，“当、当——”二声表示二居着火了，三居、四居着火则分别用三、四声来表示，以此类推，指点救火的人们赶快奔向着火的地方。

另外，钟声还随时通报着火势的强弱，如果钟声一直急促地响个不停，一如阵阵号角声从战场上响起催人出征，那就说明情况非常不妙；倘若钟声慢条斯理的，显得不慌不忙的，甚至有气无力，那就意味着大火气焰不再嚣张，人们可以松一口气了。

这座古老的小镇，全城的房子基本上以木结构为主，且大多数屋咬着屋，一间挨着一间，一片连着一片，如果稍有不慎，这小镇便有顷刻化作一片废墟的可能。所以铜钟一旦响起，镇上的青壮年男人们便如接到命令的将士，一个个奋勇争先，拿起钉耙、锄头或者水桶等器具，不约而同地向火灾现场飞奔而去，绝不会袖手旁观。

小镇上的人们平时做饭常用稻秸秆或者松树枝当燃料，如果灰膛满了没有及时清理，带明火的稻秸秆、松树枝掉下灶膛，极易顺着灰膛引燃灶旁的柴火。人们晚上照明用的往往是用墨水瓶做的煤油灯，这种煤油灯外面没有灯罩，遇风很容易引燃边上的窗帘等可燃物。这些都为小镇埋下可怕的隐患。更为令人担忧的是，一些老人和小孩懵懵懂懂的，缺乏防火意识。听说曾经有那么一个夏夜，有位老太太见蚊帐里有不少蚊子，怎么也拍不到，就迷迷糊糊地拿着煤油灯去熏，结果可想而知。尽管彻夜有敲梆人敲着梆子拉长声调喊着“小心火烛，防止贼盗，灰膛要浅，水缸要满！”不断提醒大家防火防盗，铜钟还是会隔三岔五地响起来，更有甚者，一天要敲响几次。

说实在的，铜钟的声音可传达数里之外，其声雄浑、厚重并且洪亮而悠扬，听起来让人觉得有几分悦耳，但小镇上的人们害怕钟声就像害怕瘟疫一样，个个无不闻钟丧胆，惶惶不安。因此每当铜钟骤然响起，马上会引发城中一片惊慌失措的混乱景象。尤其在夜深人静、万籁无声之际，钟声穿越大街小巷，久久回响在小镇上空，那“当”的一声，就是一个惊雷，响成一片的“当”声，犹如串串晴空霹雳炸响。夜啼的小儿会立马止声，老人再也躺不安稳。于我而言，铜钟声仿佛一下一下地撞击在我的心头，使我遍体生寒，血液如同凝固一般，身体会不由自主地战栗起来。我害怕地躲进被窝里，用被子紧紧捂住耳朵。这个时候，母亲会在一旁双手合十，口中念念有词，一脸紧张地望着窗外黑黝黝的远方，祈愿大火早点熄灭，祈愿受灾的人家平安。

当然，遇有火灾发生时，大家又盼望这口大铜钟快点响起来，以便召集更多的人前往救火。要是有一天铜钟响晚了或者不响，那肯定得招致沸反盈天的骂声。在电话报警、警笛示警等方法出现之前，遇有火灾时敲响这口大钟无疑是最好的办法了。

就这样，一年又一年，虽然小镇时不时传来铜钟的鸣响，却从不曾有谁家被大火夷为平地，这不能不说里面有着铜钟的功绩。我 19 岁那年离开了小镇，直到多年之后，听说这铜钟还在司着重责。

至于大钟的来历，曾经一直有人在探究，但是过了好久也说不出所以然。后来有人说是在"文革"初期从一所寺庙里搬来的，这倒比较可信。如果真是如此，不管怎么样，这人可以说是做了件一举两得的好事，不仅使看上去有些年头的大铜钟在疯狂的年代里免遭厄运，还让它担上了示警佑民的重要职责。

如今这口大铜钟早已经不知去向，我问过许多人，他们一个个摇头，缄口不言。

第四辑　他们的表情

磨刀汉子

“磨剪子嘞——戗菜刀!”一阵抑扬顿挫又略带沙哑的吆喝声从巷口传来。

循着吆喝声望去,只见一位有点佝偻的三十六七岁模样的汉子,推着一辆破旧的后座挂着一条木凳和工具箱的自行车,正不疾不徐地走着。哦,今天他又来了。这个人来自河南平顶山,以前我曾拿菜刀请他磨过,三块钱,给磨得锋利泛青光。

听到吆喝声,小区里的几位大妈拿着菜刀剪刀走上前去。他忙支好车子,放下车后的长凳。

他的长凳一头固定着用于粗磨和细磨的两块磨刀石,另一头绑着坐垫,还挂了一只用废旧木材拼成的木匣,里面装着锤子、钢铲、水刷、水布等工具,凳腿上绑着个盛水的小竹筒。

此时,他骑马似的跨在凳子上,打量着手中的刀,口中一再说,真是好刀啊。他手捏捏刀背,又迎着光亮眯起眼睛反复瞄刀刃,似在琢磨着从何处起磨。我知道这是他在看刀口的钢是软还是硬,硬的要先用砂轮打,软的就先用戗刀戗。

他两手握着那根尺把长的刨似的戗刀,有些费劲地将刀刃两边一点一点刮薄,再在砂砖上进行粗磨,然后用油石慢慢细磨,一边磨一边用绑着布条的木棒在小竹筒里蘸水滋润磨石,降低刀与磨石摩擦而升高的温度。磨一阵，他就用拇指在打磨过的地方轻轻刮一下，又眯着眼看看刀锋，只要觉得不合意，他就重新在刀上洒水，再次打磨。接着把刀身上的锈迹全部清理干净，又用小榔头敲打敲打刀柄上松动的铆钉，让它箍紧一些，牢固一些。他曾经自豪地告诉我，戗刀磨剪这门技术看似简单，其实很有讲究哩，磨得好的刀，刀口是一条直线，刀口上面有一条黑线，磨不好的话刀刃容易缺口和走偏，他能磨出黑线来。他的这门手艺和那把戗刀是他父亲传授给他的。

菜刀、剪刀磨好了，顾客一般都会找几块肉或布条类的东西试一下刀，若有人觉得还不够锋利，他会二话不说接过刀重新磨起来。“不要小看我是个磨刀的，我也讲究职业道德。尽管有时候我会看人收费，若是有钱人我会多收个一两元，但是我要保证给顾客一把锋利的菜刀，绝对不能坑害顾客。”

现在，许多人不太在乎一把刀剪的价钱，刀剪钝了就更换了，很少有人想着拿出来磨一磨。因此大多数时间，他可以招揽的活计很少，走街串巷不停地走，说起来那也是很累的。好多时候他也想找份别的工作干干，只是觉得做了十几年的活儿，放弃磨刀的手艺实在可惜，再者，他觉得刀和剪子钝了随手就扔、就换新的，真的太浪费了，国家还没有富到那个地步。他说，那些刀只不过钝了，磨一下不仅可以用很长时间，说不定还比新的更好使、更耐用。所以他就这样一直坚持着。

当有人问及以后会不会把这门手艺传授给自己的孩子的时候，他回答说，他的儿子今年已经上小学五年级了，成绩也不错，还是个班干部。他可不想让儿子像他一样风里来雨里去的，整天穿梭在大街小巷里谋生，他希望自己的孩子能够多学习文化知识，然后离开农村到大城市里生活。他现在一个月有一千来元的收入，除去日常生活费用，每月还能剩下四五百元寄回家供孩子读书，日子虽然清苦但他却很知足。

说到这些他显得有些得意，两眼似乎放出光来，那脸上每一条皱纹里都蓄满了笑意，仿佛一身疲惫也顿时不见了。

卖鱼的女孩

在我的印象中，卖鱼的一般都是男性，而在北山菜市场靠门口的地方新近出现的摊主，却是个看上去只有十七八岁的女孩。她扎着马尾，长长的头发浓密乌黑，白皙的、圆圆的脸蛋，泛着大片的红晕，一双会说话的大眼睛闪烁着几分灵气。她穿着天蓝色T恤，裤腿上沾满星星点点的泥花和鱼鳞片。

这天，家里来了客人，我急匆匆赶去菜场，来到她的鱼摊前。说实话，我喜欢吃鱼，鱼味道的好坏，新不新鲜，我一入口就知道，但让我挑鱼，我却无从下手，什么眼睛清澈、混浊，眼球凸起、下陷，在我看来都是一个样。见我有点不知所措地抓了条鱼，女孩笑得眉眼都走了样："你看，这条鱼游动迟缓，不能立背了，还是我为你挑一条吧。"她麻利地拎出一条三四斤重的灰鲢叫我看。那鱼在她手里扑棱几下，溅了她一脸水，可她一点也不在意，笑着说："这条值20块出头呢，20块钱给你吧？我给你清理好，你拿回去冲一下就可以下锅。"顿时，一种莫名的感动在我心中弥漫开来。

女孩抓起鱼朝地上一摔，鱼就不动了，然后她拿起一把大刀子，那刀起码有两三斤重吧，在她手里却如同拿的是一张纸板似的，刷刷地把鱼鳞刮了，再掀开腮盖用刀往里面轻轻一挖一掏，鱼鳃便给切掉了，比我用手去揭还快还利索；好像没见着她如何动作，背鳍、尾鳍也一下子不见了。接着，她用刀锋轻轻地往鱼肚子一划，肚子便被剖了个长长的口，只见她将刀口往肚里轻轻一抹一撩，所有肠肚便给扯出了体外。

一条大鱼，三分钟不到，被这个小女孩拾掇得干干净净。我想，一般人要操那么重的一把刀子切菜都难，一个小女孩用来杀鱼，竟能耍得如此轻巧熟练，真令我目瞪口呆。

后来从别人那里得知，女孩是刚从外地回来的，她小时候跟随父亲到外地做水产品买卖，在外面读的书，可惜去年高考时差了几分，她便不再念书，帮着父亲打理生意了，可这两年在外地买卖鱼货也赚不了多少钱，所以就回家摆了鱼摊。虽然这菜市场里人来人往的，常常会遇上昔日的伙伴、同学，女孩却照样笑呵呵的，一点也不在乎面子上过不去。女孩说，我早就想通了，其实做什么生意都一样，只要肯抹下脸，就成功了一半，卖鱼这活虽说又脏又累，也总得有人去做。如有人觉得这女孩不去读书而卖鱼怪可惜的，她会说，人生也不只上大学一条路。

说来真奇怪，卖鱼的摊点不止女孩家一个，而且一旦有人从远处走近鱼摊，那些站着坐着蹲着的摊主都会争先恐后叫喊着争揽生意，或者干脆抡圆了膀子吆喝。女孩卖鱼却是不用叫卖，可她身边总会围着大群大群的人，有时甚至连其他小贩也情不自禁地围过来。

当有人一边夸她挺有能耐，一边好奇地问起缘由时，女孩咧嘴一笑，说：其实也没有什么秘密可言。虽然这菜场是个小社会，却也是人生大舞台。不管从事哪行哪业，最重要的是要去尊重他人，因为人们如果都能将心比心，以情换情，站在他人的角度看问题，那么这社会就会少一点争执，多一点关爱，多一点温馨了！

你在她那里买鱼的时候她会告诉你挑鱼的方法：质量好的活鱼，在水中游动自如，呼吸均匀，对外界刺激敏感，鱼体表面黏液清洁透明，无伤，不掉鳞；如发现鱼肚皮朝上不能直立，或能直立但游动缓慢，反应迟钝，黏液脱落，有伤或有病害，则是鱼即将死亡的征兆，等等。除此之外，她还会告诉你买鱼时在挑选、过秤、剖鱼环节如何提防一些不良鱼贩子设的陷阱。当然，在她那里买鱼你不会亏，她也亏不了。比如，女孩会揣摩顾客图实惠的心理，她会在定价上耍点小“花招”。就说一斤普通的鲫鱼，别人都卖 8.5 元，她偏将价格标为 8.6 元。女孩说，8.5 元一斤跟 8.6 元一斤，在大多数顾客眼里没什么区别，而且她也不会占顾客这一角钱便宜。妙就妙在算总价的时候，她往往手一摆，大方地说，那零头几角钱就算了。

因此，很多人都夸女孩做生意实在、干脆利落，一些人还专门从别处赶来等着买女孩的鱼。

清淤工二贵

个子敦实，动作麻利，其貌不扬，方脸上常带笑意，这是二贵给我的第一印象。

“他特别肯吃苦耐劳，不耍奸！”这是组里的同事“小江西”对二贵的评价。

二贵的大名叫张福贵，1964 年 8 月出生在贵州铜仁的一个小山村。他当过兵，做过清洗大厦外墙的“蜘蛛人”，还干过人力三轮车夫和送水工。到温岭从事城市地下市政管道疏通清淤工作已有四五个年头了，对这座城市每一条地下管道的大小、走向都了如指掌。而这里的人也都不拿他当外人，因为在家排行老二，同事和认识他的人都爱亲切地叫他“二贵”。

清淤是一种极度考验常人容忍度的活，又脏又累，臭气熏天，一靠近连气都难以喘得过来，多数人都不愿从事这一工作，但二贵总是说：“这活关系着千家万户，总得有人干呀。习惯了，挺挺就过去了，没什么大不了的！”

回想当初干上清淤这一行，二贵坦言，那时候一起入行的几名老乡就因无法忍受煎熬纷纷转行到鞋厂、造船厂做工，有的还到渔区打鱼去了，他也动过走人的念头。不过，他觉得这年头钱不好挣，每天能有七八十元的工钱，不错了，况且这是为“公家”做事，收入比较稳定，可以及时拿到工钱，所以还是咬咬牙坚持了下来。令他欣慰的是，因近段时间经济不景气，不少工厂开不了工，好多老乡都已经回老家了，有的人甚至还在为回家的路费发愁，而他却在近年关的时候还能够再干一把。虽然这一段日子天有些冷，但想想还能挣个一两千再回家过年，想想很快要领到工钱与家人团聚了，二贵的心里充满了温暖，脸上洋溢着幸福的笑容。

这时，二贵穿上防水衣、靴子，戴好了安全帽，站在城东南角那段地下出水口。这里淤泥最稀，而且最深处达一米多，是整个清淤工作中难度最大的一段。他要带着同事们在年前突击完。对大伙招呼一下后他就跳下去准备开工了，不料脚底一滑，一个趔趄，虽然没有倒下去，但身上沾满了发出阵阵恶臭的污水，衣领也已湿透，他冷得直打哆嗦。

“你不觉得恶心和辛苦吗？”初次看到这种场面，我明显感到一股寒气从脚底直升头顶，不禁要问。“这算不了什么，有时做活脏水会溅得满面都是的。”二贵淡淡地说。

也许，对本来就是苦孩子出身的他来说，吃点苦早已习以为常了。他三岁时就失去了父亲，家里连饭都吃不上，他就帮助母亲上山拾柴火、提水、割草养猪，靠挖药材帮家里还了债、让自己读完了小学和初中。当兵的时候，新兵集训结束，他被分到独立团生产点，干的是挑粪、放牛、砍柴的活，别的战友挑四五十斤，他挑七八十斤。一个中午，他就能挖出近一亩田地，遇到播种季节，他更是一个人干三个人的活。

正是因为他不怕吃苦，干活很卖力，每天污垢满面也不在乎，前年，他被推选担任清淤一组组长。

清淤一组共有五个人，除他外，两个来自四川，一个来自安徽，还有一个就是来自江西的“小江西”。“小江西”什么都好，就是有时候干活要耍点“小聪明”，这让二贵不爽。这不，今天他又偷了一回懒。

当清淤工程进行到前溪路拐角处时，“当”的一声，“小江西”的铁锹铲到下水道内一块石块上折了一个大豁口。被震得虎口发痛的“小江西”忍不住往下水道里狠啐了一口，骂道：“去它的臭石头！”说罢径直往前走去。这一幕刚好被二贵看到：“这么一块大石头不清理，以后还会给老百姓带来麻烦。”“小江西”嬉笑着回答:“这又不是你家的事,那么认真干吗?”看到“小江西”如此不以为然,二贵二话不说,马上过去躬下腰去摸石头。见状,“小江西”只好随即也扑通一声跳了下去。由于长时间浸泡,足有两三百斤重的石块很滑,抬起来很吃力。“呀!”二贵突然龇牙咧嘴,一脸痛苦的表情。原来由于太过用力,石块边上一块破碎的玻璃啤酒瓶底划穿了他厚厚的橡胶手套,把他的大拇指割破了,鲜血直流。没顾上包扎一下,二贵又继续咬牙挪起那块大石头。其他几位同事见了也纷纷跳进下水道,几人合力终于将大石块“请”上了岸。二贵这才如释重负。

等到换班了,在“小江西”的催促下,二贵才跑到社区的诊所里,想简单地包一下了事。医生说必须吊瓶,以防感染,他只好顺从地躺在病床上。看着那药水一滴一滴地滴下,他一动也不动,不知在想什么,也许在想,不知道要花去多少药费?也许在想那受伤的手会不会影响明天上工?也许他什么都没想,只是在盼那瓶药水早点吊完就回去休息。

拾荒者的背影

天空下着小雨，被雨水洗刷过的街面在路灯的照射下显得非常美丽。路上的行人不多，一阵风儿吹过，让人感觉有点冷飕飕的。

一个看起来约莫50岁的农民模样的汉子，穿着已分不出颜色的衬衫、长裤和球鞋，正艰难地用一只手推着破旧不堪的三轮车，东张西望地盯着路边、街角，见到垃圾桶就停下车，走上前去，把那只完好的右手伸进桶里翻找起来。路灯把他的影子拉得很长。

"我以为这个桶里今天能找到几个塑料瓶，把里面的垃圾都翻个遍了，连一个都没有，肯定有人已经刨过了。唉，看来今天运气不好呀！"他轻轻地叹口气离开了这个垃圾桶。

翻动垃圾桶时，他总是背着灯光，不愿意正面对着行人。他是一个脸皮有点薄的人，尽管他的家远在四川南充的嘉陵江边，在温岭他没有一个朋友或者熟悉的老乡，尽管知道捡破烂也是一个自食其力的工作，没什么见不得人，比那些在车站、超市门口以乞讨为荣的"软脚骨"男人强得多，他还是觉得有些不好意思。

现在，捡破烂的人越来越多，并且各自都有"根据地"，大家井水不犯河水。他没有自己固定的地盘，就免不了被人欺负，往往不是被人抢了捡来的破烂，就是车胎被放了气，有时还让人打得鼻青脸肿。为了避开别的拾荒者，并且他觉得只要勤快点，晚上收获也不一定比白天差，所以他每天总是等夜晚降临了，马路上的灯光一盏盏亮起来才出来。

他伸出左手无力地捋去脸上的雨水。这是一只严重变形的手，五个指头似乎都错了位，还比正常人短了半截。但他的另外一只手是健康的，不仅可以把着骑车，可以继续他的生活，而且还可以赚取一家人的生活费。破旧不堪的三轮车穿梭在这个小城的大街小巷，车把被他的那一只好手磨得发亮。

“我是在 18 岁那年被汽车压成现在这个样子的。”提及他在外打工遭遇车祸时，他的眼泪就在眼眶里打转，让人心里也酸酸的。他说，他本想一直待在老家一辈子不出来丢人现眼，但是他家的五亩稻田一年收入不到 2000 元，根本不足以支付他读高中的儿子那每年近 6000 元的学费和生活费。加上现在农闲没有什么活儿可干，于是就到这儿来捡破烂。这捡破烂的活儿每天可以弄到二三十元，虽说脏点儿，但比起干农活来轻松多了。

因为家里穷，兄弟姐妹多，他只读完小学就辍学了。他很怀念在学校的时光。眼下他最大的愿望就是儿子能考上大学，然后有份体面的工作，不再像他一样面朝黄土背朝天，或四处流浪，劳苦一辈子。只要有那么一天，他吃多大的苦都觉得值了。

他喜欢节假日，喜欢在这个时候到动物园、锦屏公园或者东辉广场去，因为那时游人特别多，垃圾容易捡，他几乎每晚都是满载而归。当然，他更喜欢的还是开运动会和演唱会，他清楚地记得，在一次演唱会后他捡回的饮料瓶子卖了 61 块 8 毛钱。

在他翻垃圾桶的时候，要是有人捂住鼻子瞪他，或有意瞧不起他，他会在心里说，我能为国家节约点外汇呢，你能吗？他的意思是，我们国家现在的塑料用途很大，而原料十分紧张，只要能再生的塑料都被再生利用了还是不够，只能从国外大量进口废塑料回来加工。废塑料都是有价值的，要是不捡回来，真的太浪费了。提起北京 2008 年奥运会，北京奥运村纪念章交换中心曾向各代表团成员免费发放特殊 T 恤衫，他说，每件这样的 T 恤衫是用从 5 个 500 毫升装的塑料可乐瓶中提取的纤维，再补充一些棉纤维做成的。这些可乐瓶说不定就是我们捡破烂的捡回来的呢！

他觉得，虽然拾荒只是一种卑微低下的生存方式，但是无意中却完成了一桩善举，成就了一个良好而崇高的愿望。为此，他感到快乐不已。

带着快乐和几分憧憬，他边推着他的三轮车，边继续寻找着人们丢弃的那些塑料瓶之类的东西，匆匆忙忙地走着。我目送着他一步步远去，直到看着那被汗水和雨水湿透了的结实的背影渐渐消失在苍茫的夜色之中。

小翠的烧烤摊

这些天，受台风“森拉克”的影响，温岭的夜晚已经比较凉爽了，但忙碌的小翠却没有时间享受这份舒适。

小翠是卖烧烤的，她的烧烤摊就摆在人民路休闲中心门口。她觉得休闲中心里面有网吧、有娱乐城和歌舞厅，年轻人进出多，生意好做。现在很多年轻人都喜欢通宵上网，可网吧晚上只供应方便面，再说娱乐城和歌舞厅里头的人也喜欢就着烧烤喝啤酒。所以每天傍晚五点半一过，她就到这儿摆起烧烤摊，一直摆到深夜一两点钟。

小翠的烧烤摊其实是大街上时常能看到的那种装了两个滚轮的车子，车架上驮着一个做工粗糙的铁皮制成的长方形烧烤盒。盒旁边整齐地摆着的那些瓶瓶罐罐，用来装辣子、花椒、盐和味精等各种调料。盒外面一排放着鸡心、鸡翅、鸡爪、鸡腿、鸭脖子，以及羊肉串、火腿肠、香肠，还有鱿鱼、鲫鱼、韭菜、香干、香菇，等等。那粉嘟嘟的鱼丸子、青青的辣椒、黄黄的玉米和紫色的茄子，一字儿摆在那里，看着就让人流口水。

此时，小翠麻利地拿出一摞羊肉串，摊放在铁丝网上，然后往羊肉串上撒辣椒粉及调味品，刷在肉上的油嗞嗞作响。她一边翻动手中的羊肉串，一边拿着一张厚纸板不停地扇风，木炭在盆中燃着，诱人的味道在空中飘着，豆粒大的汗珠不住地从她的额头上滑落下来，火光映红了她的脸庞。

我知道卖烧烤也不是一件容易的事情，如果烤得不好吃，别人不会回头再来。而她的生意还不错，2元一串的肉，1元一串的蔬菜，一个晚上能卖掉约100串。鲜嫩的肉质、恰到好处的火候和分量适中的配料，加上她能用花椒和特制的酱料勾出你舌尖上那一丝的麻酥酥的感觉，让人觉得吃上几串各式的烧烤是件很惬意的事情。因此我常常会去光顾她的烧烤摊。

小翠是个来自祖国的大西南、怒江峡谷的深处的女孩，清瘦的脸颊，单眼皮，睫毛长长的，鼻子小小的，嘴唇厚厚的，一束“马尾巴”随意地甩在脑后。她穿着一件显然经过改缝，但仍显得有些肥大的粉红色衬衣，领上镶着的白色荷叶边线脚已经脱落，足见她已穿了好多年了。第一次见到她，真有点不相信她已经17岁了，单薄的身体、一米五差不多的个头让人感觉她最多只有十四五岁。

小翠的老家群山环绕、交通不便。8岁那年，母亲上山砍柴被毒蛇咬了，由于救治不及时，虽然捡回了性命，却落下了半身动弹不得的毛病。她的父亲是一个沉默寡言的农家汉子，一年到头总是忙碌不停：春种、夏锄、秋收，喂猪、放羊、伺候鸡鸭……好不容易到了冬天，又要为来年的庄稼准备种子。在她的记忆里，家里好像有永远忙不完的活儿，父亲永远没有空闲的时候。日夜操劳、疲于奔命的父亲前年终于得了一身重病。面对窘迫、苦难的家庭，看着身体日益佝偻的父亲和日见憔悴、衰老的母亲以及羸弱的妹妹，她含泪辍了学，在家干活。去年春节过后，父亲托人说情，她跟着寨上的一对年轻夫妇到温岭做起了卖烧烤的生意。也许，别的孩子像她这么大的时候还在父母身边撒娇，还在老师面前嬉闹，无忧无虑享受着快乐，而她却用那稚嫩的肩膀挑起了照顾家人的重担，成了一家人救急救命的指望！

离家已经一年多了，她舍不得添置新衣服，更没有买过可乐、肯德基，一年到头也不轻易吃餐肉。只要身体吃得消，她天天都会到这里来摆摊，即使在暴雨如注的晚上也舍不得歇着。站累了，她就蹲下稍稍休息一会儿。每天，等休闲中心的娱乐城和歌舞厅打烊之后，她才收拾一下摊子回出租屋。为了能买到既便宜又新鲜的食物，她总是抓紧时间睡个囫囵觉，然后匆匆起床赶在别人面前去进货。进了货后，忙完洗洗刷刷、串竹签什么的一大堆事情，没等喘口气又到了晚上出摊的时间了。她常常觉得好困，但想到基本上当天准备的东西当天都能够卖完，她的睡意又会无影无踪。

她说，等她赚了钱，第一件事就是考虑还清家里所有的债，第二件事就是要让品学兼优的妹妹继续上学，还有就是让父母过得好一点。她的愿望就这么简单。

面对来买烧烤的人们，小翠总是用微笑掩饰着疲惫的神情。我看到她眼睛里流露出来的是那份倔强和坚毅。

街角烤薯人

深秋的街头，一入夜就透出阵阵寒意。而他的心里却热乎乎的，因为他今天又卖出了将近40斤的烤番薯。闲下来的时候他计算了一下，这些天差不多每天都有四五十元的收入，照这样下去，不到春节就可以攒下5000多元。有了这笔钱，他打算再跟亲戚们借一点，想在老家盖两间房子。家里的老房子已经破旧得不行，除了老是漏水，风大一点还会摇摇晃晃的。父母都70多岁了，母亲前几年得了一场病，现在还卧床不起，两个孩子还小，都是由父亲带着。老房子要是倒塌下来，砸着老人孩子可不是玩的。

他是8月底从河南洛阳老家专门到温岭卖烤番薯的。一个铁皮做成的简易烤炉、一篓子木炭、一蛇皮袋番薯，以及一把木杆秤和一部三轮车就是他做生意的全部“家当”。烤番薯要有极好的耐性，烤熟一个番薯要一个半小时左右；还有，一天到晚要守在烤炉旁，又脏又累，又没有多少赚头，许多人是不屑于干的。但他觉得越是没人干的活，只要动动脑子，收入不一定比干别的差。

刚到温岭的时候，他的生意冷清，一天下来也卖不出20斤番薯。连续十几天，他都在眼巴巴地看人来人往。尽管吆喝声一阵高过一阵，有的人还是看一眼就走了。这让他着急得不行。这天，有两个女孩子来买烤番薯。这两位也实在太挑剔了，把摆着的番薯捏了个遍，只拣了两个最软的放在秤盘里，嘴里还不住地嘀咕着：“拣圆的软的好，不长筋，烤得透。”有一次，一个顾客带着孩子路过他的摊前，小孩子听见他的吆喝就挪不动步了，拽着大人要番薯。可那大人皱着眉头对小孩说："别吃了，连洗手的地方都没有。"这时候正巧有对恋人模样的小青年刚想买，听了这番话就走了，再没回头。这些情形给了他不少启发。于是，他琢磨开了，进货开始有选择了，番薯太大了不行，熟得慢、费火不说，还不好卖；太小了也不行，虽然熟得快，但容易焦、糊；专选中个的、紫皮黄瓤的番薯进。更要紧的是火候要控制好，质量要保证。此外，他还备了一桶清水，一些食品袋和一包餐巾纸。这样一来，生意果然有了不少起色。

生意好些了，他就老是想着在老家盖房子的事，所以，他干得格外的勤快。每天5点多钟就起床，先把炉子生好，把洗好的番薯放进去烤，7点左右，他就推着三轮车出门，开始一天的生意。中午就在附近花一两元钱随便买点儿东西吃；晚上回到出租屋，还得洗番薯。一天忙下来，就到夜里十一二点钟。每个星期，他会去菜市场买一两次番薯，每次都要买一两百斤。

此时，他系着蓝布围裙，戴着袖套，伫立在步行街超市边上的拐角，不时地掀开盖子，粗糙的沾满薯汁的手翻动着炉中的番薯。番薯的一面烤熟了，翻过来再烤另一面，直到整个番薯烤熟了烤软了，有个香喷喷的味儿，才从烤炉里把番薯取出来，然后一个个整整齐齐地放在炉子的上方，空气中弥漫着一股甜甜的很诱人的味道。他烤的番薯从不用手反复捏，据说，这样烤出来的番薯才不会半生不熟，也才会散发出一股浓郁的香气。

我跟他买了两块番薯，用手掰开一块，只见亮晶晶的淀粉粒就扑簌簌往下掉，吃在嘴里，香喷喷的，好似煮熟的鸡蛋黄；另一块外表呈黄色，用手一捏，好像熟透了的软柿子，从番薯皮干缩的裂缝处，渗出一股金黄色的薯油，还未入口，一股浓浓的甜香气早已直扑鼻子了。

他说，烤番薯的原材料是很有讲究的，有的番薯虽然生食脆甜，可代替水果，又可当蔬菜；熟食则可做主食，蒸、煮、煎、炸，吃法众多，一经巧手烹饪,也能成为席上佳肴,但是用来烤就不一定合适。温岭的“红毛丹”“六十日”相当不错,和老家邙山的“五三”番薯一样地道,是烤番薯的上品,外表橙黄,里面呈橘红色,烤出来的番薯让人吃了还想再吃。

对此,他会提醒你,番薯虽然好吃,营养丰富,但含有大量淀粉,热量也很高,吃多了会使过多淀粉进入胃肠,胃肠蠕动紊乱,很容易引发便秘。特别是患有慢性胃炎和消化性溃疡的人,过量食用会加重反胃、胃灼热的症状,会给身体健康带来不好的影响。

夜渐渐深了,行人已经不多,街头显得很是冷清。我问他:“这么晚了还要做?”“再等会儿,还会有人来买点当夜宵的,能多赚点就多赚点吧。”说着,他给炉子加了几块炭。风儿把烤番薯的香味传得很远、很远……

卖草药的阿凤婆

温岭人对草药似乎情有独钟，几乎有菜场、农贸市场的地方，就有各种草药出售。每到集市日，城区的牛轭街、前溪路和溪滨路，更是随处可见各式各样的大大小小的草药摊，仅在文化桥菜场周边一带，卖草药的地摊就多达10多个。阿凤婆的草药摊就是其中的一个。

阿凤婆的草药摊摆在溪畔的香樟树下，虽然不大，但用于治疗的、保健的、抑菌消炎、止血止痒的草药一应俱全，那些草药，大都是晒过或者已加工过的干品，也有鲜活的，如仙斗、岩珠及九死还魂草等。那些或为块状，或为藤状，或为根状的草药，有用塑料编织袋装的，有用竹篓子装的，也有直接放在地上的，品种虽多达近百个，却摆放得整整齐齐的。

见有人留意那些草药，阿凤婆一边张罗着做生意，一边兼顾地介绍起她的草药名称和用途来。比如，用炒决明子和苦丁茶等草药冲泡，具有清热降火、平肝明目、降血脂和降血压的功效，特别适合老年人服用；马兰头、墨斗草治刀伤止血效果都很好；采用新鲜的艾草、菖蒲、银花藤、野菊花、麻柳树叶、桉树叶、九节枫、活麻、柳树枝、野薄荷、桑叶等草药煎水制成的草药浴，不但可以让人放松精神、消除污垢，还可以祛风除湿、清热镇痛、活血消肿、止痛止痒。此外，如果用来洗头，还具有清脑提神、去头皮屑的功效，用来洗脸，可消除脸上的暗疮，防止青春痘的滋生。正在地摊买草药的一位老伯说："这些草药确实不错，我们家里的小孩，去年得了恶性痢疾，上吐下泻，去医院又是打针又是吃药，花了好几百元都无济于事，后来只吃了几帖草药就见效了。真是单方气死名医哪！"

除了本地人光顾外，我在阿凤婆的草药摊前还看到不少操着外地口音的人。有买畚箕草泡水喝，治疗拉肚子的；有买鱼腥草退热清凉的；还有买夜饭红、大蓼梗治疗风气痛的。他们在提着一把把、一捆捆的草药转身离去之前，阿凤婆总是不厌其烦地告诉一些用法、用量和少吃辛辣生冷食物等注意事项。

阿凤婆老家在城南观岙的山脚。她说，那里山高树密、水净、空气好，有许多草药，如铁凉伞、青木香、七叶一枝花、过地龙和叶下藏针等，这些草药，无污染，味道纯正。

阿凤婆小时候经常跟母亲上山采草药，认得不少中草药，对各种草药的药性也有一定的了解。在当过工人，卖过干果、小五金，做过服装生意等，生活依然没有得到改善之后，就索性做起了卖草药的生意。

但这并不是她自学中医、卖草药的唯一原因。1992 年，她的婆婆得了肺癌，做完手术后不到 3 个月就离开了人世。"我记得看到过一种用中药调养的方法，如果那时候自己懂中医，能用中药试试，婆婆可能就不会走得那么快。"十几年过去了，阿凤婆仍对此耿耿于怀。从那时起，阿凤婆的家里便开始多了很多有关中医学的书籍。经过多年的摸索以及请教老药农、中医师等方式，她不仅熟悉了煮小金钱、珍珠米须汤治疗肝胆结石和尿路结石，还掌握了许多像用南瓜皮对付黄疸肝炎之类的单方，尤其应对小孩子的咳嗽、哮喘很有一套。

她拿出一个发黄的小本子给我看，只见上面写满了密密麻麻的字，"这是我从书上摘下来的，有空时，可以随时拿出来看看。有时，我手上一边在做事，脑子里一边还在背验方。"由于长期触摸草药，阿凤婆的双手泛着土黄色，凑近了还能闻到淡淡的草药味。

当我笑着问她，为什么别的地摊上，夏枯草比她摊上的要更长更壮时，她急得满脸通红："我的夏枯草是真正野生的，那些长得又长又粗的很可能是人工栽培的。”

她卖的草药大多数都是自己上山采集的，基本不需要什么成本，生意好的时候一天能卖个200来元，差时也会有个二三十元的收入，比年轻人打工还强。卖草药除了帮她解决了经济来源问题，健康上也获益匪浅，一年到头很少有头痛脑热的。更让她心里特别高兴的是可以帮助别人。“很多邻居碰上个感冒咳嗽的小病小灾，都会来问问我，自己煎个板蓝根汤，很方便，见效也快。他们吃了我开的药，病好了，我比买福利彩票中了奖还高兴。”每当有人来买草药，她常常会教他们平时炖汤如何加点杞子、山楂、党参和红枣，如何煮药粥、做家常药膳，还常常会把自己配制的药酒送人品尝。

阿凤婆说，现在医院、药店遍地开花，新药越来越多，卖草药越来越难了。不过，虽然生意不如前些年，但只要医院的药价还是那么贵，看病还是那么麻烦，老祖宗传下来的偏方、单方就不会失传，我的草药就还会有用武之地。说话间，阿凤婆拿出切药刀、压板，将切药刀固定在支架上，一手持压板压紧知母，一手上下来回扳动切药刀，一片片薄得透明的知母便打着卷儿顺势而出，她满是皱纹的脸上绽开了笑容。

卖花郎

虽然街两旁的梧桐叶都已经枯黄、凋零，那三轮车上千姿百态、争奇斗妍的各种鲜花，却依然让人感到春意盎然。你看，那洁白的百合和火红的玫瑰，那含苞待放的蝴蝶兰、艳丽的瓜叶菊、一品红及红掌，还有满天星、仙客来、薰衣草，以及翠绿的水竹、各色的康乃馨，使整辆三轮车无论从哪个角度望过去，都是一幅五彩缤纷、生机勃勃的迷人图画。

仿佛受花的风韵感染，正坐在那里修剪着玫瑰枝的他，虽说身材有点矮小、瘦弱，但显得很是精神，乌黑明亮的眼睛，在肯德基橱窗灯光的映衬下，更加黑白分明；挺直的鼻梁，向上微翘的嘴角一如雕塑般有立体感。

想到家里的花瓶正空着，我不由得向他走去。他忙放下手中的花剪站起来，我这才发现他的右腿有点瘸。“马蹄莲怎么样？你看，开得很美。”他小心翼翼地抽出一束养在塑料桶里的马蹄莲递给我，那马蹄莲的花儿素净洁白，绿茎笔直粗壮，黄色的蕊吐露着幽幽的芬芳。

我却挑了几枝紫色的勿忘我和一束白色的紫罗兰。我想，盛开在盛满清水的透明花瓶里，紫色和白色的搭配会更显幽雅。

“勿忘我白色的小花，还可以做成干花。这种花是很有点个性的，死去了还有和活着的时候一样的容颜。”他微笑着很专业地提醒我。

看得出来他性格直爽，健谈，也不把我当“外人”，我们很快就聊开了。在攀谈中得知，他已经26岁了，得过小儿麻痹症，在老家湖南洞庭湖畔读职业技术学校，学的是烹饪，但就业时人家有意无意地对他那条腿看不顺眼，加上他闻不惯那刺鼻的油烟味，于是选择了卖花。卖花的理由是从小就爱花，上学时跟花艺班的同学学过切花和插花；还有一个理由就是倡导环保，他说："如果房间里有花，有花的清香，就不需要空气清新剂，空气清新剂是化学品做成的，对身体不好。"再者，他觉得，生活中人人都喜欢鲜花，几乎所有喜庆的节日里，谁也离不开花卉的点缀，只要鲜花能够保鲜、保活，鲜花事业就会有蓬勃的生机。

他卖花已经有三年多了，而来温岭的时间不长，今年五月间听老乡说，温岭是个新兴城市，发展机会多，就过来了。他原来一直在城区的步行街和东辉广场卖，最终之所以选择东辉北路和万昌西路的交叉口，是因为看好这里有人气比较旺的购物中心、超市、肯德基，不远处还有夜酒吧，夜酒吧街上的先生、女士爱浪漫，鲜花在这里好销。他相信，随着圣诞节、元旦、春节和情人节的逐渐临近，各种鲜花会更俏销起来。

他的车把上挂着一把插花，花不仅漂亮而且插得挺有味道，整体造型以及每个花枝形姿色韵都使人值得揣摩回味。见我凝视着它，他便饶有兴致地说起插花来。"插花的艺术美主要在于其花材、布置、容器是否与环境相协调，是否符合韵律、均衡和调和等构图原理。人生如插花，只有找到适合自己的位置，才是美的，为了找到位置，要先认清自己，扬长避短，还要与他人和睦共处。"说得兴起，他都有点眉飞色舞了。

当说起"花经"时，他更是侃侃而谈。比如，不同的鲜花含义各不相同，搭配时不可只讲究外观美丽，一不小心搭配错误，可要闹笑话了。满天星传递悠悠挂牵之情；红玫瑰是爱情的最佳代言人，代表热情真爱；勿忘我，顾名思义，含有永志不忘之意；百合传达的是爱慕，还象征百年好合。比如，卧室是休息的场所，需要营造一种恬静舒适的气氛，可在窗旁放置一盆茉莉、桂花或月季，芳香怡人，给卧室增添几分温馨；书房是读书写作的地方，应创造清新雅致的环境，可放置米兰、水仙、茉莉等清秀文雅的花卉。

他还告诉我，他每天下午一点多去进货，傍晚五六点钟出门卖花，往往子夜过后才回出租屋。虽然说一枝染色的银柳只卖5毛，康乃馨只卖8毛，五头的百合花才卖8元，要卖出200来枝花才能挣到100元，但每个月除去成本和开支，还能有八九百元的盈余。尽管目前生活还不富裕，但是能用自己的双手自由经营生活，他感到很欣慰也很知足。

谈到以后的打算，他说最大的愿望就是在阿里巴巴、青青花木或中国绿化等网站注册，并在网上建立鲜花配送销售咨询站，为花卉消费者提供行业资讯、送花知识、节日送花、婚礼庆典及情人鲜花、生日鲜花、友情鲜花、祝福鲜花、会议鲜花、商业花篮等。

“我一定会实现愿望的！”说这话的时候，他的眼中闪烁着坚定的光芒。

“外路”小杨

温岭人习惯叫外地人为“外路”，“外路”小杨是万寿路上一些家电公司对既骑车送货又当搬运工的三轮车夫小杨的昵称。

小杨叫杨明亮，家在河南宁陵的黄河故堤边上，今年23岁。他是前年到温岭的，在打了一年多零工后，便蹬起了三轮车。刚开始活儿不好找，他整日都挺犯愁的，因为全家五口人的生计几乎靠他一人维持。他父母在家种着小麦和花生，但一年做到头，不够吃不够用，还落下不少债务；父亲患气管炎，母亲多年害胃病，越来越厉害了也一再拖着。每天，他都和几位伙伴守在刚竣工的建筑工地、家电公司和花鸟市场、车站等地方找活儿。

不过，机会还是垂青了他。一天，一家电器商场人员找他和同伴们卸一车电视机。干完活儿结账时，别的车夫都讨价还价，有的还要高价，而小杨不讲，给多少就是多少，给电器商场的人留下了深刻的印象。从那儿以后，小杨就成了这家电器商场的“编外员工”。他的活儿越来越多，人也越来越忙。

我是在买电冰箱的时候认识小杨的。那天，商场员工向我推荐他当搬运工。瞧他不高的个头和一副看上去并不怎么结实的身架，我有点不信任地摇摇头。他笑了笑，并不答话，摞起衣袖，一下子就把电冰箱抱上了车。上楼梯时他把电冰箱往身上一背，我想扶他一把，他都说没有必要。一台电冰箱总有两百来斤吧，且两根细细的塑料打包带滑溜溜的难以着力，他却能稳稳地背上三楼，一会儿也不歇，不得不让人刮目相看。

很多次我看到他送货的时候总把那些空调、电视机什么的堆得高高的，轮胎被压得很瘪。我一直猜想这三轮车上面的货物到底有多重，骑着这堆满货物的三轮车到底需要多大的力气。

小杨用手指着高高的货物告诉我有500多斤，说到车上货物有500多斤他可以轻松拉着走的时候，小杨有些得意地笑起来。其实一开始蹬车时他的车总是摇摇晃晃的，行人见了都躲着走，现在蹬的时间长了，练出来了。小杨还说，要是有辆电动车就好了，那样跑起来就稳当方便多了。

小杨最喜欢的是夏天和节假日，因为夏天买空调、冰箱等家电的人多，节假日电器商场搞促销活动多，这样，他的生意就更不错，苦是苦了点，但一个月下来也会有2000元左右的收入。许多时候，他不吃早餐，午饭也很简单，就在装完货的间隙随便在附近的小吃摊里吃点东西，或干脆买几个包子，就着白开水，边走边吃。忙完了一天的活儿后，回到出租房往往是十点多了，他就将就着做点晚饭吃。他要尽量多积些钱，早日让父母到大医院去看病。

小杨最怕的就是刮台风的天气，每当刮台风的时候生意不好不说，他也很难控制三轮车，他最担心的就是货物遭雨淋。有一次，行到途中，忽然雷电大作，下起了倾盆大雨，为了不使货物进水，小杨被淋成了落汤鸡，第二天发了烧，打吊针用了130多元，想起来他就心疼得不得了。

在等活的间隙，小杨会挺专心地听商场营业员介绍商品知识。虽说初中还没有读完，时间久了，他也懂得如何选择满意的冰箱和洗衣机，如何正确使用电视机和消毒柜。买煤气灶他会帮你调好风门，买微波炉他会告诉你在加热食物时，给装食物的碗外面套上保鲜膜，这样加热的时间就会缩短，等等。小杨说："送货员干的虽然是体力活，但同样需要学习业务知识、专业技能，要不然客户向我咨询我什么也不知道，多不好意思。"说这话时，小杨的语气极为平实。看得出，对于眼下的生活方式，他还是觉得挺满意的。

擦鞋的孕妇

“擦鞋喽！皮鞋擦擦?”当有人从文沁公园边上走过时，人行道旁那一字儿排开的十几位擦鞋女，便纷纷用半生不熟的普通话招揽起生意。在这群人中，有一位腆着大肚子的擦鞋女坐一会儿就变换一下姿势，两手还不时捶捶后背、揉揉胳膊，或者敲敲大腿，然后直一下腰；一袭红衣加上银白色的绲边修饰，使她看起来分外的显眼。她和颜悦色地坐在那里，盯着热闹的人民路上那些来来往往的鞋子，时不时轻言细语地唤上一声：要擦鞋么？那声音好像是一种善意的提醒：你的鞋子有点脏了哦。

我看看脚上的那双鞋，已有好几天没打理了，布满了灰尘，于是便向她走去。擦鞋女赶紧起身给我拉过一张高背的椅子，然后自己坐在矮凳子上。听从她的吩咐，我将一只脚搁在踏脚架子上。那踏脚架子看样子很旧了，踏脚处被踩踏得像抛了光似的锃亮了。

她那双粗糙的手麻利地从装着鞋刷、鞋油、饮料瓶做的小水桶，以及一大堆擦鞋布的工具箱里拿出两片硬纸板，插进鞋帮内的两侧，再用抹布蘸着清水仔细地将鞋面上的灰尘擦去，随后用一柄牙刷轻轻剔刷鞋缝的污垢，取块干布将皮鞋上的水吸干，接着就开始上油了。

在她忙活的时候，我打量了一下这位擦鞋女。虽然她的年纪看上去最多也就三十一二岁的样子，但从她黝黑的脸上不难看出生活的沧桑。她的眼睛不大，鼻子有点塌陷，黑红的脸颊上长满了密密麻麻的雀斑，但头发梳得整整齐齐的，头路挑得泾渭分明，两侧相对位置各夹一个绿色的塑料弹簧卡，脑后还编着一根大麻花辫，显得挺有精神的。

将鞋油打均匀后，待它稍稍风干，她拿起两把大刷子左一下、右一下，一遍又一遍地在皮鞋面上刷起来。不一会儿，她的额头上就汗涔涔的。接下来她从工具箱里取出一块馒头大小的蜡来，用刷子在蜡上蘸一下后再在皮鞋上抹一下，又拿出一根两头各结有一个小圈的长绒布带。只见她将两只手掌套进小圈，向两边张开手臂，绷紧布带，两只手臂一左一右地来回移动，布带便在我的皮鞋上擦拭着抛光。一来一去，片刻之后，皮鞋就亮闪闪的仿佛照得见人影子了。等她擦完了两只鞋子，我看到，汗珠从她额头滚下来，湿润了满脸的红晕。

瞧她把我的皮鞋擦得跟新的一样，我忍不住要多付她两元钱，她不肯接，笑笑说，我只收我该收的哩。

后来我又去找她擦了几次鞋，来的次数多了，我慢慢知道了一些这个擦鞋女人的事。她的家在安徽省肥西县山南镇的农村，老公半年前在建筑工地的脚手架上摔下来，伤得不轻，根本没办法出去干活，就一直躺在家里；而家里上面有两个老人需要照顾，婆婆还患严重的风湿性关节炎，下面有个小孩要吃要喝，家里急着要用钱呢。她说没办法，只能腆着大肚子乘农闲出来赚点小钱。“我们在家里干活收入太低，出来打工，没有手艺，干不了别的，人家工厂也不要，只好擦皮鞋喽！现在擦鞋的人太多，生意也不好做！”

“一天能擦多少双鞋？”我问。

“一般二三十双，运气好时能有四五十双哩。”

“看来擦皮鞋也不是一个好行当啊！整天雨打日头晒的。”我有点同情地说。意想不到的是，她的回答却让我吃惊：“与卖菜、卖水果的相比，其实这个行当还是不错的，时间自由，活计又不重，而且只赚不赔，钱也没人拖欠。”她说她是个容易满足的人，能在城里过日子，而且还能赚到钱，还有什么不满意的呢？

来温岭擦皮鞋已经差不多半年了，她有点喜欢上这个地方了。她说温岭不仅经济发达，人也挺有人情味的，在这里干活心里舒坦。擦鞋的时候，手头再忙她也会抽空给顾客一个清澈的微笑，或者赞美一下人家的皮鞋，或者拉上几句家常，将人家脏兮兮的皮鞋擦得油光闪闪的同时，也把人家的心情打理得清清爽爽的。她只想让每个人能光鲜地在阳光下走动，不把灰尘和污垢从一个地方带到另一个地方。

前天我又去擦鞋，但她没在，我在她常坐的那个位置前站了许久。我问旁边的一个大妈，她说好像是她婆婆让车子给撞了，她回家了，可能最近一段时间不会来了。

不知道为什么，我的心中一下子觉得有些空荡荡的，并不知不觉地有了一丝牵挂。于是，我就在心里开始为她和她的家人祝福！

踩黄包车的阿祥

阿祥皮肤黝黑，身体壮实，额头上皱纹深深，满脸都是饱经沧桑、风尘仆仆的样子；他身上那件印着广告的老头衫也挺破旧的，让人一看就知道是位朴实敦厚的庄稼人。这个50岁的汉子，来自江西鹰潭市西南的龙虎山下，两年前就来到温岭这座小城干起了踩黄包车的营生。

在众多的黄包车夫当中，他显得很普通，也很不显眼，看上去和那些黄包车夫没什么两样。无论是白天还是黑夜，他和那些伙伴将黄包车停靠在有些拥挤的汽车站、酒店、超市和医院门前，以及马路的十字路口。当有人朝他们走过来的时候，等候着的他们便围了过去，用家乡话或半生不熟的普通话讨价还价，若客人开的价贱了，多数车夫便会散去，只有他和几个不死心的还会在那里磨。运气好时遇到客人干脆的，他便像得到好彩头似的踩动车子，然后不出一会儿便连车尾巴都看不到了。穿行在大街小巷，走遍城市的每个角落，黄包车所到之处，除了留下车轮摩擦地面的声音和深深的车痕，还有洒满了路面的汗水。

此时是正午，太阳大得足以把人熔化，我坐上了阿祥的车。在近40摄氏度高温的炙烤下，阿祥头上戴着草帽，脸上挂满了汗水，肩上搭着一条不知是被冷水还是汗水浸透、看不出本来颜色的毛巾；他把老头衫撩得老高，把裤腿也卷到了膝盖，小腿上的青筋不知疲倦地突起。他那结实的腰在黄包车车座上方有规律地扭摆，车把上挂着的那瓶装着凉白开水的大可乐瓶也忍不住扭腰摆臂跳起舞来。他穿着解放鞋的脚底踩出有节奏的“咯吱咯吱”“吱吱呀呀”的声响。在夏日的热浪里，我看到他的颈上溢出一颗颗白色盐粒，大颗大颗的汗珠从他古铜色泛着光亮的脊背流油似的滑落，湿透了裤腰。

行车中的阿祥十分健谈，说话也幽默，虽然已是疲惫不堪，嘴里粗粗地喘着气，却依然谈笑风生，什么社会民生、国际新闻、小道消息都成了他的话题。他说，前些天夜里一个开“广本”的老板酒后开车，撞死在体育场拐弯路口，死者的妻子在医院捶胸顿足，他那两岁大的儿子睁着圆溜溜的眼，对着摄像机镜头露出天真的笑容。他还说了有关今年高考的内容，像多少人参加高考，哪些院校的组档线降了或升了之类的。说的更多的当然是关于北京奥运会的事。

虽然，阿祥看上去和那一群黄包车夫没什么两样，其实他和他们还是有很大的区别的，比如，他的口袋里常年会揣着本英汉辞典。8年前，阿祥上了初中的女儿对英语课不怎么感兴趣，成绩如坐滑滑梯，为了鼓励女儿好好学习，阿祥就和女儿约定一起学英语，还搞起了竞赛。从那以后，学英语成了阿祥生活中不可忽略的一件大事。无论是等活的间隙，还是睡觉之前，阿祥都要抱着英语书或辞典翻几页，遇到不明白的地方，他就记下来，向坐他车的学生请教。现在，他的女儿已经考上大学外语专业，在他的影响下，正在上高中的儿子英语成绩也很不错。自己学得怎样？他不知道，有时候只想找人过过招。

在温岭这个小地方，几乎没有什么外资企业，一年到头来旅游的外宾也很少见到。3月的一天，阿祥在法雷奥汽车配件厂门口拉了一位人高马大的外国人，他心里痒痒的，挺想试试自己的口语水平，于是他就壮着胆子来上这么一句："Hello, how are you?（嘿，你好吗?）""Welcome to Wenling, do you like Wenling?（欢迎来温岭，你喜欢温岭吗?）"那位外国人听得一愣一愣的，嘴巴张得好大。也许他在想，一个踩黄包车的竟会有这么一手，太不可思议了！

“学英语这么多年还是第一次与外国人对话，刚开始别提心里有多紧张，可说了几句后就跟人家聊开了，还挺顺的。”阿祥笑着说。那位外国人下车时还称他英语讲得非常棒。尽管好长一段时间过去了，当说起这段经历时，阿祥依然觉得很开心，一脸的自豪和压抑不住的兴奋。

穿黄背心的补盆人

在我上班经过的一个路口，这几天，突然多出了一种叮叮当当的敲打声。那是一位穿着一件黄色背心的汉子在修补盆子。他约莫四十出头，瘦削的背有些驼，皮肤很黑，在笑的时候还露出了他那洁白的牙齿。在夏天的树荫下，汗流浃背、满脸灰尘的他格外地引人注目。

每次我路过的时候，都看见他低着头拿着工具专心致志地敲打着，手中的活好像总是做不完。他脚边放着一大可乐瓶水。那个可乐瓶外表被磨得很毛糙，而且有些变了形，不知是被烈日烤的还是被挤压的。

随着几次的接触，我和他渐渐熟悉了起来。

他告诉我，他是安徽安庆人，到这个城市已两年多了。踩过黄包车，做过送水工，也在保洁公司做过清洁工，还倒腾过水果，在工地搬过砖头。一路走来，经历了太多的风风雨雨，现在在做环卫工。年轻的时候学过修补盆子，这段时间有点空闲，反正闲着也是闲着，就在这摆个摊子。无论是铁的、铝的、铜的或不锈钢的，还是塑料制品、陶器或瓷器的水壶或是盆子等都可以修补，甚至汽车、拖拉机，以及摩托车的排气管、油箱、水箱及部分零部件他也能修补。

我常看见边上小区里的阿婆、老伯拿着旧盆子过来，又满意地离去。看起来，他的生意还不错。

一天早上，我又看见了他。也许时间还早，没揽到活，他正拿着一本很破旧的书本在入神地看，我喊了两声都没听到。我以为他是在看武打小说消磨时间，就拍拍他的肩头，随口说了一句：“怎么，休息的时候还要练功啊?”

他扬了扬书，我看见那是《小学奥林匹克数学决赛题》，这多少让我有点感到意外。“呵，你要去参加奥林匹克数学比赛吗?”我打趣道。

“哪里啊！小时候没念过几年书，没多少文化，现在回到家很丢人，小孩问个问题什么都不知道。现在俺就借着没事的时候，拿出来看看，免得一问起来什么都说不上来!”他一脸的认真。

原来是这么回事。瞧书都被翻成了那个模样，那本书一定被他捂在口袋里带来带去的不少时间了。我心里想，真是个好父亲呀!

“小孩越来越大了，要问的东西也越来越多，逼得你不学都不行。可不能让小孩长大了再像俺一样没出息!”他不再明亮的眼眸里露出几分希冀的光芒来。

这是一名极其普通的农民工，没有出众的外表，没有特殊的话语，更没有高深的学问，然而我觉得他很不一般。

他要承受着现实生活太多的压力，却不让现实把心中的梦想撕碎。他说不出什么大道理，所做的也许很平常，但是，他让我感到了一种叫作责任的东西。这一点足以说明他是个不简单的父亲。有了纯粹的念想，我相信在他的身上一定会发生辉煌的故事，并且我相信，他的孩子将来会十分感恩他的父亲的。

我不由得向他投去崇敬的目光，他在我的眼里顿时变得高大起来。

第五辑　踏歌而行

巧手剪出海韵来

温岭海洋剪纸就像是一颗神奇的种子，多年前在郭献忠手上开始萌芽，之后不断抽枝、发蕾，绽放成温岭大地上的一朵艺术奇葩，继而结出丰硕果实，一次次亮相于国家最高的艺术殿堂，甚至越过千山万水，远渡重洋。

温岭海洋剪纸成长的过程说起来平平淡淡，却似乎有着几分传奇的意味，这不由得使人们把关注的焦点聚集在郭献忠的身上。

在一个海风轻吹的日子我又一次来到了石塘镇箬山。

郭献忠的家就在箬山电管站后面窄窄的巷子里。一走进郭献忠的家，就像走进了一个绚丽多姿的艺术世界。你瞧，在那间十多平方米的工作室里，书架上、橱上、茶几上摆满了他用泥巴捏的，纸头剪的，布片贴的，竹筒刻的，石头堆的，毛线织的，小瓶画的“小玩意儿”，那些堪称世上独一无二的作品，千姿百态，令人目不暇接。

当然，更引人注目的还是他的剪纸。这间小小的工作室的北墙，便是别具一格的“剪纸墙”。那几十幅想象丰富、构思独特的剪纸作品，或大刀阔斧或精雕细刻，或直抒胸臆或婉转含蓄。那些古朴、凝重的渔村石屋，憨厚、豁达的渔民，世代相传的独特民风民俗，美丽的渔船、沙滩，无不浸润着浓郁的温岭渔村民俗风情，饱含着郭献忠热爱故乡，热爱生活以及对艺术执着追求的满腔热情，同时也记载了这位艺术家近 60 年如一日孜孜不倦奋斗不止的足迹，彰显了郭献忠深厚的艺术造诣，让人们看到新时代剪纸艺术的巨大魅力。置身于他的工作室里，欣赏着这一幅幅作品，我似乎闻到了海水的咸腥味，清爽的海风在耳边掠过……

郭献忠于1934年出生在石塘镇箬山渔村。箬山是一个三面环山、西南濒海的半岛，岛上渔民多为闽南回族后裔，据说他们的祖先是从台湾西部沿海移居过来的。闽台回族的古老风俗和渔民们海上生活习俗，经长期演化，在温岭形成了奇异、别致的乡土风情。奇妙的大海和渔家风情赋予了郭献忠无穷无尽的遐想与灵感。自小就心灵手巧的郭献忠从1958年开始如痴如醉地迷上剪纸后，不停地剪石屋、剪渔船、剪海螺、剪浪花。几十年下来，他竟创作了3000多幅剪纸。这些剪纸，内容广泛多样，有记述成语、谚语、歌谣的，有描摹山川树木、花鸟鱼虫的，还有刻画神话故事、戏曲人物的，而在这些作品中，以浩渺的大海和渔民的生产、生活情景为题材的则无疑占了绝大多数。至今，他已经有千余幅这样的作品在近百种省级以上报刊上发表，其中有6幅剪纸被中国美术馆收藏。他的剪纸作品还频频参加各级展览并获奖。比如，1983年6月，他的《网鱼》《织网》《满载而归》等参加了鲁、皖、苏、沪、浙、晋、滇等省市的剪纸联展；1992年2月，《七月七》被送往瑞典参加了在玛尔摩市举办的“中国民间艺术展”；2006年10月，在首届“杭州·国际剪纸艺术节暨第二届桐庐‘神州风韵’全国剪纸大赛”上，郭献忠以一幅《渔家唢呐》获得了金奖，并荣膺“十大神剪”称号。2007年8月间，在由中国人民对外友好协会、山西省文化厅、东西方艺术家协会等共同主办的“第三届国际剪纸艺术展”上，郭献忠获得这次艺术展组委会颁发的“终身成就奖”。据了解，“第三届国际剪纸艺术展”参与展览的作者之多、水平之高、规模之大是前所未有的，不仅全国各地都有作品参加，还收到从美国、德国、日本、韩国、瑞士、波兰等十多个国家寄来的作品。可以说这次展览是国内外剪纸精品的大汇展，代表了当时中外剪纸的最高水平。郭献忠的作品以其鲜明的地方特色和艺术特色赢得展览组委会的一致好评。

为了艺术地再现渔家风情，为了使作品具有强烈的感染力，郭献忠始终把生活作为艺术创作最好的老师。他忘记了有多少回头顶烈日带着速写本到海边、到村头寻找创作素材；忘记了有多少回冒着如注的暴雨，体验渔家人奋勇抗台的感受；忘记了有多少回随着船队远航，有意识地捕捉自己的动情点。在日常生活中他也总是注意观察、勤于思考，在亲近自然的过程中，时刻想象着海浪、渔船、石屋在剪纸作品中的布局、构架和图案处理等。此外，为了赋予作品深厚的文化意象，他博览群书，利用一切机会为自己充电，使剪纸技艺日渐炉火纯青。

由于他少时勤学好练，成年后又长期在教师的岗位上工作，具有良好的文化和艺术修养，因而他的作品总是透出淡淡的书卷气，让人回味无穷。他的《大带鱼》《夫妻织网》《渔老大》《新船下水》《海风》《渔家乐》《小风车》《扛台阁》《大奏鼓》等作品，阴刻与阳刻皆有，传统与现代兼容，既有北方剪纸的雄浑、粗犷，又不失南方的细腻清秀，无不充满情趣，夺人眼球。他刻的几百艘渔船、几百枚海螺，情态各异，造型无一雷同，在全国无人能出其右。

他创作剪纸作品还有个十分显著的特点，就是善于巧妙地应用剪纸的艺术语言，将民间剪纸中常见的万字纹、金钱纹、旋涡纹等纹样，以及装饰、夸张变形诸法化为己用，因此使作品具有令人百看不厌的魅力。

郭献忠执着求艺的精神感动着每一位熟悉他的人。在温岭，在石塘镇箬山渔村，人们都称他是一个勤奋有为、多才多艺的文化人。作为最具影响力的温岭剪纸家代表之一，他的头衔有不少：中国民间文艺家协会会员、中华文化促进会剪纸艺术委员会委员、浙江省民间剪纸研究会副会长、浙江省工艺美术学会会员。他的传略被收入《世界名人录》《中国民间名人录》《中国当代文化艺术人才传略》和《中国当代剪纸家》等书中。浙江电视台、湖南电视台、杭州电视台、台州电视台、温岭电视台等多家媒体都曾多次对他做过专访并播放过记录他创作剪纸作品的专题片。

郭献忠今年已是79岁的人了，从来不会打牌，不会下棋，更不会打麻将。他这一辈子的乐趣，就在于无休止地在剪纸、工艺品间寻寻觅觅。以前在忙忙碌碌的工作之余，剪纸和工艺品的创作几乎成了他每天的必修课。如今退休闲居在家，他依然每天陶醉在自己的艺术世界里。正是有剪纸和工艺品的陪伴，让他感受到每一天的生活都很充实，而且快乐。而每一件作品的点滴进步，都会让郭献忠的内心感受到一种无法形容的欣慰与激动。他多年的专注和努力，不仅使他的作品具有浓郁的海味和海洋人文情怀，逐步形成了淳朴、庄重、简练的个人艺术风格，也使他成为以海洋题材剪纸蜚声国内剪纸界的名家。让他始料不及的是，同时还为温岭海洋剪纸这个"品牌"的形成奠定了良好的基础。

长期以来，温岭剪纸都是以祭祀、婚娶等民俗活动为服务对象，十分讲究实用性，其内容无非是鞋花、帽花、礼品花之类的，福、寿、禄、喜似乎永远是温岭剪纸艺术的传统主题。纵然偶尔有表现海洋的剪纸出现，也只能说是寥若晨星。郭献忠把剪纸从盼望风调雨顺、丰衣足食、子孙兴旺、延年益寿等框框中解放出来，大胆地楔入更多的富有时代气息的、鼓舞人心的、美好上进的概念，海洋剪纸才呈现了迷人的芳姿。

多年来，他不仅自己努力创作，在剪纸上有大的建树，而且诲人不倦，对温岭海洋剪纸作者予以悉心指点、辅导。他以多年的实践经验和理论造诣，为大家树立了良好的标杆。他还一直致力于推广温岭海洋剪纸，通过培训小作者、出版多本个人剪纸集等各种方法弘扬温岭海洋剪纸艺术。不知不觉中，他将温岭的海洋文化通过剪纸艺术传达给观众，同时又让剪纸艺术深入人心。中国著名美术史论家王伯敏先生在其《中国民间剪纸史》一书里，称他为海洋剪纸的"族中带头人"。在他的示范和影响下，温岭逐渐形成了一支老、中、青年龄结构较为合理并且整体水平较高的海洋剪纸创作队伍。他曾说过，成立温岭海洋剪纸研究会是他此生的一个愿望，希望有更多的人能够喜欢温岭海洋剪纸艺术，并使其一代一代传下去，绽放出更加美丽的光芒。

离开郭献忠的家时，已经是夕阳西下，望着他那瘦削的身影，我仿佛看见了在大海中坚韧不拔地行走着的孤帆……

寻觅山海之梦的歌吟

在人们的印象中，音乐艺术，阳春白雪，音乐圣殿，高贵典雅，一般人可望而不可即，因而作曲家的头顶往往会罩上一圈神秘的光环，或者另类、张扬，或者前卫、新潮，或者深沉、稳重，或者激越、奔放。而性格趋于内向并且不善言辞的林梦，看起来没有以上任何一种“艺术气质”，他就像一位十分普通的、走在热闹的大街上也很难引人注意的“教书匠”。

可就是这样一位其貌不扬的“教书匠”，却有着一连串耀眼的头衔：中国音乐家协会会员、中国民族管弦乐学会会员、浙江省音乐家协会理事、浙江省民族管弦乐学会理事、台州市音乐家协会主席、温岭市音乐家协会主席、温岭市文化馆研究员、台州市首届人大代表，并且是温岭市第七、八、九、十、十一届政协委员，温岭市终身专业技术拔尖人才。

就是这样一位体格近乎羸弱的“教书匠”，胸中却蕴藏着火山一般的创作激情和能量。他作曲30多年，创作了近千首的器乐、声乐和舞蹈音乐作品，共有200多首获得各级各类奖项。其中民乐作品二胡独奏曲《橘乡抒怀》、舞蹈音乐《台州湾渔鼓》分别获文化部第五、六届“群星奖”创作银奖和铜奖，弹拨乐合奏曲《猴子捞月》获文化部第二届“蒲公英”创作银奖，二胡独奏曲《夫人峰的故事》、琵琶独奏曲《渔村情》分别获浙江省第三、四届“音舞节”专业组创作一等奖和二等奖，弹拨乐五重奏《渔乡即景》获浙江省乡镇文艺会演音乐类唯一大奖，埙与打击乐《渔岛的传说》(合作)获浙江省“群星奖”创作金奖，二胡独奏曲《织网女》获浙江省第九届音乐新作演唱演奏大赛创作银奖，琵琶与大鼓《石魂》获浙江省少儿音乐大赛创作金奖。此外，还有《情满江南》等多首声乐作品发表在《音乐创作》《歌曲》等国家级音乐类核心刊物上。

他继2005年由中国唱片广州公司出版民乐作品集《山海梦》CD后，2009年又由中国音乐家音像出版社出版了《中国当代作曲家作品经典·林梦》专辑CD和《林梦民乐作品音乐会》DVD，其中《林梦民乐作品音乐会》DVD还获得台州市第五届"曙光奖"。

1996年，文化部设立的代表社会文化最高奖的"群星奖"桂冠被他摘取，填补了台州市"群星奖"历史上的空白。

他的业绩及作品被浙江人民广播电台、浙江电视台、《中国文化报》、《浙江日报》、《北京音乐报》等十余家新闻媒体多次做专题介绍；中央电视台音乐频道《风华国乐》栏目曾专门录制、播放了《林梦作品创作访谈》；他的名字被收入《中国音乐家名录》《中国音乐家辞典》等多种辞书。

这些成就，让著名作曲家何占豪感叹："林梦的民乐作品中，充满了浓郁的浙江风情。他的作品好，好在旋律很美，作为一个民乐作曲家，他十分出色。"

这些成就，让优秀指挥家、上海歌剧院院长张国勇感到惊奇，他惊呼："作品很真，用音乐反映山海风情，生活气息浓郁。这些曲子基本上都能够拿到国际上去演出，足以代表浙江的音乐形象！"

这些成就，更让家乡的父老乡亲引以为豪，把他称为"我等的前无古人的音乐才子！"

取得这些成就之后，不少行家都说他聪明，非常有前瞻，深谙"越是民族的就越是世界的"个中三昧。其意是故乡的渔歌、山歌、小调等乡土元素滋养了他的音乐，使他的音乐具有浓郁的地域色彩，是他成功的一个十分重要的因素。

诚然，地处浙东南海岸的温岭，到处是朴素的渔歌、山歌、小调、滩簧、道情和花鼓，田边，滩头，到处播撒着浓浓乡土味的音乐种子。美丽的山与海哺育着林梦，并赋予他一股山的粗犷与海的豪气。

林梦，1954年生于温岭这座靠山濒海的小城，受家庭文化环境熏陶，自幼酷爱音乐，七八岁就能听音记谱，稍长还会锯一段毛竹筒找两根钢丝自制“胡琴”，他曾拆了家里的大木箱隔层做“扬琴”。17岁那年，他被招进温岭剧团，担任乐器演奏员，主司二胡演奏，后来一直从事城乡群众文化与文艺的辅导工作，所以还精通手风琴、小提琴、吉他，架子鼓、三弦也会来两下。为了学作曲，找不到老师、买不到作曲方面的书籍，怎么办？这难不倒他，手抄呗！他先后用了两年多的时间抄录了二三十本笔记本的中外名曲，自个儿反复揣摩基本乐理、视唱练耳，以及作曲法、和声、复调、曲式、对位、配器法总谱写作。嘿，“旁门左道”还真让他获得了独门“秘籍”，他一出手就写出了许多深受听众欢迎的曲子，《晒盐姑娘爱盐花》还被选入人民音乐出版社出版的活页《歌曲选》向全国发行。

1986年，他以优异的成绩考入了上海音乐学院干部专修科作曲专业，三年的深造，亲得何占豪、周大风教授点拨。他深知，光掌握音乐写作技巧是远远不够的，只有立足于生养自己的这片土地，“做自己，不随众”，才能写出“实在”的真正有价值的、对得起人民和自己的作品。

为此，他一头扎进了山村和海岛深处，体验生活，广泛搜集、整理资料，在喜爱的音乐之路上执着地向前跋涉。为了记录一段原生态的船工号子，他几番随船远行，豪爽、风趣的船老大答应他说，你得喝了酒我才唱哩，他二话不说，端起大碗一口气喝得酩酊大醉，睡了整整两天。有一次为了拜访滩簧高人，他到一个山村苦等了一下午，以致误了回城的班车，他硬是走完二十多里地，回到家已是皓月当空。就这样，他记录了200多首当地民间小调小曲，编印了一本《温岭民歌集》，其中三首被选入文化部编的《中国民歌集》。有人这样评价他：“这是个特别一根筋的人，他想做的事不达目的绝不罢休，即使做得非常苦也不回头。”

功夫不负有心人，林梦这么经常翻山越岭，走村串庄，不断获得民间文艺瑰宝的精髓和灵气，从而为音乐创作积累起极其丰富的取之不尽、用之不竭的素材和养料。同时他又注意吸收西洋音乐的作曲技法与通俗音乐的表现手段，尝试进行和声、复调、配器、曲式等各个不同体裁形式的探索，并且让传统的与现代的结合在一起，使自己的作品出现新的面貌。因此他的作品越来越为人们所喜爱。

听！以温岭风景石夫人为题材创作的二胡独奏曲《夫人峰的故事》，为我们讲述了一个很感人的凄美的民间传说：一个弱女子为了追求心中的爱情，勇敢地与封建势力抗争，不惜化成"望夫石"。作者以浙南民间音乐"道情"为素材，提炼出富有特色的主题音乐，艺术地抒发了林梦对古代爱情悲剧的无限感叹，表现了他对家乡山水的挚爱，同时，他清新的音乐散文风格在此曲中得到了充分的展现。

听！由埙、木笛与打击乐演奏的《渔岛的传说》：前奏一开始就展示了全曲的情绪。当埙低沉而悲怆的音响像水一般缓缓流淌的时候，那小渔村的悬崖峭壁、暗绿的树荫就隐隐约约地呈现在面前了。主体部分，那鼓声，那木笛声，那不断反复击打的固定音型，带我们走进了反扣着舢板、到处晾挂着破渔网的海岛，我们看到了远处的大海，笼罩着愁云惨雾，孤独的她守着一屋寂寥，每天到海边等候没有希望的希望。结尾处，埙的颤音在呜咽，仿佛渔阿伯强忍哀痛，在寒冷的海风中叙述着渔家艰辛、苍凉的岁月，叙述着渔家顽强拼搏的精神和强烈的生命意识，让人百感交集，感慨万千。此曲不光层次清晰，首尾照应，结构完整，主题突出，而且将 2/4 与 3/4 两种节奏交叉变化着运用，旋律有起有伏，扣人心弦，体现了作者创作技巧的娴熟。

听！由喊潮、戏浪、听涛、闹海四部分构成的弹拨乐五重奏《渔乡即景》："喊潮"着重表现大海的神秘和原始的野性，形象地描绘了渔民粗犷、豪放的性格；"戏浪"表现了人们在海滩上尽情追逐，跳进海里和浪花嬉戏的愉快心情；"听涛"展现了傍晚时分，人们漫步海边，聆听远离尘嚣的阵阵涛声，幸福的感觉随着浪涛声涌进心里的画面；“闹海”则生动地勾画出夕阳西下，晚霞映照，鱼儿在舟上跳动，渔人忘情地唱起渔歌的狂欢景象。这支乐曲表现手法丰富多彩，巧妙地运用了中国传统乐器琵琶、古筝、扬琴、中阮、柳琴的轻弹重拨与急捻徐挑，使主题表现鲜明突出，高潮处理独具匠心，结构紧密完美，旋律悦耳动听，节奏跌宕起伏，情绪欢快奔放。它的成功，可谓是林梦的音乐创作走向成熟的起点与标志。

其实，在林梦的音乐作品里，除此几首之外，还有许多佳作值得称道。比如：扬琴与乐队《括苍风情》、琵琶与乐队《渔村情》、琵琶独奏曲《畲山春晓》、民乐合奏曲《雁荡行》、《欢乐的渔民节》等，它们就像枝枝山花，芳香扑鼻、沁人心脾，又像朵朵浪花，仪态万方、令人心醉。

林梦能取得成功，了解他的人一点也不觉得惊讶。因为他们知道，他，不仅有着颇高的音乐天分和一颗敏感的心灵，而且有着一份对音乐执着的热爱和虔诚。

为了寻找新的创作灵感或是突破点，他会深夜独自来到海边，聆听潮音的鸣响；来到山间捕捉花开花落的声音和小虫的吟唱。为了赶作品，他会在堆放着几台电脑和编程机的一间仅几平方米的创作室里几天几夜足不出户。出差在外，他最爱去的地方就是书店、音像店，遇到喜爱的书籍和音像资料，哪怕花光用来糊口的钱也要捧回家。

就这样，暑往寒来，他实现了童年的梦想：当一位音乐家，做一个幸福的人！

值得一提的是，在斩获颇丰后他还在不断追求着超越。当然，他所追求的超越，不仅仅是内容上的突破，还是理念的更新；不仅仅是形式上的变化，还是精神的提升；不仅仅是方法上的创新，还是境界的追求。他的第一场个人作品音乐会便是最好的佐证。尽管这场音乐会已经过去一些时日，但至今提起来还是有人津津乐道。

该音乐专场精选、浓缩了林梦近30年来的创作成果，在这场历时

100分钟的视听盛宴里，掌声不断在音乐大厅内回响。倾听着一首首风格迥异的曲子，听众们如痴如醉地“穿行”在别样的“山”和“海”中，领略着层峦叠嶂、飞瀑流泉的魅力和大海波澜壮阔、汹涌澎湃的万千气象。看看音乐会的“架势”，大家就知道这可不是一场平常的演出：由优秀指挥家、上海歌剧院院长、艺术总监张国勇执棒，国内一流的浙江歌舞剧院民乐团担纲演奏，在浙江音乐厅举行；著名作曲家何占豪、省文化厅金庚初副厅长、省音协主席晓其和省民族管弦乐学会会长卢竹音等20多位音乐界领导、专家、学者亲临现场祝贺。可以说，这场音乐会是他事业上的一次飞跃，也是他生命的一块里程碑。

“多少年来，我不知道走过多少山村的弯弯路，不知道住过多少回渔家的石头屋。故乡的山与海始终让我着迷，始终令人神往。我把故乡的山与海记在心里，把那淳朴的乡情永远刻在心里！”林梦深挚而坦诚的表白，让我们明白了许多：他的作品为什么总会有那么多的山魂海魄！总能镇静人的情绪，松弛人的身心，而且给人一种返回大自然的感觉。为什么人们只要听到他的作品，就会觉得心旷神怡，得到美的享受，产生审美的愉悦。

还需一提的是，在取得令人瞩目的成绩后，他心中不时萌生着回报哺育他成长的“山”与“海”之情。温岭市委人才办和温岭市文广新局在2009年为他设立了“林梦音乐名师工作室”。此举不仅为林梦翻开下个时期音乐生涯的全新篇章，亦是对未来温岭音乐界格局产生深远影响的重要坐标事件。他招收了多名本土学员，针对每一个学员的特长实施全程辅导。在他的悉心指导下，经过一年多的努力，学员们大大提高了音乐综合能力，收获良多。在台州市音乐家协会第三届歌曲新人新作评奖中罗通的《流行的青春》、张标军的《当兵有多苦》、叶高峰的《暮色里的村庄》获一等奖；严海青的《为了亲亲你》、肖家国的《杭州约》获二等奖；张标军的《霞光里的中国》获三等奖；罗通的《思乡谣》获台州市宣传部举办的面向全国的“台州之歌”征稿大赛二等奖，在台州市文联文艺(音乐)创作征稿大赛中,他的《我用真情写你的名字》获二等奖,《枫叶瑟瑟》获优秀奖;张标军的《台州之歌》获三等奖,《春雨绵绵》获优秀奖;施韶华的《千里海岸黄金线》获三等奖;严海青的《小水镇》获优秀奖;张标军的《关山月》、罗通的《流行的青春》参加台州市第三届新人新作演唱大赛,分别获得银奖和铜奖。另外,工作室有30首作品被选入由中国文联出版社出版的《台州湾放歌》……

音乐,像大海里一座闪耀的航标,照亮了林梦人生的旅程。他走在深爱着的故乡青青的山和蓝蓝的海之间,不停地,不停地寻觅山海之梦的歌吟……

艺海踏浪的汉子

震天的锣鼓响起来，粗犷奔放、风趣幽默的大奏鼓舞起来，别致有趣的台阁扛起来，大街小巷，沉浸在一片欢乐的海洋中。一场由渔民担任主角的狂欢节再次上演。他们怀着对大海的虔诚与敬畏，带着对生活的追求与渴望，用自己的方式传达着最美好的愿望，感恩大海，祈盼平安……

这是版画《渔家狂欢Ⅱ》展示的节日中渔民狂欢的情景，作品把与大海搏斗的渔家汉子的粗犷和豪爽表现得淋漓尽致。望着这狂欢的场面，也许，你会被版画里的渔家汉子所吸引，被精湛的艺术所震撼，情不自禁地沉醉在其恢宏的气势与庄重热烈之中。但是，你一定无法想象，作者章秋华竟是位一生坎坷的人。

1944 年，他出生于温岭石塘一个家徒四壁的渔民家庭。小时候的他就对绘画有着浓厚的兴趣，但买不起纸笔，他只好在废纸上画，把墙壁当作天然画布，捡一根小木棍在沙滩上画。他常在煤油灯下如饥似渴地画画，日复一日的烟熏火燎，使他落下了终生的眼疾病根。17 岁那年，由于一场台风把通知书耽搁在路上，错过了报考日期，他上浙江美院求学的梦破灭了。多年来，他一直没有正式工作。为了生计，他的前半生在海上漂泊当渔民，后来经过商，办过冷冻厂，干过企业采购员，在街头卖过春联与山水花鸟画，还在贝雕工艺厂及广告公司当过设计师，写过墙头字，制作过几百平方米的广告牌。为了画壁画，他曾经在酷热的夏天一天几十次地上下脚手架。年届古稀，他仍然在一星期内多次往返 60 千米到路桥为学生授课。几年前，与他相依为命几十年的老伴撒手人寰，这突如其来的打击，更让他痛苦不堪。长期的奔波劳累，使他的身体每况愈下，多项指数都超标，现在每天只得靠一些药物来控制、改善。

在现实中，人生不得意的画家往往会信佛迷道，追求清静无为超尘脱世而远离现实生活，性情多执拗，行为偏乖张怪僻，作品过于注重个人情感的抒发，有着浓重的玩世不恭的意味。虽然经历了如此多的磨难，但是这位倔强的渔家后代并没有被不公的命运击倒。他把全身心都投入所热爱的艺术当中，满怀热情地追逐火热生活的足音，用刻刀讴歌我们伟大的时代，在木板上再现画家生活中和心目中的美好世界。他的作品，无论是描写青年渔民抬着大铁锚，初试搏击大海的豪情的《出海》，还是歌颂生产大队自力更生造大船，敢闯深海，向海洋进军索取资源的大型套色木刻《渔港新歌》《迎汛》；无论是《斗鲨》《鱼汛时节》，还是《海量》《来自渔村的报告》渔家生活系列组画，不仅找不到抱怨和不满，找不到一丝一毫的戾气，相反在他的作品里人们看到的是满满的正能量。

初夏的一个午后，我如约走进他位于市区西郊黄杨山庄的家。这是一幢建于 20 世纪的两层老房子，显得几分简陋，抹着水泥地面的楼下就是他自称“涨潮山房”的工作室。十来平方米的工作室，摆着几件褪色的旧家具，满架的画册和工具书籍，几大叠的宣纸，一大摞大小不一的画笔，调色板，还有挂在墙上的《渔岛节庆》《老海古镇》，似乎在表明主人的艺术家身份。

我认识章秋华的时间不短了，算起来已经有十几个年头了，他给我的印象一直以来就是卓有成就的版画家，所以第一次登门拜访，我们的话题很自然地就从版画开始。聊起版画创作，带着海边人特有的质朴和豪爽，他告诉我，在艺术表现手法上，他不喜欢那种比素描还素描式的版画，因为这在某种程度上丧失了版画的特点，犹如照片的翻版，缺少版画应有的刀味、木味、拙味和趣味。他喜欢大刀阔斧的风格，充分运用粗犷的刀工，挥洒最为直率的黑白线条，并注入当代画家的主观感受，使之具有强烈的民族性、鲜明的时代性和个人的创造性。

章秋华的版画，主要以黑白木刻为主，表现的是故乡浓郁的海边风情，渔家的生活以及渔民如礁石般坚忍不拔的性格，似大海一样宽广的胸怀。他常常从汉画像石、画像砖、岩画中领会极简主义的丰富艺术品质与内涵，追求秦汉篆刻、印章所呈现的刀味、腐蚀味，并充分吸收敦煌壁画、永乐宫壁画、年画、古佛经插图乃至民间剪纸艺术中的符号和审美资源为己所用。他善于巧妙利用“留黑”手法，对刻画的形体做特殊处理，达到版画特有的艺术效果，“一炬通明，全幅皆活”的韵味弥漫在画面内外。所以，纵观他的版画作品，我总有一种感觉，即便是黑白木刻中简单的两色，在他的创造里，也显得那样的五彩缤纷，都达到了虚实相生的灵动境界，蕴含着形神毕肖的美学内涵。

从 1965 年创作的《出海》参加由文化部、中华全国总工会、中国美术家协会主办的全国工农美展开始，他的作品不断在许多重要画展上亮相。比如，1980 年他的作品《迎汛》(合作)参加第二届全国青年美展，并获得浙江省青年美展二等奖；2002 年《渔家狂欢》参加由中国美协、中国版协主办的全国第十六届版画展以及浙江省第七届版画双年展；2004 年，《渔家狂欢Ⅱ》入选第十届全国美展。

他的艺术成就日渐为人瞩目，版画作品常常引起不少业界人士的讨论和研读，并得到国内版画界的广泛认可和高度赞誉。著名版画家王琦、彦涵、赵延年、赵宗藻等教授都给予肯定。张怀江教授曾在病中赞道：“《渔帆》的奔放、韵律和力的美，表达着渔家之子章秋华的生活深度。”

一个人能够几十年如一日地在一个艺术领域坚守，已属不易，能够取得好成绩更是不简单。而章秋华除了在版画方面颇有造诣，同时还在中国画、书法等其他方面独树一帜，尤为难得。我敢说，这在台州乃至浙江省，鲜有人能与之比肩。

他的国画花鸟常以重彩为之，画面热情富丽，每一根线条，每一个调子都充满着赞美和喜悦。他以平铺的块面、浓重的色彩、大胆的轮廓线以及简约的造型，反映了其表现手法的新鲜和生动，反映了艺术家创作的无拘无束，形成自己的一套古朴、厚重、严峻的创作风格。因此他笔下的花鸟总有一派出尘之姿。

在他以故乡大海为题材的中国画中，浩瀚的大海，美丽的滨海风光，淳朴而独特的风土人情，古朴的石屋、石墙、石路，无不丰富多彩，引人入胜。与其他海洋画家相比，他的画作更多的是展示热烈祥和的渔村图景。在他的作品里，渔家总是把美好的憧憬悬挂在一串串红彤彤的灯笼中，把丰收的喜悦晾满渔村的角角落落。他常采用俯瞰的角度描绘满载而归的渔船，海边兀立的礁石，连绵不绝的石屋群，用泼墨的方式把海之魂、山之魄渲染得坦坦荡荡而又气象万千。那种以线立骨的形式构图，不受时空、透视的局限，变体、夸张，形成蒙太奇式的变换，充满生命张力，令观者感受到一种震撼人心的力量。

他的山水画以笔为骨，笔墨枯润相间，虚实有度，勾、皴、点、染繁而不乱。构思平中见奇，近取其质，远取其势，不落寻常蹊径，诸种物象安排妥帖，重峦幽谷、密林深壑、隐舍悬瀑、岫云渔舟，虽层次颇多，但画面仍气脉贯通，水墨淋漓而意趣生动，入眼皆是笔力圆浑，墨华飞动，云烟幻灭。既隐约可见黄宾虹浑厚华滋的笔墨意趣，又有他自己的体悟和新的解读。

他作画从不打草稿，虽巨幅经营，也只大体安排大的气势，大的轮廓构图、位置，再在黑白灰、点线面、浓淡干湿、色彩协调、整体效果诸方面，细细精心斟酌，然后大胆下笔，不受拘束，笔随意行。

在中国当代画家里，专以深入传统笔墨精华乞求变法的，能获得成功的不多，能达到雅俗共赏的更少，能深入传统而又形成自己突出风格的则少之又少。可以说，章秋华是少之又少者中的一位。

章秋华主张“书画结合，以书促画，以画补书”，他在研习中国画传统技法的同时，还致力于书法的钻研。通过揣摩颜真卿体，临习汉隶、汉简，得其圆润、浑厚之感；从甲骨、钟鼎、籀文中得其苍劲、挺拔之韵。但他不是一味地求古泥古，不是亦步亦趋地死守。对于晋人之“韵”、唐代之“法”、元明之“态”、清时之“质”，他都有自己独特的理解。故他的书法作品笔墨浓淡、干湿、轻重得当，线条的粗细、疾徐有节，不仅古拙老辣，而且清雅脱俗。

也许我们会惊讶于他的绘画、书法面貌如此多样，技法的运用如此娴熟，作品里蕴含着书卷之气，含蓄内敛而又意蕴深长，殊不知这正是他丰富的人生阅历的体现，更是他天赋、虔诚的态度、执着的追求、深刻的思想、平和的心境和不俗的人格修为的综合反映。他认为，一个艺术家应当有多方面的阅历，阅历就是财富，阅历越多，生活越丰富，积淀越厚，感受越深刻，其作品越耐读，给人的启迪越多。相对技法而言，生活更重要，积累更重要。作品品位的高低，首先是内涵的高低，其次才是技法水平。他把苦难当作财富的乐观向上的态度，不仅成为他的精神支柱，也感动了许多认识他的人。

如今他是浙江省书法家协会会员、中国美术家协会会员，参加过各类美术书法展览，获得金奖、银奖、铜奖无数；他的版画、中国画和书法作品被各级机构和收藏家珍藏；个人传略入编《中国当代美术家人名录》《世界书画名录》《中国当代美术家》《中华人民共和国人物辞典》《中国专家人才卷》等多部典籍。

在我们生活的这个充满压力和挑战的世界里，一位在清贫的生存条件下艰难度日的非科班出身的画家能够如此酷爱艺术，视艺术若生命，几十年来坚持纯洁的艺术理想，追求高尚的艺术理念，在艺术的海洋里腾波踏浪，创作出如此至善至真至美的作品，怎不令人感慨万千。

章秋华敦厚质朴，谦和低调，不喜张扬，不善交往，从石塘渔村移居温岭城区有 20 多年了，渔家耿直爽朗的本色还是没变，若有人有事相求，他总是有求必应，在朋友圈里有着良好的口碑。他还是个性情中人，喜欢在酒后半醉的状态下挥笔。你瞧，半斤白酒下肚，他脸色微酡，手上的一管毛笔犹如一柄出鞘剑器，直冲、斜行，信马由缰写来，一气呵成，笔下苍茫的大海上，一艘布满沧桑的老船正迎风破浪而行……

守望者小记

在万寿路77号二楼临街的那扇小窗前，水仙花正散发着馥郁的香气。陈荣新一边整理着专门为温岭海洋剪纸编制的档案，一边饶有兴趣地说着档案里的人和事，说到兴奋处，他两眼放光，喜悦之情溢于言表。

他所说的其实我都知道，温岭的海洋剪纸确实曾经有过辉煌的业绩。

据不完全统计，温岭海洋剪纸曾在“中国艺术节”“国际剪纸艺术展”和“中华百绝博览会”等各类大赛上共获得100多个金奖、银奖和铜奖；有4000多幅在《美术》《美术大观》等报刊上发表；有300多幅被中国美术馆、中国革命博物馆等多家博物馆收藏；有300多幅被编入《中国当代剪纸精品集》《中国剪纸选集》等20多种集子出版；有100枚剪纸藏书票被定为第11届亚运会礼品；出版个人作品专集和剪纸连环画册约20本。作品还几度漂洋过海，远赴瑞典、日本、丹麦，以及中国香港等国家和地区参加展出。中央电视台、《人民日报》、《中国海洋报》等十多家新闻媒体都对温岭海洋剪纸做过报道。一位作者的作品曾5次被《人民日报·海外版》以专题形式刊出；三人分别获得国家民间文艺“山花奖”和省“映山红奖”；多位作者的传略被收入《中国当代美术家》《中国当代剪纸家》和《中国当代文化艺术人才传略》等书；两人被中国工艺美术学会、中国文化促进会等单位授予“新中国剪纸艺术家”称号；两人获浙江省文化厅等单位主办的“神州风韵”全国剪纸大赛“十大神剪”之称。著名美术史论家王伯敏先生在其填补了我国剪纸艺术史研究空白的专著《中国民间剪纸史》一书里，不仅专门赋有温岭《海洋剪纸歌》，还对温岭海洋剪纸的代表人物的作品做了介绍。温岭海洋剪纸在2006年被列为台州市首批非物质民族文化遗产之一，还有望通过专家评审，列入浙江省非物质文化遗产代表作名录。

陈荣新也知道，这些虽然都是事实，但只能代表温岭海洋剪纸的昨天。

近些年来，由于种种原因，温岭海洋剪纸日渐式微。目前，创作温岭海洋剪纸的人已越来越少，有的为生计奔波而放弃创作，有的已改行写文章去了，只剩下几个七老八十的作者在苦苦支撑着。创作骨干的流失，作者队伍已经青黄不接，可以说，温岭海洋剪纸几乎已走到濒危的境地。

面对不断衰落的温岭海洋剪纸现状，出生于1943年，现为中国民间文艺家协会剪纸专业委员会委员、浙江省民间艺术研究会剪纸分会副秘书长、温岭市美术家协会顾问的陈荣新显得尴尬又无奈，他不禁忧心忡忡："温岭海洋剪纸是经过几代人的努力才形成的，如果我们不抓紧做好保护工作，温岭海洋剪纸艺术可能很快就会消亡。做好保护和传承温岭海洋剪纸工作，真的迫在眉睫啊。"

同其他非物质文化遗产一样，温岭海洋剪纸的保护是一项长远的、系统的文化工程，从政府、非物质文化遗产保护机构、艺术研究机构、民间团体，到社区、民众，都需要环环相扣，一起对其加以保护。陈荣新十分清楚这一点，因此，他不顾年过花甲，身体羸弱多病，反复奔走在市文联、市文化馆等相关部门，奔走在新闻媒体机构，不断宣传温岭海洋剪纸，呼吁保护温岭海洋剪纸。并倡议尽快建立温岭海洋剪纸研究会，使温岭海洋剪纸作者不再成为散兵游勇，令其有"家"可归，让温岭海洋剪纸早日重现昔日风光。

他认为，在非物质文化遗产保护过程中，民众是非物质文化遗产的创造者、传承者，是非物质文化遗产的真正主人。非物质文化遗产通常作为活态文化，其精粹是与该项目代表性的传承人联结在一起的。所以，对温岭海洋剪纸传承人的抢救保护，是当前的重中之重。要重视对温岭海洋剪纸传承人的保护，使其开班授徒，把手艺传承下来。

同时他坚持认为，不仅仅要对作者、传承者加以保护，更重要的是唤起广大群众的文化自觉意识。非物质文化遗产为什么会式微？归根结底，还是因为民众生活方式以及观念的嬗变，加之外来文化给传统文化带来的巨大冲击，让其失去了生存的土壤。许多年轻人对传统文化失去了兴趣，也就不再认为这些文化遗产是他们该继承并发扬下去的精神财富了。我们不仅要保存它，还要给它添加新时代的气息，将它发扬光大。只有在民众中着力宣扬文化观念，让当地的父老乡亲对地域文化积累深厚的感情，他们才有兴趣和意愿传承工艺；只有让群众认同这种文化价值，珍视海洋剪纸这类民间文化，才是保护文化遗产的真正意义所在。

除了不断呼吁、宣传外，陈荣新还身体力行，坚持海洋剪纸创作。虽然陈荣新早在 1959 年就开始跟温岭文化站的韩伟学习剪纸，刚开始剪纸时，作品表现农村农民的比较多，到了 20 世纪 70 年代，他才开始关注海洋题材，把创作重心往海洋题材倾斜，但一出手就显示了其对海洋题材的准确把握和描述能力。近几年来，他的剪纸作品如《丰收锣鼓闹渔港》《逐鹿沙滩》《渔家新影》等入选“第五届全国体育美术展览”“中国剪纸世纪回顾展”“中国民俗风情剪纸大展”“‘神州风韵’中国民间艺术之乡剪纸邀请展”和“浙江省民俗风情剪纸艺术大展”等展览，有的作品还获了奖和被收藏；他的传略及剪纸代表作被辑入《中国民间名人录》《中国当代艺术界名人录》等辞书，并被中国美术学院著名美术史论家王伯敏先生收入《中国民间剪纸史》一书，王伯敏先生称其“贵在纸上剪出形神”。他还创作了《陈荣新剪纸选》一书，自筹经费编印了《剪纸拾英·温岭海洋剪纸》小报，整理了温岭海洋剪纸大事记。

为使海洋剪纸艺术薪传有人，无论开课传授少儿剪纸基本功，还是到有关单位组织的会议现场进行剪纸表演，陈荣新总是随请随到，而且常常不计分毫报酬。为壮大温岭海洋剪纸艺术创作队伍，他不断发掘、发展人才。为了让已停刀数十年的一位老作者重新操起创作工具，他顾不得术后体虚，数度登门相邀，那份虔诚之情让人感动不已。

陈荣新说，要想让温岭海洋剪纸再现往日风光，要做的事情很多。比如，筹划出版温岭海洋剪纸专著；深度保护传承海洋剪纸手工技艺；举办传承人培训班，培养更多的新传人；等等。温岭海洋剪纸是全社会的财富，只要人们真正重视它，它就能够重新焕发光彩。作为一个温岭海洋剪纸的守望者，他总是这样期待着……

爱笑的女税务官

如果有人认为，税务官成天跟刻板无趣的法律条款打交道，所以，他们不苟言笑，眼神犀利，那整齐严谨的制服下，总是藏着冷冰冰的心，那么陈丽丽不但会用笑声告诉你，税务官是人，也食人间烟火，也懂人情冷暖。他们很普通、很平常，在茫茫人海中找不出一点特殊的地方。而且她会用行动告诉你，虽然职业需要他们铁面无私，但法律无情人却有情。

陈丽丽是温岭市地方税务局新河税务分局的普通干部，毕业于浙江财经学院（2013年更名为浙江财经大学）。她是在2007年刚参加工作就来到这个分局的，在当了5年税收管理员后，走上了办公室主任的位置，去年十月份又兼任了综合业务组的组长。

面前的陈丽丽，不施粉黛，短发，两颊垂着几缕碎发，脸上始终洋溢着甜甜的笑意，脚上穿着一双老北京布鞋。此时，晨光斜斜地照在湛蓝色制服上，肩上的税徽闪耀着圣洁的光芒。她给人的第一印象，就是这样的质朴无华。

陈丽丽在说话间常流露着几分腼腆，看上去显得纤秀、文静，甚至有点柔弱，但娇弱的外表下却蕴藏着火样的热情和倔强的内心。作为一个税务官，每天面对的是形形色色的纳税人，他们文化程度和其他素质参差不齐，特别是有的人性子暴烈，怨气很大，经常会发脾气，甚至翻脸。陈丽丽觉得，既然选择了做一个地税人，就得设身处地想纳税人之所想，急纳税人之所急，即使再忙再累，也要跟纳税人多沟通，不要一不高兴就把情绪放在脸上。

记得2008年她在税源管理岗上分辖新街片的时候，当地有一家生产汽车面料的个体户，是出了名的“难剃的头”。他经常亮起半条街都听得见的大嗓门，怨这怨那，怎么也不肯按时缴纳税款，谁劝也没用。陈丽丽一边微笑着用心倾听他的述说和诉求，一边认真地记录着，还拿出工资帮他代缴了即将逾期而未入库的税款。于细微之处的体贴与温暖，一下子使他觉得被重视、被尊重了，他的嗓门再也大不起来了。为了查明他不按时缴纳税款的原因，陈丽丽查阅了当时的行业计税标准，发现部分行业计税标准未具体细化，不同原材料生产成本差异较大，过去对该行业执行统一原材料标准征收所得税，存在一定的漏洞，容易造成执法偏差。她觉得税务机关在要求纳税人积极履行纳税义务的同时，也要重视维护纳税人的合法权益。于是，她大胆地向领导汇报了自己的想法，剔除了不合理因素，调整了计税标准，使对方心悦诚服地履行纳税义务。根据采集到的第一手资料，不仅为这位个体户解开了心结，而且细化了行业类型，为系统科学制定新的规定提供了依据，为指导基层税务工作人员正确执行税收政策、规范开展税收管理奠定了良好的基础。如今，7年过去了，陈丽丽也早就离开了分辖的新街片，在税收方面或者其他政策有什么不懂的地方，这位“大嗓门”的个体户还常常给陈丽丽打电话求教。他说：“陈税务，我信得过！”

春风化雨，润泽人心，这是陈丽丽感动和温暖纳税人的一个良策。台州市BJL服饰有限公司是一家中高档羊毛衫羊绒衫制造企业，以厂房扩建后资金运行困难为由，从2009年起拖欠税款达15万之多。企业负责人不是找借口、编理由，就是托人讲情、拉关系套近乎，或者干脆躲起来不见，后来连电话也不接。陈丽丽冒着30多摄氏度的热浪，不顾身体不适，连续半个多月，天天往返四五千米上门和企业负责人或者其家人沟通，和颜悦色地反复宣讲“财为国之本，税为政之要”，诚信纳税是衡量一个人、一个企业是否诚实守信的标准。不仅帮企业开源节流出主意、想办法，还多次帮忙代缴税款。精诚所至，金石为开，这座号称“攻不破的橡皮碉堡”终于在陈丽丽的笑声里土崩瓦解，于2014年3月交清了全部税款。在其影响下，附近五六家拖欠税款的企业也将足额税款入库。

我想，其实对付这样的人完全可以简单地发一份《责令限期改正通知书》，降低其企业信用等级，或者干脆移送司法机关。但陈丽丽认为，税务官的工作成就感，并不在于查了多少案子、处理了多少人，而应当是在不违背原则的范围内尽可能使法律更人性化，在于赢得当事人的醒悟，获得一方和谐，获得老百姓发自内心的支持和尊重。

不该给的政策坚决不给，而该给的政策，陈丽丽从来不会含糊。去年，陈丽丽在走访调查时得知，温岭市DD园林绿化公司可以根据国家相关规定享受部分所得税减免，但是前提是必须建账、建证，严格区分花卉苗木销售和绿化工程的成本核算。而这家企业既不懂国家相关规定，也没有合格的财务人员。陈丽丽通过熟人的帮忙，为企业找到了财务人员，帮助企业建账、建证，之后又指导企业办理申请，使其及时依法享受税收优惠政策。

主动热心为纳税人排忧解难，对于陈丽丽来说就是“分内事”。几年前，YY汽车零部件生产厂生产场地紧张，需要扩建，但束手无策，急得像热锅上的蚂蚁。企业负责人在一次闲聊中随口提到此事，没想到陈丽丽记住了他的话，她三番五次同其邻近的住户协商，为厂方租到了生产场地。

当这些得到陈丽丽帮助的纳税人提出要请她吃饭时，她总是笑着摆摆手说：“你知道我的，别提这事儿。”

陈丽丽和纳税人之间的故事还有好多，好多。不过她觉得这些事太普通，实在不值一提。也许，这些事确实小，而且平凡，但浩瀚的大海是涓涓细流汇成的，巍峨的大厦是一砖一瓦垒起来的，点滴的小事折射着我们税务官的爱与情怀，一个个看似寻常的举动同样也印证着普通公务员的责任和担当！

现在，陈丽丽既是办公室主任，又是综合业务组组长，身上的责任更大，担子更重了。办公室主任是“上管天文地理，下管鸡毛蒜皮”的角色，单位里的“柴米油盐酱醋茶”，三四十号人的后勤保障，一样也离不开她，本来就可以用一个“忙”字来形容。而综合业务组组长这个岗位，要做的事情同样不少，比如，股权转让、行政处罚、纳税评估等，而且业务要求非常高，原则性也很强，管理面又广。尤其在当下新老人员交替的节骨眼，陈丽丽身兼二职，这无疑就显得忙上加忙了。

“身处执行收税政策的第一线，最起码的要求就是不能让政策法规在我的手里走样变味。”陈丽丽经常这样告诫自己。所以她坚持把税收业务和涉税法规知识的学习作为头等大事，把“不懂的必须学，懂的就要精通”当作追求的目标。说实话，地税有十多个税种，对应着的是十多部实体法规，加上若干补充条例、条文，还有税务行政复议、税务行政诉讼等若干程序方面的法律法规，光是记住这些就不是件容易的事，何况需要熟练运用呢。因此，她中午不休息，晚上工作到九点多，然后驱车三四十分钟往25千米外的家里赶，就成了常态。平时最喜欢的练瑜伽、和驴友外出游玩也因为抽不出时间而只好放弃了。不分昼夜地钻研、学习，眼圈黑了，褐斑也爬上了脸颊，让她的气色看上去与她30岁的年纪很不相称，最近她还查出了胃溃疡和胆囊息肉。上个月的一天深夜，她突然胃病发作痛得打滚，她的家人连忙把她送到医院急救。第二天一早，她又出现在办公室里。

身兼二职，身上的担子一下重了许多，但她不仅毫无怨言，反而乐呵呵地说，虽然在综合业务组工作忙，压力大，但是可以学到更多的知识，掌握更多的工作方法。

她就是这样的人，她总是在笑声里工作，把欢乐带给别人，用欢乐感染身边的人。不过，她也有泪雨纷飞的时候。

那是在2013年的夏天，作为全省“税友龙版”档案管理模块试点工作的主要参与人的陈丽丽，正在由台州市财税局举办的"税友龙版"深化应用会议上为来自全省15个市县的同仁们讲解、演示档案管理应用流程，突然接到幼儿园老师打来的电话说：孩子病了，喊着找妈妈。一直到下午5点多钟忙完手头上的工作，陈丽丽才匆匆忙忙赶去，正在医院打点滴的女儿看到妈妈就"哇"的一声哭了起来，嘴里不停地喊着："不要妈妈！我不要妈妈！"此时此刻，她紧紧地搂抱着4岁的女儿，泪水不由得像断了线的珠子般掉下来。

8年的辛勤耕耘，在她的身上增添了不少光环，她先后获得了"温岭市地税系统先进工作者""温岭市优秀公务员""温岭市财税好干部""温岭市档案工作先进个人"，以及"台州市'税友龙版'深化应用先进个人"等荣誉称号。

此刻，陈丽丽正在办理对温岭市JF彩灯厂的行政处罚，她不厌其烦地告诉彩灯厂的负责人处罚的具体原因、金额，还告诉他如果有异议可以申诉以及如何申诉。我被她的开朗、干练和敬业精神所折服，而那位接受处罚的姓陶的负责人则感受到陈丽丽是在真心实意地对待他，她那充满亲和力与活力的服务让人难忘。

我想知道，在朝夕相处的同事们的眼里，她又会是个怎样的人呢？

"她没有豪言壮语，但是她实实在在的话我们爱听；她没做什么惊天动地的大事，但是她做的事大家佩服。一起工作以来，从未见她发过火，她从不怨天尤人，更不与人争名夺利。"有着37年工龄的"老财税"老程说。

"陈姐经常和我说，如果我们能在感情上贴近纳税人，言行上尊重纳税人，办税时方便纳税人，矛盾时理解纳税人，把让纳税人满意作为每一天的追求，何愁不会赢得纳税人的尊重和信任。她就是这样做的人。"去年初新进单位的小陈这样说。

"别看她文文静静的，工作起来可是个'女汉子'。去年4月份，她眼睛、耳朵、鼻子和咽喉都发炎，医生说，几个器官同时发炎，不常见。

在当地的各级医院强烈建议下去上海复旦大学附属五官科医院就诊。医生再三叮嘱让她在家休息一段时间。只待了十多天她就赶回来上班了。”局领导如是说。

我还想知道，一天到晚，陈丽丽怎么会有那么多的笑声？我在她的演讲稿里找到了答案。

“我是个普普通通的人，有喜有悲，也有抱怨。但当我情绪低落的时候，只要想起纳税人的一句‘谢谢！’，同事们的一声‘辛苦了！’，孩子甜甜地喊一声‘妈妈！’，一切不快都会烟消云散，我又觉得生活是如此美好！”

是哦，我相信，心中充满阳光的人，一定能触摸到更多的幸福与快乐！

只有懂得感恩的人，才会觉得世界无限的温暖！

只有心里真正装着纳税人的税务官，才会笑靥如花！

心向素朴

我认识林贤是从认识他的焦墨山水开始的。

大约5年前，在一个偶然的机会近距离接触到林贤的作品之后，我发现他大胆挑战极限，把焦墨山水作为崇尚的目标，将水墨画中的水极度省略，用最重的墨，最单纯的形式，最难的写实功夫，去展示同样有丰富表现力的山水，并形成自己独特的艺术风格。我觉得林贤是个不一般的画家，不禁从心底升腾起钦佩之意。

“焦墨”原是传统绘画中的一种墨法，在“五色”中为黑之极限，其与“白”为色度的两个极端，中间的“灰调”被省略。因此，势必以一种“计白当黑”“知白守黑”的哲学观念去把握方可充分发挥其优势。焦墨绘画技法中的点、线关系完全打破了传统中国画那种与水融之的气韵格局，水墨随意性的丧失，虽然更多地赋予了笔的主观创造性，但也为自身创造增加了难度。因此，焦墨在中国画领域向来曲高和寡，少有人涉足。

林贤觉得焦墨山水能准确表达自己的美学主张，最能把苍劲、宏阔的具有金属感的画面营造出来，所以他希望“以最大的功力打进去”。他是从师法时人张仃、赖少其的焦墨山水入手的，进而沿着黄宾虹的足迹，一路追根溯源，直探明末清初的垢道人，并从大自然中寻求纯正古朴的焦墨山水画面目。因而，林贤的焦墨山水，既凸显了中国画笔墨之精髓和中国传统文化之精神，又回避了传统文人画严重脱离现实生活的弊端。为了不落前人窠臼，在与其拉开距离方面，他也做了不少的思考与探索。林贤坚持用这种局限性极大的墨法创作山水，一画就是10年。

我们不妨先来看看他的焦墨山水处女作《湘西情》吧。这幅作品描绘了他理想世界中的美丽湘西。画面上，群山莽莽苍苍，绿树郁郁葱葱，淙淙溪流如弓背，崎岖的山路如弓弦，那深翠逼人的新篁丛中鸟雀在啾啾鸣叫；古朴的村寨、石桥、篱笆、草垛……相映成趣。这些富有地方色彩的景物，自然而又清丽，它蕴涵了湘西边地的自然风光、社会风俗，沉积着深厚博大而又神秘瑰丽的楚文化。林贤熟练地运用笔锋的变化、线条的粗细、灵活的皴擦，使作品显示出浓淡、虚实、明暗、远近。所用繁密的点线苍劲腴润，刚柔相济，或粗或细，或曲或直，于转折顿挫中充满美感。透过画面，我们能感受到林贤努力构建的一个未被现代文明污染的宁静和谐的生活环境。读着这幅画，我们仿佛走进了一个梦境一般充满自然人性的世外桃源，不忍离去。2003年1月，《湘西情》能在高手如云的"浙江省第三届青年美术展"中脱颖而出，获得了这次大展唯一的金奖，我想这绝不是偶然的。

初试锋芒就获得了肯定与认可，仿佛让他胸中蕴藏已久的"火山"终于找到了喷发点。林贤绘画的热情一发而不可收，创作的灵感如泉一样喷涌而出，一幅幅焦墨作品铺天盖地而来，出现在人们面前。

我们再来看看他全长120米、高1.08米的《海上名山》。这幅称得上是焦墨山水画的鸿篇巨制，以雁荡山世界地质公园为描摹对象，选取灵峰、大龙湫、显胜门、雁湖，以及长屿峒天、方山等典型景物加以描绘。画中群峰耸峙，错落有序；山岩叠积，开合有致；清泉奔流，起伏跌宕；草木葳蕤，野趣盎然。全幅构图紧凑严密，而富有强烈的秩序感和节奏感，浙东南山水的千姿百态与大千气象尽收眼底。在技法表现中，依稀可见五代董源的解索皴、元代倪瓒的折带皴，以及傅抱石的破笔乱柴皴和黄宾虹的粗头乱服皴对他的影响，更可读到他"师古能化，自出机杼"的表现。整幅画弥漫着大自然的浩然之气，体现了他的艺术张力，虽洋洋洒洒长达 120 米，却毫无拖沓冗长的感觉。

为了全方位地展现这些名山胜景风貌，林贤曾一个人背着画具，顶着严寒酷暑，不顾风雨飞雪，11 次上雁荡山，记不清多少次徜徉在温岭的山山水水间，历经三年，三易其稿，其中艰辛非亲历实难体悟。冬天雨中的雁荡山，虽然美不胜收，却处处危机四伏，山高路滑，人迹杳然，稍不留神便会栽下万丈深渊，他简直是在用生命作画。可他说，只要能够画出满意的作品，一切辛苦都是值得的。苦心人，天不负，他的努力没有白费。在省内，作水墨山水的画家数不胜数，但擅作焦墨山水者屈指可数。所以当台州市文化广电新闻出版局在台州书画院举办“《海上名山》林贤百米长卷山水画展”时，大气磅礴的焦墨山水顿时使人眼前一亮，不敢说万人空巷，说观者如堵，好评如潮，那可是一点也不夸张的。

那 40 幅高 2.30 米、宽 20 米的以云南、贵州两地的树木为创作题材的系列组图《绿树荫浓夏日长》，也是值得一提的。画中古木葱茏，遒劲多姿，林荫深处，恰到好处地点缀着几处房舍，作品尽显“巧藏”和“妙露”的效果与苍健、浑朴、滋润、厚重的画风。这组系列组画的显著特点在于其中所洋溢的时代气息和蓬勃向上的精神，充满了生命活力，这是与古代山水画截然不同的。林贤在画作中，既传达了在写生时对大自然的感受，又运用了很大成分的写实手法。看得出这组作品选择了一种抒情的表达，从内到外，释放着朴实无华的味道。

在这个日渐喧嚣浮躁的现实生活里，面对林贤的焦墨山水，人们会产生回归大自然的感觉，内心会慢慢地平静下来，觉得神舒气爽；大家往往会不约而同地用单纯、朴素、细腻、含蓄、精致、典雅这样的词语来表达观后感。

焦墨山水需要有长期的水墨山水的修养与积淀做基础。在看林贤的焦墨山水的时候，能够让人感到“干裂秋风，润含春雨”，这自然是他藏贮于胸中的传统文化功底，累积于脑里的经年艺旅陶冶的结果。

林贤 1969 年出生在温岭一个偏远的小山村。他的童年、少年都是在小山村里平平淡淡地度过的。到了 18 岁那年，林贤考上了温岭师范学校，他的绘画才能才开始显山露水。慧眼识珠的美术老师罗帮贤看到林贤画的大公鸡活生生的，就让他当上了美术课代表。谁也想不到，一个无意中的鼓励竟成了一个画家人生的“里程碑”，对他终生的艺术创作产生了深远的影响。为了感激罗老师的器重，使“美术课代表”名实相符，要强的他只要有空就拿起笔画呀画的，一画起来可以一天不吃也可以一夜不睡，脸上被自己抹了颜料墨水都不知道，常常惹得同学们哈哈大笑。

在温岭师范学校学习期间，他跟老师学到了从握笔的方法、线条的表现到名画临摹、写生采风等等最基本的知识和技巧，打下了扎实的写实造型基础。那个时候，他执着地梦想成为一名画家，用自己的画笔描绘心中多彩的世界。

正当林贤踌躇满志，对前景充满憧憬时，残酷无情的现实把他的梦想击得粉碎，一毕业，他就饱尝了生活的酸甜苦辣。首先他遭到了权势者的挤兑，被分配到远离城区的乡村小学做了一名全科老师；接着父亲出了车祸，做了大手术，需要有人长期照顾；还有，老家那维系着全家温饱的三亩水田，也因父亲的意外出事而离不开他的打理。尽管太多的艰辛像大山一样压得他喘不过气来，但他依然不愿意放下手上的画笔。稍得空闲，他就怀揣速写本登上离家不远的南嵩岩、雁荡山，先是对景写生，接着画速写，通过速写把现实生活的感受转换成艺术符号，然后又把这种艺术符号再转换成“笔墨”，变成自己的作品。在两次从“生活”到“创作”的“转换”过程中，体现了他的审美、对生活的理解以及对艺术的追求。这期间，他画了一大摞的水墨写生稿，画出了 50 多米长的《雁荡形胜》，不仅逐渐掌握了大量的水墨技巧，而且积累了丰富的创作素材，为多年后的《海上名山》的顺利问世做好了铺垫。

像羽毛渐丰的雏鹰，林贤渴望到更加广阔的天地飞翔，但内心渴望的艺术梦想再次被现实砸得粉碎。他连续三年考上了梦寐以求的浙江美术学院,却一次又一次地被当地的一些“土政策”所囿。直到1993年,他以第一名的成绩考入浙江教育学院,才得到了继续深造的机会。这一下仿佛如鱼得水,入学第一年,他就在“浙江省首届大中专学生书画比赛”中拿了个一等奖。这一时期,他把大量的精力用在了取法清“四王”、继而师宗“元四家”、遍临历代名家的山水上,并系统地研读中西方艺术理论,关注国内、国际的学术动态。他的绘画技能得到迅速提高,由此进入了一个良好的创作状态。

有人称他为画坛“多面手”。确实,林贤是省内为数不多的具有多种表现语境和题材的画家,他创作涉及面广泛,善于驾驭多种绘画形式,无论是作中国画还是作水彩、水粉画,无论是作人物画、山水画,还是作花鸟画,样样得心应手。他认为,虽说从焦墨山水到色彩人物,从西方油画的专业训练到东方传统的书画熏陶,两个极端之间跨度颇大,但西画的观察、审视、理解与提炼和晋唐传统许多时候并无二致,并且很多西画作品能更直观地给人实践上的参照。作为一个东方艺术家不应该顾此失彼,更不应该画地为牢,应当在东西方不同的传统中探求相通的规律、彼此的契合点,将东西方艺术精神融为一体。

林贤的水粉画《赶海的女人》,正是将东西方艺术精神融为一体的典型。画面撷取的是丰富多彩的现实生活中的一个片段,一群赶海归来的渔家妇女,衣着朴素,举止自然,脸上流露出收获后真真切切的喜悦,面部表情异常丰富。画作巧妙地将各画科不同技法有机地糅合在一起,使画面呈现出既可见中国画传统写意的用笔、皴法和油画光与影浑厚的微妙的变化,又能看到壁画梦幻般的斑驳、水彩画空灵的晕染以及版画刚劲的刀味的效果,把讨海人坚强乐观的性格表现得淋漓尽致。去年七月,这幅作品一路过关斩将,入选了第十二届全国美展。时隔不久,运用同样技法创作的另一幅水粉画《赶海的女人Ⅱ》也入选“全国首届水粉作品展”,还获得了优秀奖。

两年前，在由台州市文联等单位举办的“无限江山寄情思·林贤焦墨山水画巡回展”时，我曾为林贤写下“胸中无妄邪气，笔底有大气象”的赞语。我以为这是对他和他的作品恰如其分的评价，此语今日看来并不过时。和别的极力张扬自我、为求新潮而抛弃传统的艺术家很不相同，多年来，他沉得住气，静得下心，以他的谦逊和自信向人们传递着“素朴的力量”。在他的心中，素朴是一种生活态度，是一种审美取向，更是一种最高最自然的艺术修为和境界。在追求素朴的意念支撑下，长期的水墨浸润，使他的作品不仅笔墨苍古、凝练、老辣，而且气势雄浑、情韵灵动飘逸。“笔底有大气象”，无疑得益于他的“胸中无妄邪气”。

我与林贤相识并不算久，只有几年时间，平时各自忙碌在不同领域，待在一起的机会不多，但我一直喜爱他的作品，对他的为人尤为敬重有加。这并非因为他拥有浙江省美术家协会会员、水彩画家协会会员、花鸟画家协会会员等诸多头衔；也不仅仅是因为他的作品在各种展览评奖中获奖无数，令人仰慕，还是因为我不但觉得他虽然成名较早，却依然真诚低调，始终保持淡泊宁静的心态，一如既往地追求艺术的质朴无华，而且觉得从他的画里能够感受到这个人淳朴中透出的儒雅以及不乏幽默的恬淡和坚毅。

林贤常说：“在山脚看山永远不知道山外面的世界，唯有站在山顶才能领略一览众山的广阔意境和山风带给人的那种清凉。”为此，他每天坚持十来个小时的创作，不知疲倦地向艺术的高峰攀登着。现在，林贤正处于创作的黄金时期，我们有理由相信他能够不断突破、超越自己，进入艺术上的新境界，会有更多的好作品面世。

此刻，林贤收拾好画具，背上画夹，走出他的画室，掩门而去。他又要在他的寂静、幽远而又激情涌动的世界开始诗性的探寻，追逐山风带来的那缕清凉……

后　记

描写“故乡”这个永恒的主题，似乎是一件颇具挑战性的事。不过，这个挑战，丝毫没有对我构成威胁。因为有些事情，在不清楚它到底有多难时，我们往往不会有什么压力。所以，七八年前我就无所顾忌地写起了故乡，而且还写了不少呢。

本书收录的69篇作品，基本上都和故乡有关，有的是直接的，有的是间接的。这些作品创作时间跨度涵盖2007年到2015年上半年，绝大部分曾刊载于各家报纸、杂志，作品虽然称不上完美，但是文中传递的都是我的真情实感。

我写《晨风吹过故乡》不仅是为了感念故乡，也是为了了却很久以来希望为自己出版一部散文集的夙愿。当我整理完这部书稿时，内心十分愉悦。这段日子，一直在为之忙碌着，想到这本集子终于要出版了，我不禁长长地舒了口气。

由于本文集构思时间短，出版较仓促，加上本人水平因素，不足之处在所难免，还望读者朋友多多包涵、批评指正。

感谢所有关心、关怀、关注、帮助我出书的朋友们。

陈巨中

2015年6月20日　于妙悟堂